ADRIAN McKINTY

[美] 阿德里安 · 麦金蒂 著
徐培培 译

链条

THE CHAIN

中信出版集团 | 北京

图书在版编目（CIP）数据

链条 /（美）阿德里安·麦金蒂著；徐培培译 .—
北京：中信出版社，2021.9
书名原文：The Chain
ISBN 978-7-5217-3338-9

I. ①链… II. ①阿… ②徐… III. ①长篇小说 – 美
国 – 现代 IV. ① I712.45

中国版本图书馆 CIP 数据核字（2021）第 146759 号

链条
著者： [美] 阿德里安·麦金蒂
译者： 徐培培
出版发行：中信出版集团股份有限公司
（北京市朝阳区惠新东街甲 4 号富盛大厦 2 座 邮编 100029）
承印者： 北京盛通印刷股份有限公司

开本：880mm × 1230mm 1/32 印张：13 字数：268 千字
版次：2021 年 9 月第 1 版 印次：2021 年 9 月第 1 次印刷
书号：ISBN 978–7–5217–3338–9
定价：49.80 元

形成阴郁的观点以及将世界视作某种地狱，都是需要一些智慧的。

——阿图尔·叔本华《附录和补遗》1851 年

我们永远都不要打破链条。

——史蒂薇·妮克丝《链条》（原版小样）1976 年

目录

ALL THE
LOST GIRLS

上

失踪的女孩们

第1章

星期四，早晨7:55

凯莉正坐在站台的椅子上查看照片墙（Instagram）上的点赞数，根本没留意到那个拿枪的男人，等回过神来时，那人离她仅有咫尺之遥了。

要是能早几秒钟看见他，或许还有一线机会。她可以扔掉书包，直接向沼泽地跑去。十三岁的她异常矫捷灵活，而且对普拉姆岛所有的沼泽和流沙都了如指掌。今早恰好有一层薄薄的海雾，这个男人虽然健硕但看起来很笨拙，追她的时候心里肯定也紧张，校车八点钟就到站，他一定会放弃追赶。

这些念头一瞬间全都涌入她的脑海。

现在这个男人就站在她面前，头戴黑色的滑雪面罩，枪口直指她的胸口。她倒抽一口凉气，手机掉了下来。这可不是什么玩笑或者恶作剧。现在都十一月份了，万圣节一周前就过去了。

“知道这是什么吗？”男人问。

“是枪。”凯莉答。

“是一把对准你心脏的枪！你要是乱喊乱动，要是想跑，我就一枪打死你，听懂了吗？”

她点了点头。

“很好！好极了，保持冷静。把眼罩戴上。你是死是活，全看你妈妈在接下来24小时里怎么做。等……万一真把你放了，我可不希望你能认出我们来。”

凯莉颤抖着戴上眼罩，眼罩厚不透光，带松紧带。

这时一辆汽车在她身旁停下，车门一打开，男人对她说：“上车！注意别碰头。”

她摸索着钻进车里。身后的车门“嘭”的一声关上，她的大脑紧张而飞快地运转起来。她明知自己不该上车，有多少女孩都是这样消失的！每一天都有许许多多的女孩这样消失！一旦上了车，你就完了！一旦上了车，你就会永远地消失！你不该上车啊，你应该转身就跑，跑！跑！

太迟了。

“把她的安全带系上！”前座传来一个女人的声音。

凯莉戴着眼罩开始哭起来。

那个男人爬到后座，在她旁边坐下：“凯莉，拜托了，尽量保持冷静。我们真的不想伤害你。”

“你们一定是弄错了。”她说，“我妈一分钱都没有。她的新工作要到——”

“让她别再说了！”前座的女人厉声喝道。

“凯莉，这不是钱的问题。”男人说，“好吧，别再说话了，明白吗？”

汽车“嗖”地冲出去，连提几档加速，车后扬起一片沙尘。

凯莉估摸着汽车这时已经开上了普拉姆岛大桥，校车轰隆隆地从旁边驶过，她不由得浑身一颤。

“开慢点。”男人说。

车门已经从里面锁上了，凯莉恨自己错过了一次机会，她本来可以解开安全带，打开车门，滚下车去。被蒙着眼睛的恐慌已经彻底将她淹没。“你们为什么要这么做？”她尖声质问。

“我应该怎么跟她解释？”男人问。

“什么都不用解释。让她立刻闭上嘴。”女人回答。

“凯莉，你一定要保持安静。”男人对她说。

汽车飞快地向前行驶，感觉应该到水街了，在纽伯里波特附近。凯莉强迫自己深呼吸：吸气，呼气，吸气，呼气，学校辅导老师在正念课上就是这么教的。她已经在修八年级的大学预选课，她知道，要想活下去，就必须要敏锐，必须要有耐心。大家都说她很聪明，她必须保持冷静，仔细观察，一旦机会来了，一定要牢牢抓住。

她知道奥地利那个被绑架的姑娘活了下来，克利夫兰那几个姑娘也活了下来。包括之前在《早安美国》上看到的那个被绑架的姑娘，她们全都活了下来，长大成人。她们都很幸运，不过，也许不仅仅是运气那么简单。

更深重的恐惧再一次袭来，她感觉几乎要窒息了。

汽车这时应该开上了纽伯里波特的一号高速公路，穿过梅里马克河上的大桥，往新罕布什尔州开去。

“别开得太快。”男人咕哝一句，车速慢了下来，几分钟之后又开得飞快。

凯莉想起了妈妈。妈妈今早自己开车去波士顿看肿瘤科医生。

可怜的妈妈，要是知道了——

“我的上帝啊！”开车的女人突然惊叫起来。

“怎么了？”男人问。

“州界线那边竟然停着辆警车。”

“没事，我看你……哎呀，天哪，他亮警灯了。”男人说，“他让你靠边停。你开得太快了！必须停车。”

“我知道。”女人回道。

“不会有事的。咱们这辆车扔在波士顿街上好几个星期了，这会儿不可能有人报失。”

“问题不是车，是她。把枪递给我。”

“你要干吗？”

“我们还能干吗？”

“好好跟他说话就能过这一关。”男人坚持道。

“绑架个姑娘，蒙上眼睛扔在后座，能过关？”

“她不会多嘴的。凯莉，对不对？”

“对，我保证不多嘴。”凯莉抽噎着说。

“让她安静。把她脸上那东西摘掉，告诉她低头向下看。”女人命令道。

“把眼睛闭紧。不许出声。”男人说着把她的眼罩摘掉，把她的头按了下去。

女人把车靠边停下，那辆警车果然在她后面停了下来。女人从后视镜里紧紧地盯着警察。“他正在抄车牌。可能还呼叫帮手了。”

“没事儿。你等会儿跟他好好沟通。不会有事儿的。”

“这些州警察都有执法记录仪的对吧？”

“不知道。”

“他们很快就会查找这辆车的下落，还有车上的三个人。我们得找个谷仓把车藏起来，说不定得藏好几年。”

“别想太多了。他顶多给你开张超速罚单。”

凯莉听到那个州警察下了警车朝他们走了过来，皮靴踩在地上咯吱咯吱直响。

警察越走越近，那个女人好像把司机那一侧的车窗摇下了，低低地吁了一声：“天啊！”

皮靴声在车窗前停了下来。

“警官，请问有什么问题吗？”女人问。

“女士，你知道自己刚才的车速是多少吗？”警察问。

“不知道。”女人答。

“我给你测的是52！这里是学区，限速25。我猜你没看到路标吧。”

“没有，我不知道这附近有学校。”

“女士，路标可是写得清清楚楚。”

“对不起，我真的没看到。”

“我得看看你的……”警察话没说完就停了下来。凯莉知道他在盯着自己，她现在浑身抖如筛糠。

“先生，旁边座位上这位是你女儿吗？”警察问。

“是的。”男人回答。

“小姐，请你抬起头来。”

凯莉抬起头，但双眼紧紧地闭着。她已经控制不住自己，浑身抖个不停，警察眼里一片狐疑。怎么办？此时此刻，警察、凯莉、女人还有男人，都在心里暗自思忖。

就在这个当口，女人忽然哼了一声，随即枪声响起。

第2章

星期四，上午 8:35

这次去见肿瘤科医生只是进行例行检查。这项检查一共要做六个月，目的在于确保她一切进展顺利，乳腺癌症状逐步缓解。蕾切尔让凯莉不要担心自己，她告诉凯莉自己感觉还不错，身体基本上没有大碍。

当然，私下里她知道情况可能不妙。她跟医生原本约在感恩节之前那个星期二见面，但是上周在实验室验了血，里德医生看到验血结果之后，立刻让她今早就赶过来。里德医生来自新斯科舍，举止从容镇定，四平八稳，生活中也总是不苟言笑，很少见她有惊慌失措，六神无主的时候。

蕾切尔尽量不去想这件事，径直在 I–95 号公路上一路南驰。

担心有什么用呢？现在她对一切都还一无所知。也许里德医生要赶回家去过感恩节，才把所有的病人预约都提前了呢。

蕾切尔并没有恶心、难受的感觉。她倒觉得这阵子是这两年来最好的。以前她总觉得自己厄运缠身，现在已是柳暗花明。离婚的事也已经尘埃落定。

现在她正专心撰写明年一月份将要开始的哲学讲座的文稿。化疗后掉的头发基本都长出来了，体力也恢复如前，甚至体重还涨了点。过去这一年里的精神创伤已经愈合。她又变回了从前的自己，凡事井井有条，一切尽在掌握，同时兼职两份工作，供马蒂读完法学院，又在普拉姆岛买了一套房子。

她才三十五岁。一生还长着呢。

“敲敲木头，上天保佑。”她伸出手，满心期待地敲了敲仪表板上的绿色区块，心里盼望着是块木头，可是听起来好像是块塑料。她开的是沃尔沃 240，杂乱不堪的后备厢里倒是有一根老旧的橡木拐杖，但是冒着生命危险转身去摸那根拐杖，实在有点得不偿失。

手机显示现在是 8 : 36。凯莉马上就要下车，然后跟斯图尔特慢悠悠穿过操场去教室。她有个很傻的笑话，憋了一早上了，现在正好发给凯莉：“对于无法面对的事情，你会怎么面对？”

过了一分钟，没有收到凯莉的回复，蕾切尔直接把答案发了过去：“用脸面对。”

还是没有回应。

“看懂了吗？‘面’对，当然是用脸啊。”蕾切尔又发了一条信息。

肯定是凯莉故意不理她。“但是，”蕾切尔禁不住笑起来，“我猜斯图尔特一定笑疯了。”她那些愚蠢的笑话每每都让他笑到肚子疼。

8 : 38，交通开始拥堵起来。

她可不想迟到。她从来没有迟到过。要不要从州际公路上下去，从 1 号公路走？

“加拿大人的感恩节跟我们不在同一天。”她突然想起来了。

一定是因为验血结果不乐观，里德医生才让她过去的。“不！”她使劲甩了甩头，忍不住大叫起来。过去那个消极思维的旋涡，她无论如何不能再掉进去了。她已经在向前看，尽管手中依然捏着病痛之国的护照，但疾病并不能定义她的身份。一切都过去了，包括当服务员，当优步（Uber）司机，以及对马蒂的花言巧语言听计从。

她终于能够重新开始，去发挥自己的最大潜能：她现在当上了老师，正在考虑怎么才能上好第一堂课。也许叔本华对大家来讲太过沉重，那么就从萨特和女服务生的笑话讲起吧——

“叮铃铃！”手机猛地响了起来，吓了她一大跳。

屏幕上显示“**未知联系人**”。

她接了起来，打开免提：“喂？”

“有两件事你必须牢记。”一个声音通过某种变音器传到她的耳朵里，“第一：你不是第一个，也绝不可能是最后一个。第二：记住，这不是钱的问题——关键在于‘链条’。”

这是什么人的恶作剧啊！她疑惑地想着，但是大脑深处又本能地感觉到一种未知的恐惧。

“你打错了吧。”她试探着问了一句。

那个声音继续清晰地响在耳畔：“蕾切尔，五分钟之后，你会接到这辈子最重要的一个电话。把车停在路边，动脑子想清楚，详细的指示到时候再告诉你。要保证手机充满电，准备好纸和笔，把指示都记下来。我不想欺骗你说这件事情很好办，接下来的日子会非常艰难，但是‘链条’会帮你度过这个坎。”

蕾切尔一下子浑身冰冷，头变得轻飘飘的，嘴里涌上一股旧硬币的锈味。“我可真得报警了，否则——”

“不许报警。不许采取任何法律手段。蕾切尔，你能应付好的。如果你是那种遇事就崩溃的人，我们也不会选中你。我们让你做的一切，现在看来好像不可能办到，但其实完全在你的能力范围内。”

蕾切尔感觉背上像有一块冰滑落下来。一滴冰冷的未来漏到了此刻。很明显，这个可怕的未来几分钟之后就会现身。

“你是谁？”她问。

“你最好永远不要知道我们是谁，我们能干出什么来。”

电话断了。

她赶紧查来电显示，但看不到来电号码。

那个声音经过变声器的伪装，听起来冰冷、傲慢，不容置疑，告诉她她将接到这辈子最重要的一个电话，是什么意思？她看了看后视镜，把车从快车道变到中间车道，以备真的有电话打进来。

她哆哆嗦嗦地拽下大红色毛衣上的一根线头，手机恰好在这时再一次响起。

又是一个未知联系人。

她接通电话：“喂？”

“是蕾切尔·奥尼尔吗？”对方问。这次的声音不一样，是个女人。

一个听上去十分沮丧的女人。

蕾切尔想说“不是”；她想告诉对方她已经重新使用自己的娘家姓氏——蕾切尔·克莱恩——以此来避开即将到来的灾难，但是她知道这么说根本就没有意义。不管她说什么、做什么，都阻止不了这个女人说出事实：最坏的事已经发生了。

“是我。”她回答。

“对不起，蕾切尔，我有件很恐怖的事情得告诉你。你有纸和笔吗？你得把我的指示记下来。”

“到底出什么事了？”她现在真的开始怕了。

“我绑架了你的女儿。”

第3章

星期四，上午8:42

天塌了！天正在一点一点砸下来！她感到无法呼吸。她的宝贝女儿！不！这不可能是真的！凯莉没有被人带走。这个女人听起来也不像个绑匪。这一切都是个谎言。“凯莉这会儿正在学校呢。”蕾切尔说。

“不，她在我手里。她被我绑架了。”

“你不是……你在开玩笑吧。”

“我说的绝对都是真的。我们是从车站把凯莉掳走的。我这就把她的照片发给你。”

一张照片随即发了过来，照片里一个蒙着眼的女孩正坐在汽车后座上，身穿黑色毛衣，外面套一件棕褐色的羊毛外套——跟凯莉今早出门时穿的衣服一模一样。一样的小精灵般的鼻子，鼻头上满是雀斑，一头棕色头发，挑染了几束亮红色。正是凯莉，绝对没错！

蕾切尔这会儿忽然很想吐，目光也开始散乱起来，方向盘在手里一点也不听使唤，沃尔沃东冲西突偏离了车道，后面的喇叭此起彼伏，响成一片。

那个女人依旧在继续："你必须保持冷静，必须仔仔细细记住我说的每一句话。你必须严格按照我当初的做法来做。把所有的规则都记下来，绝对不能违背这些规则。你要是违背规则，或者报警，不但你要受惩罚，我也一样要受惩罚。你的女儿会死，我的儿子也一样。所以现在你要把我下面所说的每一个字都记下来。"

蕾切尔揉了揉眼睛。她感觉自己的脑袋嗡嗡直响，像是有一股巨浪即将冲破头颅喷涌出来，把她撕成碎片。这世上最可怕的事情正在真真切切地发生着。真的已经发生了。

"你这婊子！我要跟凯莉说话！"她大叫一声，猛地抓住方向盘把车调直了头，从一辆十八轮大卡车旁边擦肩而过，跨过最后一条车道，开上了路肩，在几十辆汽车的喇叭声和咒骂声中，"哧"的一个急刹车，熄了引擎。

"凯莉现在没事。"

"我现在就报警！"蕾切尔嘶喊起来。

"不，你不能报警。蕾切尔，你得冷静点。你如果是那种轻易失去理智的人，我也不会选你了。我调查过你。哈佛的事、癌症的事，我都知道，包括你的新工作。你是一个做事有条理的人，这件事你不会搞砸的。因为你一旦搞砸，结局很简单：凯莉会死，我的儿子也会死。现在拿张纸，把我的话写下来。"

蕾切尔深吸一口气，从包里掏出一个记事本。

"好了。"她说。

"蕾切尔，你现在已经是'链条'上的一环了。我们俩都是。'链条'会自我防护。所以，第一件事，不许报警。一旦你联系警察，'链条'背后的人立刻就会发现，他们会让我杀了凯莉，然后寻找另一个目标，而我就会照做。他们根本不在乎你和你的家人，他们只在乎'链条'的安危。明白了吗？"

"不报警。"蕾切尔茫然地说。

"第二件事，一次性手机。你要匿名买几部一次性手机，所有的通话都得用它，像我现在这样。记住了吗？"

"记住了。"

"第三，你得去下载 Tor（洋葱路由）搜索引擎，它可以帮你进入暗网。虽然很棘手，不过你能办得到。用 Tor 搜索'无穷项目'。你都写下来了吗？"

"写了。"

"'无穷项目'只是一个占位符名称，没有任何意义，不过你可以在网站上找到一个比特币账户。在 Tor 上至少有六七个地方可以用信用卡或者电汇的方式购买比特币。'无穷项目'的汇款号码是 2–2–8–9–7–4–4，把这个号码记下来。钱汇过去之后是追查不到的，'链条'跟你开的价是两万五千美元。"

"两万五千美元？我哪里去——"

"那我可不管，蕾切尔。高利贷、二次抵押，或者接个杀人的活儿！无所谓！只要弄到钱就行。你付了钱，第一步就算完了。第二步更难。"

"第二步，是什么？"蕾切尔几乎要被未知的惊恐窒息了。

"我只负责告诉你，你不是第一个，也不是最后一个。你现在已经卷进'链条'中，这个组织可以追溯到很久以前。我绑架了你的女儿，这样我的儿子才能被释放。他也被人绑架了，现在正在一对陌生男女的手里。你也必须选好目标，然后绑架他们的孩子，这样‘链条’才能继续下去。”

“什么！你疯——”

“你要听清楚，这些真的很重要。你得去绑架一个人，来替代你女儿在‘链条’上的位置。”

“你究竟在说什么？”

“你必须去选定一个目标，把对方最心爱的孩子绑架过来，等目标付了赎金，并依次绑架另一个人为止。不管你选中谁，都要像我这样给那个人打电话。我现在所做的一切，你也要对你选定的目标照做一遍。而等你绑架得手，付了钱，我的儿子就会被释放。而等你的目标能绑到别人，付清赎金，你的女儿也会被释放。就这么简单。‘链条’就是以这种方式持续运作下去的。”

“什么？我该选谁啊?!”蕾切尔忍不住惊叫起来。

“选一个不会打破规则的人。不要选警察、政客或者新闻记者——这些人全都会破坏规则的。要选一个能完成绑架，能付钱，能一直保持着沉默，让‘链条’持续运作下去的人。”

“你怎么知道我会照做？”

“如果你不照做，我就杀了凯莉，再找别人重新开始。如果我搞砸了，他们就会杀了我儿子，再杀我。我们全都在悬崖边上，无路可退。蕾切尔，我把话说得再清楚点：我是会杀死凯莉的。现在我知道这事我干得出来。”

“求你不要这么做。放了她吧，行行好，我求你了。我们都是当母亲的，求你了。她是个很棒的孩子。她是我在这个世界上的全部。我非常非常爱她。”

“这些我都知道。到目前为止，我跟你说的话，你都听明白了吗？”

“听明白了。”

“再见，蕾切尔。”

“不！等一等！”蕾切尔哀号着，但那个女人已经挂断了。

第4章

星期四，上午8:56

蕾切尔开始浑身发抖，恶心得直想吐，身体也变得轻飘飘的。

她想起治疗的那段日子，她允许他们尝试各种化疗和放疗手段，她从心里希望自己好起来。

左边的车流一直不停地轰响着，她僵坐在车里，像个坠落到外星球上的探险家一样，已经死亡多时了。距离那个女人挂断电话刚过四十五秒，这四十五秒感觉像四十五年一样！

电话又一次响了起来，吓了她一跳："喂？"

"蕾切尔吗？"

"是我。"

"我是里德医生。我们原本以为你九点能到的，但你还没有在楼下登记。"

"我迟到了。堵车。"她说。

"没事儿。这个时段的路况简直跟恐怖片一样。你什么时候能到？”

“你说什么？噢……我今天不去了。我去不了。”

“真的吗？哦，天哪，这样——明天你看方便吗？”

“不方便，这周都不行。”

“蕾切尔，你得过来一趟，我要跟你谈谈血液检测的结果。”

“我要挂了。”蕾切尔说。

“好吧，这种事情我不想在手机上说，但是通过最近一次测试我们发现你的癌抗原 15–3 指数非常高。我们真的需要谈一谈。”

“我真的来不了。再见，里德医生。”后视镜里闪过一道亮光，蕾切尔匆匆说完挂断电话。一个身材高大，满头黑发的马萨诸塞州警察从车里下来，正朝她的车走过来。

她坐在车里，神情恍惚，脸上还挂着泪痕。

警察敲了敲她的车窗，她犹豫了片刻，才摇下车窗。“女士。”他刚一开口，就看出她刚刚哭过。“唔，女士，你的车有什么问题吗？”

“没有，对不起。”

“嗯，女士，这条辅道只供紧急车辆停靠。”

告诉他吧。她想，**把一切都告诉他。不！不可以，他们会杀了她，他们干得出来。那个女人下得去手。**

“我知道我不应该停在这儿。刚才在跟我的肿瘤医生通电话。我的……我的癌症好像复发了。”

警察听明白之后，缓缓地点了点头：“女士，你觉得剩下的路你可以自己开回去吗？”

“可以的。”

“我这次不给你开违章罚单，但我希望你把车开走，好吗，女士？我会把车流拦住，等你开到车道上再放行。”

“谢谢您，警官。”

她转动钥匙，老旧的车子突突突地运转起来。警察把慢车道的车辆都拦下来，她毫不费力就开上了路。向前行驶 1.6 公里，才到下一个出口，她把车开上了支路。向南走就是医院，那里的人或许可以治好她，但她不在乎，她自己现在根本就无关紧要，凯莉才是太阳，是星星，是整个宇宙，她一定要把她救回来！

她沿着 I–95 公路向北行驶，狠狠地踩着油门，沃尔沃从没像现在这样用力过。

慢车道，中间车道，快车道！

时速 100 公里，105，110，115，120！

引擎已经快吃不消了，但蕾切尔一门心思只想快点、快点、再快点！

她现在的任务就是一路向北开。到银行弄出一笔贷款，买一次性手机，买枪，把所需的东西都准备齐全，救凯莉出来！

第5章

星期四，上午9:01

一切都发生得太快了。一声枪响之后，他们飞驰而去。

开了多久呢？凯莉已经分辨不清。也许有七八分钟吧，他们拐到一条狭窄的小路上，沿着一条长长的车道开了很久才停下。那个女人给她拍了张照片，然后下车开始打电话，大概是打给她爸爸妈妈。

凯莉跟那个呼吸沉重的男人一起坐在后面的座位上，一路听着他嘴里低声地骂着脏话，不时还发出一种奇怪的类似动物一样的嘶哑低吼。

朝警察开枪显然不在计划内，他现在也不知如何是好。

凯莉听到那个女人回到了车上。

“好了，搞定了。她现在什么都明白了，知道自己该怎么做。”女人说，“把这位带到地下室，我去把车藏起来。”

“好。”男人低声回答。

“凯莉，你得下车，我给你开车门。我们给你收拾了一个小房间。不用怕。”男人对凯莉说，“你到目前为止表现得很好。”

她感觉到那个男人探过身来，解开她的安全带。他的呼吸沉重急促，嘴里喷出一阵阵让人反胃的气味。

“眼罩继续戴着。我的枪正指着你呢。”那个女人说。

凯莉点点头。

“喂，还等什么呢？走啊！”女人歇斯底里地尖叫起来。

凯莉把腿从车里伸出来，直起身。

“小心碰头啊。”男人低声说。

她慢慢直起身，小心翼翼地站起来，想听听有没有高速路的车流声，或者其他的声响，然而什么都听不见。没有汽车，没有鸟鸣，没有那熟悉的大西洋海浪声。他们现在一定在离海很远的内陆地区。

“这边走。”男人说，“我搀着你的胳膊，把你带到楼下。不要动任何心思。你根本就无路可逃，我们俩随时都能对你开枪，明白了吗？”

她点点头。

“回答他！”女人很强硬。

“我不会动任何心思。”凯莉说。

她听到门闩被拉开的声音，门开了。

“当心点，这些楼梯都旧了，挺陡的。”男人说。

凯莉的胳膊被那个男人搀着，从木质楼梯上慢慢走了下去。走到楼梯底部的时候，她触到脚下是水泥地，心立刻沉了下来。如果像她家房子那样底下是架空的空间，那么脚下应该是沙土才对。这样就能从沙土中挖出条道来逃生了，但水泥地怎么可能挖得开。

“这边走。”男人说着把她领到房间的另一边。很显然，这里是个地下室，房子位于某个偏远的乡间，前不着村，后不着店。

凯莉想起了母亲，一股说不出的难受涌上心头。可怜的妈妈！她本该很快就投入新工作的。经历了癌症，经历了离婚，她的生活才刚要产生转机。这不公平！

“坐到这来。”男人说，“一直坐到底。地板上有个床垫。”

凯莉坐到床垫上，感觉上面好像套着条床单，还有一个睡袋。

“咔嚓”一声，估计是那个女人给她拍了照片。“好了，我要去房子里给她发这个东西，查看Wickr[①]，上帝保佑，希望我们没有惹怒他们。”女人说。

“别告诉他们出了岔子。就跟他们说，一切都在按计划进行。”男人说。

“我知道！”女人喝止了他。

“会没事的。”男人自己也觉得这句话丝毫没有说服力。

凯莉听到女人从木质楼梯上走了上去，关上地下室的门。现在地下室就她跟那个男人了，一股恐惧不由得涌上心头。

他什么都可能做得出。

“好了。”他说，“现在你可以把眼罩摘下来了。”

“我不想看见你的脸。”凯莉回道。

“没关系，我把滑雪面罩又给戴上了。”

凯莉把眼罩摘了下来，一个体态笨重、四五十岁年纪的男人

① Wickr是一款无痕通信应用程序，具有防泄密的功能。——编者注

正站在她身旁，单穿件黑色毛衣和牛仔裤，没有穿外套，脚上的乐福鞋沾满了泥巴。他手里依然拿着那把枪。

她打量了一圈地下室，是长方形的，长约 9 米，宽 6 米。

房间的一面墙上镶着两个四方的小窗户，窗外堆满了树叶。水泥地板上是一个床垫，旁边放了盏台灯。另一面墙上靠墙放着一个古董铸铁炉，斜对面的墙角是一个锅炉，跟前的地上是他们给她准备的一个睡袋、一个水桶、厕纸、一个纸箱还有两大瓶水。除此之外，地下室就没有其他什么东西了。

"接下来的几天里你就在这儿待着。等你母亲付了赎金，把其他事情都办妥了再说。我们会尽量让你待得舒服些。你一定吓坏了。我简直不敢想……"说到这儿他突然像哽住了一样。"凯莉，我们也不想这么做。我们也不是这种人。这一切全都是迫不得已。你得理解我们。"

"你们为什么选择我？"

"回去后，你母亲会把一切都向你解释清楚的。我太太不让我跟你说这件事。"

"你看起来好像比她友善一些。请问你能不能让——"

"不！你要是想逃的话，我们会——唉——会杀了你。我说到做到。你知道我们会……会干出什么事来。你也在场。你都听见了。那个可怜的男人……我的天哪！把这个戴到左手腕上。"男人说着递过来一副手铐，"戴紧点，这样你才不会跑，但也不用紧到伤了自己……就这样，再紧一些，让我看看。"

他抓起她的手腕仔细检查一番，又把手铐朝里收紧一些，然后把另一只铐在一条粗重的金属链上，链子用挂锁锁在墙角的铁炉子上。

“你这条链子将近3米长，足够你到处走动了。看到了吗？楼梯那个地方，有一台摄像机。我们就算不在这里，也能随时看到你。荧光灯会一直亮着，这样我们才能看清你在干什么。所以不要想着搞什么小动作，明白吗？”

“明白。”

“给你准备了睡袋和枕头。那个箱子里有洗漱用品，还有厕纸，全麦饼干和书。你喜欢看《哈利·波特》吗？”

“喜欢。”

“箱子里有全套《哈利·波特》，还有些旧书。都是你这个年纪的女孩子喜欢的好东西。我知道自己在说什么。我是一个语……好东西。”他说。

“我是一个语文老师”？他本来是想说这句话吗？凯莉不禁好奇。“谢谢你。”她回道。**要有礼貌，凯莉，**她又默默叮嘱自己，**做一个胆战心惊、惶恐不安的乖女孩，让他们相信自己不会惹任何麻烦。**

男人在她身旁蹲了下来，手里的枪依然指着她。

“现在我们在一片树林里，在我们自家的土路尽头。就算你开口喊叫，也没人听得见。我们这块地面积很大，四周都是树林。但是如果你大喊大叫，我就能从摄像机上看到，到时候就不会再给你任何机会了。我必须下来把你的嘴堵上，而且为了防止你把塞口布拽掉，我们必须把你的双手铐到后面。你听明白了没有？”

凯莉点点头。

“好了，现在把口袋都掏干净，把鞋子给我。”

凯莉把口袋翻开来，反正里面只有钱，没别的东西。

小刀、电话什么的都没有。手机已经丢在普拉姆岛的那条土路上了。

男人站起身，身体稍微晃悠了一下。“我的老天爷啊。”他自言自语地说着，狠狠地咽了下口水，一边摇头，一边走上楼梯，很明显对自己的所作所为感到无比的惊讶和错愕。

地下室的门一关上，凯莉立刻靠到床垫上，长长地呼了口气。

她忍不住又哭了起来，一直到眼泪流干了，才恍惚着坐起身，盯着那两瓶水直发愣。他们会不会在水里下毒呢？她拿过一看，是“波兰泉”牌的，还没有拆封，立刻一口气喝了大半才停下来。

他要是不回来了可怎么办？要是得靠这些水坚持好几天甚至好几个星期该怎么办？

她又在那个大纸箱里翻了翻。翻到了两盒全麦饼干，一根士力架，还有一罐品客薯片。牙刷、牙膏、厕纸、湿巾，还有大约十五本书。还意外地发现了一个画簿，两支铅笔和一副扑克牌。她背对着摄像机尝试着用铅笔去开手铐上的锁，但试了十秒钟就放弃了。这种锁要想打开至少也得有个回形针之类的东西才行。她理了理图书，发现有哈利·波特系列，J. D. 塞林格、哈珀·李、赫尔曼·梅尔维尔还有简·奥斯丁的小说。对，应该是个语文老师没错了。

她打开瓶子又喝了口水，抽出几张厕纸，把脸上的眼泪擦干。

她在床垫上躺下来。真冷啊，她快速钻进睡袋里，使劲往里缩，缩到摄像机看不到她为止。

这样感觉安全多了。

他们如果看不到她，多少算是件好事。他们说不想伤害她，究竟是不是真话？你只有看到一个人露出狰狞的真面目时，才能确信自己看错了人。

但他们已经露出真面目了，不是吗？

那个警察，估计已经死了吧，或者正在黄泉路上，上帝啊！

一想起那声枪响，她忍不住就要惊声尖叫。尖叫吧，喊人来救自己出去。

救命，救命，救命啊！她张开嘴，但并没有任何声音发出来。

我的上帝啊，凯莉，到底是怎么走到这一步的啊？警告过你多少次了：不要上陌生人的车！永远不要上陌生人的车！每时每刻都有女孩子失踪，一旦失踪，基本上就再也回不来了！

不过有时候她们的确也能回来，并不是所有失踪的女孩都会永远消失，有些幸运儿也能再次回到家人身边，然而更多的是，永远消失了。

伊丽莎白·斯马特——那个被解救的姑娘。她在那次采访中表现得端庄得体，镇定自如。她说在这种情况下，其实总有一些希望的。她的信仰一直都能带给她希望。

但是凯莉没有任何信仰，这一切都得怪她那愚蠢的父母。

在这里可真容易犯幽闭恐惧症啊。

她把睡袋往下拉了拉，惊恐地喘了几口气，再一次细细打量着这间地下室。

他们真的在盯着她吗？

一开始肯定会的吧？但到了凌晨三点钟呢？

也许她应该搬开那个炉子。也许能找到一枚旧钉子来开锁。要等待。她要保持冷静，等待时机的到来，这么一想，她从箱子里拿出画板和画纸。

救命！我被囚禁在这间地下室。她在纸上写道，然而这张纸条能递给谁呢?

她把那一页给撕下来，团成一团。

于是她开始画画，画的是埃及历史课本上森穆特墓的天花板，画画让她冷静了一些。她开始画月亮和星星。埃及人认为，人死后会到星星上生活。但人是没有来世的，对吗？祖母倒是笃信来世一说，其他人没一个信的。来世根本就不存在，不是吗?

他们如果杀了你，你就死了，一了百了。也许一百年后，会有人在树林里发现你的尸体，但是已经没人记得你是谁了，甚至没有人知道你曾经失踪了。

你就像蚀刻画板上的画一样，轻轻一摇，就被人从历史上抹掉了。

“妈妈。”她轻轻喊了一声，“救救我，快来救我。妈妈！”

但她知道，她什么援助都等不到。

第6章

星期四，上午 9:16

蕾切尔回到位于普拉姆岛的家中，一脚踏进厨房，立刻摔倒在地板上。这倒不是昏厥，她并没有昏倒，只是再也站不稳了。她就那么躺在油毡地毯上，像个凌乱的问号。心也开始怦怦跳得厉害，喉咙发紧，感觉好像心脏病发作一样。

但此时此刻她怎么敢有心脏病？她还得去救女儿的命！

她坐起身，尝试着去调整呼吸和思考。

他们告诉她不要报警。他们也许害怕警察。

警察应该知道怎么处理，是吧？

她伸手去拿手机，半路又停下了。不！她不敢去冒险。

不要报警。绝对不要报警。如果他们发现她报了警，会立刻杀死凯莉。那个女人的声音中那种绝望和坚定，意思已经非常明白无误了。她肯定干得出来，她肯定会继续寻找下一个受害人。整个“链条”事件都太过疯狂，让人难以置信，然而……那个女人的声音……仿佛昭示了某种真相。那个女人显然对“链条”的力量感到恐惧，而且对它深信不疑。

“我也深信不疑。”蕾切尔心想。

但她觉得自己无法独自承担，她需要帮助。

马蒂。他应该知道怎么处理。

她飞快地按下了马蒂的手机号码，但通话直接被转到了语音信箱。

她又试了一次，还是语音信箱。她扫了一眼联系人列表，继续把电话打到他位于布鲁克莱恩的新房子。

“喂。”电话那头传来塔米单调的声音。

“是塔米吗？”蕾切尔问道。

“是我，你哪位？”

“我是蕾切尔。我打电话找马蒂，联系不上他啊。”

“他不在家。”

“哦？他在哪儿呢？”

“他在，嗯……哦……那个地方叫什么来着……”

“出差吗？”

“不是。你知道的……就是打高尔夫的那个地方。”

“苏格兰县那个？”

“不是！大家都去的那个地方！他可激动了。”

“打高尔夫？他什么时候开始——不管了。好吧，塔米，我一直在尝试联系他，我有急事，他的手机打不通。”

“他跟事务所的人一起去的。他们在那里静修，所以必须上交手机。”

“到底在哪里啊，塔米？求你了，好好想想。”

“奥古斯塔！他在奥古斯塔。我好像有那里的电话号码，你需要的话我可以给你找找。”

“我需要！”

“好吧，稍等，让我找找看。找到了。”塔米报出了一串数字。

“谢谢你了，塔米。我得马上给他打电话。”

“等一等，什么事儿啊急成这样？”

“哦，没什么，屋顶出了点问题，漏水呢，就这事儿。没什么大不了的。谢谢你。”话刚说完蕾切尔就匆匆挂了电话。

她快速地拨出塔米给她的那个号码。

“您好！这里是奥古斯塔格伦伊格尔酒店。”前台接待说。

“请帮我接通马蒂·奥尼尔。我是他的，呃，太太，我忘记他的房间号了。”

“嗯，稍等……74号房。我现在就帮您接通。”

电话转了过去，可是马蒂并不在房间里。蕾切尔又给前台打了个电话，嘱咐前台接待，等马蒂一回来就给她打电话。

挂断电话，她身子一软，瘫坐在地板上。

惊恐让她瞬间丢失了魂魄，一句话都说不出来。

虽然说这个世界上并不是恶人就有恶报，但是这种事为什么要发生在她的身上？过去这两年她所经历的一切难道还不够吗！这不公平。而且，可怜的凯莉还是个孩子，她——

手机在她身旁响了起来。她拿起来看了看来电显示，又是个未知联系人。

不要啊。

“给前夫打电话啦？”经过伪装的声音听得人毛骨悚然，“你现在真打算这么做吗？你能信任他吗？你的性命，还有你孩子的性命，真的能托付给他吗？到时候可就由不得你了，因为万一他向任何人透露一点风声，凯莉就死定了，估计到时候我们也必须杀了你。‘链条’必须自我保护。在给他打电话之前，还是好好想一想吧。”

“对不起。他的电话没打通。我给他留了信息。我只不过……我不知道自己一个人能不能扛过去，我——”

“过些时候我们或许会批准你去寻找帮手。我们会把联系方式告诉你，到时候你要先获得我们的批准。但是现在，你要是明白怎样做才对自己有利，就不要告诉任何人。你只管去凑钱，同时开始锁定目标。蕾切尔，你能行的。你在高速路上甩掉那个警察就干得很漂亮。对，没错，我们都看到了。我们会随时随地密切关注你的一举一动，直到一切都结束为止。现在赶紧动手吧。”那个声音说道。

“我做不到啊。”蕾切尔低声抗议着。

那个人叹了口气：“我们可不希望被选中的人需要持续不断的指导，那我们就太累了。我们选的都是能自行完成任务，独当一面的人。你就是这样的人，蕾切尔。所以，快从那该死的地板上站起来，行动吧！”

电话挂断了。

蕾切尔惊恐地望着手机，他们正在监视着她。

她给谁打电话，她的一举一动，他们全都一清二楚。

她把手机扔了出去，站起身，踉踉跄跄地走向浴室，仿佛从车祸现场离去一样。

她拧开水龙头，往脸上哗哗地使劲拍着水。浴室里没有镜子，除了凯莉的房间，家里一面镜子都没有。

她实在不想再看到自己不停脱发的惨状，于是把家里所有的镜子都拆了。当然，家里人坚决不允许她产生自己会死的念头。她当了一辈子护士的母亲从一开始就跟她解释说，这是一种2A阶段的乳腺癌，只要进行精密的外科手术，再辅以放疗和化疗，是可以治愈的。但是最初那几周，她眼睁睁地看着浴室镜子里的自己日渐消瘦，像被掏空了一样，形容枯槁，憔悴不堪。

拆掉所有的镜子对她的康复来说真的非常重要。在化疗那段黑暗的日子里，她才不必亲眼看着自己变成一个恐怖而苍白的骷髅。她能康复也算不上什么奇迹——2A阶段乳腺癌的五年生存率达到90%——话虽这么说，然而谁都有可能成为另外那10%，对不对？

她关上了水龙头。

幸好没有该死的镜子，否则镜子里的蕾切尔一定会用责怪的眼神死死地盯着自己。让一个十三岁的女孩独自在公交车站等车？凯莉当初要是判给了马蒂，还会发生这样的事吗？

不，不会的。在他的监护下是不会发生的。蕾切尔，都是因为你！面对现实吧，因为你就是个废物！他们完全看错你了，可悲啊，他们都错了。三十五岁了，你才刚刚开始第一份正式的工作？你这些年都干什么去了？你所有的潜力全都浪费了。和平队[①]？还有谁会加入和平队啊？从危地马拉回来之后，跟着马蒂浑浑噩噩这么多年，等他终于决定去上法学院了，你才想起来要去工作？

你一直都在自欺欺人。但你就是个废物，现在连你可怜的女

① 和平队（Peace Corps）是美国肯尼迪政府时期成立的一家志愿服务组织，和平队队员需要为其义务服务两年。——译者注

儿也被吸进你那张废物的网里了！

蕾切尔伸出一根手指指向曾经放镜子的那个地方：

你这个笨蛋！贱货！你怎么没早点死！你怎么不是那死掉的10%！

她闭上眼睛，屏住呼吸，从十开始倒数，睁开眼，飞快跑进卧室，换上为当老师特意买的白衬衫，黑裙子，外面再套一件看起来很昂贵的皮夹克，换上一双体面的高跟鞋。收拾好以后，她用手拢了拢头发，抓起一只背包，把自己的财务文件、笔记本电脑和纽伯里波特社区学院的雇用合同都一起装好，随身带上一盒烟，这还是马蒂为考律师资格证特意买的，又带上装在密封袋里的一大捆应急的钱，这才冲进厨房抓起手机，朝汽车奔去。直到这个时候她才发现，自己已经泪流满面。

第7章

星期四，上午9:26

位于纽伯里波特市中心州街上的第一国家银行上午9:30才开门。蕾切尔嘴里叼着万宝路，在银行入口附近的人行道上踱来踱去。

街上空荡荡的，一个脸色异常苍白、紧张的中年男人正朝她这边走来，这人身上穿着件厚重的外套，戴着一顶波士顿红袜队的棒球帽。

他在她面前停了下来，两人对视了一下。

"你是蕾切尔·奥尼尔？"他问。

"是的。"她答。

这人用力咽了下口水，下意识地把帽檐拉低了些："我奉命来告诉你，我离开'链条'已经一年有余了。我奉命来告诉你，因为当初我按照指令行事，我的家人才得以保全。我奉命来告诉你，如果'链条'有消息要传递给你或者你的家人，那么他们可以招募到成百个我这样的人来传递消息。”

“我明白。”

“你没，你没怀孕吧？”男人的问话忽然结结巴巴，好像跟原先准备好的剧本有出入。

“没有。”蕾切尔回答。

“那么这就是给你的消息。”说完他毫无预兆地朝她的肚子上猛击了一拳。

这一拳打得蕾切尔倒吸了一口凉气，蜷缩着歪倒在地上。他的手劲出奇地大，痛得她浑身哆嗦，过了整整十秒钟才缓过来，带着满脸的不解和恐惧望着这个男人。

“我奉命来告诉你，你如果还想了解我们的影响力，可以到网上搜索新罕布什尔州多佛市的威廉姆斯一家。你不会再见到我了，不过像我这样的人还多得是。不要想着去跟踪我。”这男人一边说，一边流下羞耻的眼泪，掉头沿着街道飞快地离去了。

就在这时，银行的门开了，保安看到蕾切尔佝偻着倒在地上，又抬头看了看从她身旁跑开的那个人，紧紧地攥起了拳头，刚才这里发生了什么已经一目了然了。

“女士，需要帮忙吗？”他问。

蕾切尔咳嗽着，强打起精神说道：“我没事。我，呃，摔了一跤。”

保安伸手扶她站了起来。

“谢谢你。”她疼得直不起身来。

“你真的没事吗，女士？”他问。

“是的，我没事！”

保安一脸狐疑地看了她一会儿，又看了看匆匆逃走的那个男人。她明白他已经起疑了，以为她正在策划一起银行抢劫案。他的手开始朝手枪伸去。

“非常感谢你！”说完蕾切尔又压低声音对他耳语道，“我还是不习惯穿高跟鞋。为了给银行留下好印象，我真的豁出去了！”

保安这才松了口气：“除了我，没人看见你摔倒的。真不知你穿着这东西怎么还能走路！”

“我经常跟我女儿讲一个笑话：‘穿高跟鞋的恐龙学名叫什么？’”

“叫什么？”

“叫‘我脚好疼龙’。她听了从来没笑过。我那些愚蠢的笑话从来没把她逗笑过。”

保安微微一笑：“呵呵，我觉得还挺好笑的。”

“那得再次感谢你啦。”蕾切尔说完拢了拢头发，走进银行，指明要见经理柯林·坦普尔。

柯林·坦普尔年纪比她大一些，搬来市区之前也住在岛上。他们以前经常去对方家里烧烤，马蒂也乘过他的船一起出海钓鱼。自打离婚后，她有两期房贷没有按时还上，柯林也并没有为难她。

“蕾切尔·奥尼尔，是什么风把你给吹来了啊。”他笑道，“哎呀，蕾切尔，为什么每次你一出现，附近的鸟儿都开始唱起歌来了呢？”

因为它们都是吃腐肉的乌鸦，而我恰好是还没死透的那个倒霉蛋。她心里这样想着，但嘴上却说：“早上好啊，柯林，最近怎么样啊？”

“我很好。蕾切尔，你来有什么事吗？”

她忍住腹部的疼痛，勉强挤出一丝笑容：“我最近遇到了点麻烦事，能不能跟你单独谈一谈？”

他们走进经理办公室，墙上挂着几幅游艇的图片，还有几艘精巧的小型船舶模型，是柯林亲手做的；桌上摆着几幅照片，里面是一只流着鼻涕的查理士王猎犬，蕾切尔怎么也想不起这条狗的名字了。

柯林把门留了一条缝，在办公桌后面坐了下来。蕾切尔坐在他对面，努力做出一副愉快的表情。

“我能帮你做点什么呢？”他依然一脸愉快，但眼睛里明显透露出一丝怀疑。

“哦，是房子的问题，柯林。厨房的屋顶一直漏水，昨天泥瓦匠来看过了，说最好在下雪前把整个屋顶都换掉，否则可能会塌。”

“是吗？上次我去的时候看着还好好的啊。”

“是啊。但那个屋顶从来没换过，是1930年代的东西了，每年冬天都漏。现在真的有危险了。我的意思是，对我们有危险——我和凯莉两个人。而且，对房子本身也有危险。你们贷款给我们，万一房子毁了，你们的资产也会一文不值，对不对？”她一边说着，一边用力挤出一个笑容。

“你的泥瓦匠说需要多少钱啊？”

蕾切尔起初想申请两万五千美元，但这个数额用于屋顶修缮似乎太不合理了。她没有任何存款，不过她的卡里有一万美元可以使用。至于如何偿还这笔钱，等凯莉安全回来再去考虑吧。

“一万五。不过，柯林，没问题，我吃得消。我一月份就要开始一份新工作了。”她说。

“哦？”

“我受聘到纽伯里波特社区学院去上课。现代哲学概论，存在主义，叔本华，维特根斯坦，都是这一类好东西。”

“终于要用上那个学位了啊？”

“是啊，你看，雇用合同和工资明细我都带来了。虽然没多少钱，不过薪水很稳定，比我开优步赚得多。柯林，我们现在的日子很不错——除了屋顶出的问题。”她边说边把文件递给他。

柯林仔细看了一下那些文件，又抬起头打量着她。他知道她有些不对劲，大概是因为她看着就已经很糟糕了。

疲倦、羸弱、惶恐不安。整个人看上去就像乳腺癌复发，或者处于甲基苯丙胺（冰毒）致死螺旋的最后阶段一样。

他眯起眼睛，情绪也起了微妙的变化，摇了摇头，说：“我们恐怕不能再接受延期还款了，而且在原始贷款上也不能再增加任何新的款项。即使我想帮你，也没有这个权限，在这种事情上，我几乎没有任何裁量权。”

“那么，二次抵押呢？”她问。

他又摇了摇头：“对不起，蕾切尔，你的房产不够格进行二次抵押。恕我直言，你那房子充其量就是一座美化过的海边小屋，你说是不是？更何况，那小屋也并不在海滩上。”

“我们在潮汐盆地上。它就是临海房产啊，柯林。”

“非常抱歉。我知道你和马蒂一直说要改建，但并没有开工，是吧？那房子并不适合过冬，连中央空调都没有。”

“那地块本身呢？这一带的房价一直在涨。”

“你那房子位于普拉姆岛的西边，那个地段并不值钱，又不是临大西洋那一边。你们房前就是沼泽，而且在水灾区。对不起，蕾切尔，我真的帮不了你。”

“但是，但是……我找到了一份新工作啊。”

“社区学院这份雇佣合同只签了一个学期。你对于银行来说属于高危人群——你自己也看得出吧，对不对？”

“你知道我没问题的。”她还在挣扎，“柯林，你知道我的为人，我一直都很守时。我按时还贷，工作很拼命。”

“没错。但问题不在这里。”

“马蒂呢？他现在是初级合伙人了。因为塔米，在子女抚养费上我没有催得太紧，但是——”

“塔米？”

“他的新女友。”

“她破产了？”

废话！蕾切尔心想。她知道这条信息对自己没有帮助，所以想尽快结束这个话题。

“哦，没什么大不了的。她在哈佛广场开了一家巧克力店，结果倒闭了。她不是做生意的料。我记得她好像才二十五岁左右——”

“在新英格兰这种美食天堂卖巧克力竟然会亏钱？”

“谁知道呢。柯林，你看我们也是老朋友了。我……我真的需要这笔钱。越快越好。情况真的很急。”

柯林坐在椅子上往后一躺。

蕾切尔眼看着一切即将成为泡影。他估计早就识破了她的谎言……

“对不起，蕾切尔，真的很抱歉。如果你想找一个靠谱的泥瓦匠，我可以给你推荐埃布·弗利。他人很实诚，活儿做得又快又好。我只能帮你到这儿了。”

蕾切尔点了点头，低声说了句“谢谢你”，她的声音很轻，带着一种彻底的溃败，离开了他的办公室。

第8章

星期四，上午9:38

嗯……这一次感觉跟以往不一样。

当然，没有任何证据可以证明它哪里不一样。它应该没有什么不一样。他们总是说一样的话，做一样的事，然后变得大同小异。人类实在太容易预测了，让人扫兴，不然保险业怎么那么容易赚钱。

而且这一切都只是一种感觉——一种感觉而已。她可以把这种感觉扔掉，换成另一种感觉。但今天她不想那么做。

她想坐下来好好体验那种糟糕的感觉，她想让它解释一下自己为什么会走到这一步。如果这种感觉尚有任何意义的话，那也几乎可以肯定是跟“链条”上当前的那个人有关。

或许看一看目前的游戏状态才是明智之举。

她在电脑上打开加密文件，查看当前的角色们。一切看起来都很正常。“链条负二环”是来自纳舒厄市的汉克·卡兰，是名牙医兼星期日学校老师，已经按要求完成了每一项任务。“链条负一环”名叫希瑟·波特，也来自新罕布什尔州，是一名大学行政人员，她也按照要求完成了所有的工作。“链条零环”就是蕾切尔·奥尼尔（她目前也自称蕾切尔·克莱恩），曾经当过服务生和优步司机，即将去一所社区大学任教。

蕾切尔会是那链条破坏者吗？

就算是也无关紧要。正如奥利弗常说的那样，“链条”在很大程度上有自我调节的机制，仅需一点点的外在力量就能够自我修复断裂的DNA。

“别担心。一切都会自己解决的。”她的继母经常这么说。继母这话说得没错。基本上所有事情都会自己解决好的。当然了，到最后连她自己都自我解决了。

不，蕾切尔不会惹麻烦的。他们都不会惹麻烦，也不能惹麻烦。蕾切尔也会变得像其他人一样；否则，她和她的女儿都得死。鉴于先前的案例，会死得很惨。

第9章

星期四，上午 9:42

蕾切尔站在银行外面的路上，竭力克制住即将涌出的眼泪和源源不断的恐慌。她应该怎么办呢？她什么也做不了。从一开始她就败了。**上帝啊，我可怜的小凯莉。**

她看了眼手机上的时间：9:43。

她抽了抽鼻子，抹了把脸，深呼吸一口，再次走进银行。

“小姐，你不能——”就在她走向柯林办公室的时候，有人拦住了她。

柯林从电脑上抬起头，神情惊异又内疚，“蕾切尔，我说了——”

她坐了下来，抑制着内心的冲动，否则真想跳上桌子，用刀抵住他的脖子，逼出纳员把该死的钱拿给她，而且还要不连号的钞票。

“只要贷款给我，不管利率多高，不管贷多少我都要，哪怕是明目张胆的掠夺也无所谓！我需要这笔钱，柯林，拿不到钱我绝不会离开这间办公室！”

她知道，自己的双眼正发出海盗一样的凶光，对他们来说就像银行劫匪一样危险。**你们看着吧**！这双眼好像在说，**此时此刻我什么都做得出来，一大早的，你们真想喊保安来，看着我乱踢乱嚷从这里被拖出去吗**？

柯林深吸一口气：“唉！嗯，我们确实有一种九十天紧急房屋贷——”

“我能贷到多少？”蕾切尔迫不及待地打断他的话。

“一万五千美元够不够你修……呃，房顶的？”

“够了！”

“利息要远远高于我们的……”

接下来他只管叽里呱啦地说，她却一句都没听进去。她根本不在乎利息多少，手续费多少。她只想要那笔钱。等他终于说完了之后，她微笑着回答说一切都没问题。

“我有些文件需要填。”柯林说。

“钱能直接汇到我的账户里吗？”

“你不愿意用支票吗？”

“对。”

“我们可以这么做。”

“我一个小时后再回来填写文件。”她再一次说了声“谢谢”，转身走出了银行。

她看了眼那份潦草写就的清单：

1. 赎金
2. 一次性手机

3. 搜索目标 / 受害人

4. 买枪、绳索、胶带等

5. 搜索地点藏匿受害人

她现在在纽伯里波特图书馆附近。或许可以利用这一小时来搜索目标 / 受害人。**对啊，可以，行动吧，蕾切尔，行动!**

她沿着州街一路小跑到了图书馆，三两步冲上图书馆的台阶，在洛夫克拉夫特配楼中找到一个空位。

第一件事就是搜索新罕布什尔州多佛市的威廉姆斯一家。警方认为，这原本是一桩入室抢劫案，不料却闹出了人命。一名母亲和两个孩子还有她的新男友被人绑在一起，全部头部中枪而死。孩子们离世几小时后母亲才被杀，也就是说这位母亲死前经历了无尽的痛苦折磨和煎熬。

真让人不寒而栗。蕾切尔开始加紧搜索潜在的目标。

他们是怎么找到她的呢？地图上摁一根钉子吗？家长教师协会记录？优步个人资料？

脸书！罪该万死的脸书！

她匆匆打开笔记本电脑，登录脸书，在接下来的四十五分钟时间里，她通过朋友的朋友的页面，翻看各种名字和面孔。

令人大跌眼镜的是，好多人的个人资料和帖子都是公众可见的，谁都可以浏览。**乔治·奥威尔错了。在不久的将来，通过广泛使用监控器来监视每一个人的不是国家，而是人民。他们持续不断地在社交媒体上上传自己的位置、兴趣、饮食偏好、餐厅选择、政治观念以及业余爱好等，从而替国家完成了这项工作。我们就是自己的秘密警察。**

她发现有些人每隔几分钟就在脸书和照片墙上更新状态，这无疑是在自愿为心怀不轨者提供个人行踪方面（时间、位置）的精确信息。

一切进展顺利，蕾切尔决定在大波士顿和北岸两个地区寻找目标。潜在目标最好是生活在一起的成功男女，不在执法机构工作，要有大房子，但家庭成员不能过多，看起来要支付得起赎金，还必须能让“链条”延续下去。

她拿出笔记本，写下初步候选人名单。

做完这些，她合上电脑，拿起皮夹克，把名单放到拉链口袋里，动身返回银行。

柯林正在等着她，蕾切尔在所有的表格上都签好字。一切手续办妥，她说要等在那里看着他把钱汇到她的账户。这也是眨眼就能办好的。

蕾切尔再次对柯林道了谢，离开了银行，直奔斯托里大街的潘娜拉面包店。

她点了杯咖啡，在角落里一个座位上坐定，给电脑连上免费的无线网络，下载 Tor 搜索引擎，但这个搜索引擎看上去非常可疑。即便如此，她还是在那个图标上点击了一下，就这样，她登入了暗网。暗网她之前也有所耳闻，知道在这里可以购买枪支、毒品以及限制性的处方药。

她在暗网上找到一个购买比特币的地方，通读了所有的步骤，为自己申请了一个账户，用信用卡购买了价值一万美元的比特币，又用第一国家银行账户中刚到账的一万五千美元购买了另一笔比特币。

她找到“无穷项目”的比特币账号，把钱转了过去。整个交易不到一秒钟就完成了。

就这样，赎金就算交了。天啊！

那么，接下来怎么办呢？她喝了口咖啡，紧盯着手机，静静等待着。潘娜拉面包店里的客人一切如常。他们根本不知道自己正活在梦中，他们根本不知道，在镜子的另一面，一切会变得多么不堪。

衬衫上有一根松散的线头垂了下来，她一把扯了下来。

手机响了一声，一张凯莉的照片又发了过来，这次她坐在地下室的一张床垫上。还有未知联系人发来的一条信息："更多指令随后就到。记住：这不是钱的问题，关键在于'链条'。继续进行第二部分。"

继续进行第二部分？这就是说他们已经收到钱了？她希望自己暂时还没有搞砸。

不过话说回来，这一部分算是容易的。

她合上电脑，离店向汽车走去。

现在怎么办？回家吗？不，不能回家。她现在必须去买一次性手机和枪，要搞到这两样东西，最佳地点必须离邻居和窥视的眼睛远一点，远离马萨诸塞州的枪支管控，最好跨过新罕布什尔州州际公路去买。

她赶忙钻进车里，打开引擎，离合器和刹车片哀号似的发出刺耳的声响，她又一次向北驶去。

第 10 章

星期四，上午 10:57

各个电台都在报道普莱斯托附近州警察遭遇枪击的新闻。新罕布什尔州每年只有四到五起谋杀案，所以这件事就成了一条爆炸性新闻，各个台都在播报。

她被这些报道弄得焦躁不安，索性把收音机关了。

刚刚越过新罕布什尔州汉普顿市的州际线，她就找到了那家弗雷德枪支店及室内实弹靶场。她路过这个地方成千上万次，却从来没想过有一天会在这里停下。

今天，她真的停下了。她把车停好，走进店内。之前小腹被打的那一拳仍在隐隐作痛，连走路身体都无法挺直，只能瑟缩着。

弗雷德身材高大健壮，六十来岁，看起来和蔼可亲，他戴着一顶强鹿公司的棒球帽，身穿牛仔衬衫、牛仔裤。虽然满脸坑坑洼洼的，但依然是个帅气的老头。他这人身上最独特的地方，大概就是低腰处系着的那根枪带。

蕾切尔看到他腰间敞开的枪套里有两把半自动手枪，估计是为了震慑那些胆敢偷窃的人。“早上好，女士。”他说，“有什么需要我帮忙的吗？”

“我来这想买把枪。放在房间里的那种，你明白的，个人防身用。我们那一带有过盗贼的报道。”

“你是波士顿来的？”那表情活像在追问，**就是诺姆·乔姆斯基、哈佛辩论联盟、泰德·肯尼迪云集的那个波士顿？**

“纽伯里波特。”说完她立刻后悔没胡诌一个假的家庭住址。

“你想买手枪吗？九毫米口径的？还是简单一些的？”

“对对对，就是这种。我驾照已经带来了。”

“我先把你的名字输到系统中。对个人进行审查的话，需要两天的等待期。”

“什么？不行，我等不了那么久。”她尽量不让自己的话音听起来太可疑。

“嗯，女士，我今天可以卖您一支步枪或者霰弹枪，这边一整排都可以。”他指着一排枪说道。蕾切尔虽然有一米七五，但这些枪对她而言还是太大太笨拙，大衣里揣着这样的枪向一个可怜的孩子走去实在不方便。

“你有小巧一些的吗？”

弗雷德摸着下巴，向她投来奇怪的一瞥，这一眼极具穿透力。蕾切尔真希望自己生得更漂亮一些。有魅力的女人从来都不会受到这样的凝视……至少不会这么频繁。根据马蒂的说法，二十来岁的蕾切尔看起来很像李安导演的《绿巨人》中的珍妮弗·康纳利，但是现在，所有的一切都已经荡然无存了。她的眼神已经变得空洞，那盛放的花朵也已经从她的脸上永远地凋谢了。

“枪支法对枪管长度的规定比较宽松一些。这些枪你看怎么样？”弗雷德说着从柜台下面掏出一把霰弹枪，按他所说，应该叫“快速合成战术”的雷明顿 M870 泵动式霰弹枪。

“这个应该可以。”她回道。

“这把 2015 年产的，二手货。三百五十块卖给你。”

“那我就买这把。”

弗雷德浑身抖了一抖。很显然，他原本以为蕾切尔会跟他讨价还价，但她竟然这么迫不及待，不管开价多少都打算接受。她注意到他朝外面的停车场望去，看到她那辆破旧不堪的橙色沃尔沃240。“这样吧。”他说，“我免费送你一盒子弹，再简单给你上一课。要不要我告诉你怎么打枪？”

“要的，谢谢。”

弗雷德把她带进室内的靶场。

“以前没开过枪吧？”他问。

“没有。只摸过一次。是一支步枪，在危地马拉。但从来没有开过枪。”

“危地马拉？”

“和平队。我们在那负责钻井。我和马蒂——我的前夫——都是文科专业的学生，所以理所当然地被分派到丛林里负责灌溉项目。我们根本就一窍不通。那时候还带着我们的宝贝女儿，凯莉。现在一想，那时候可真疯狂啊，真的。马蒂说他在营地里看见过一头美洲虎乱走，不过没人相信他的话。他用过一支步枪，还伤了自己的手臂。”

“好吧，我来教你怎么正确使用。”弗雷德递给她一副耳罩，先教她怎么组装武器。

“要紧贴着肩膀。这枪是20号口径款，后坐力不小。不，不，还要紧得多。用你的身体兜住它。如果留有空隙的话，枪托会自动回弹到你的锁骨上。记住牛顿第三定律。每一种力都会产生一个等值且方向相反的力。”

弗雷德按下一个按钮，一个纸靶从屋顶滑道上滑过来，在距离他们8米的地方停下了。屋里充斥着一股油脂和火药的味道，让人禁不住感到一种幽闭和恐惧。纸靶是一个面目狰狞的男人，手里也拿着武器；这可不是一个受到惊吓的小孩。

“扣动扳机，就这样，继续，很容易的。”

她扣紧扳机，一声巨响随之而来，弗雷德的牛顿第三定律说得没错。枪管剧烈地撞到她的肩膀上，等她睁开眼时，发现纸靶已被自己打得粉碎。“8米以内的距离，你应该没有问题。他们如果距离比较远，而且在跑动的话，那就让他们跑吧。你明白我的意思吗？”

“把他们放近点再杀掉他们，还是让他们跑远了，然后报警？”

他朝她挤了挤眼：“你领悟得很快。”

她收拾好枪弹，付账后谢过弗雷德，回到车里把枪放在副驾驶座上。如果他们真的在通过手机监控她，希望能看到她对待这件事的严肃和认真，知道她正在按部就班地完成任务。

第 11 章

星期四，上午 11:18

汉普顿购物中心是购买一次性手机的理想场所。蕾切尔把车停进车位，打开后备厢，在里面四处乱翻，寻找凯莉那顶波士顿红袜队棒球帽。她自己那顶洋基队棒球帽有时候太惹眼了；像红袜或爱国者队的棒球帽，戴着基本不会有人看你第二眼。她找到那顶帽子戴到头上，往下拉低遮住大半张脸。

手机叮铃一声响，小腹随着一阵抽痛。“喂？”还没来得及看清来电联系人的名字，她就不由自主地接听起来。

“你好，蕾切尔，我是凯莉的班主任，珍妮·蒙克里夫。”

“哦，是你啊珍妮，嗯……你好。”

“我们想问问凯莉今天去哪儿了？”

“哦，她今天病了。我忘记给学校打电话了。”

“你应该在九点之前给学校打电话的。”

“下次一定记住，我保证。对不起啦。她今天不去学校了，身体实在不舒服。”

“什么问题？严重吗？”

“但愿就是个小感冒吧。哦，对了，还呕吐。”

“哦，天哪。真可怜呀。希望她明天能回到学校上课。听说她正在准备一场关于图特国王的精彩演讲。”

“明天啊，嗯，我还不太清楚。再说吧。这种病是很难预测的。哦，我得挂了，我正要赶去给她买药呢。”

“她要请多久的假呢？”

“不知道，我真得挂了。”此刻另一通电话正打进来，显示的是未知号码。“再见了珍妮，女儿生病，我得抓紧时间。”蕾切尔边说边接起了来电。

“蕾切尔，我希望你能全力以赴，现在一切可都指望着你呢。你要是找不到替罪羊，我的儿子就回不来。”挟持凯莉的那个女人在电话中说。

“我正在拼尽全力。”蕾切尔连忙说。

“他们说已经把威廉姆斯一家的事都告诉你了。”

“是的。”

“你要是能过了这一关，必须对这件事只字不提，否则下场会像那家人一样。”

“我保证只字不提。我一定会全力配合，一定会拼尽全力。”

“蕾切尔，继续加油吧。记住，只要他们认为你是个累赘，我就会毫不犹豫地杀掉凯莉！”

“求你别这么说。我——”

那头已经挂断了。

蕾切尔看着自己的手机，两只手不受控制般抖个不停。那个女人显然极度危险。凯莉现在就在那人手中，而那个人已经处于神经衰弱的边缘，一触即溃。

这时对面一辆车里走下来一个年轻人，奇怪地看了蕾切尔一眼，冷冷地点了点头。

难道他也是“链条”上的人？

难道他们真的无处不在？

蕾切尔按下内心的哽咽，把手机放进包里，从购物中心的双开门中匆匆走了进去。

西夫韦商店里已经熙熙攘攘。她拎起一只购物篮，快速穿过感恩节促销商品展示柜，来到售卖廉价手机的货架前，拿起一个看着还不错的 AT&T（美国电话电报公司）手机，虽然是个便宜货，不过也能拍照片和视频，而且只要 14.95 美元，她立刻拿了一打放进购物篮里，看了看觉得不够，又拿了两部。这些够不够呢？货架上只剩下六部手机了。管它呢！她把剩下的全都拿走了。

这时她一转头，看到维罗尼卡·哈特就在不远处，这个邻居有点古怪，住在普拉姆岛上，跟她家隔着五座房子。天啊！她之所以跑到这里来购物，就是怕被熟人认出来啊。维罗尼卡要是看到这些手机，一定会问她是不是在为世界末日做准备，而且一定会教导她说，既然末日来临，那么僵尸肯定会把手机信号发射塔都给推翻。

牵一发而动全身，蕾切尔赶紧躲到一堆没卖完的万圣节商品后面，直到维罗尼卡结完账离开才出来，在自助服务柜台上付清了那些手机的钱。买完手机，她又来到五金店买了绳子、链条、挂锁和两卷胶带。收银员很时髦，留着猫王那种长长的鬓角，还戴着墨镜。“三十七块五。”他说。

她递过去两张二十块的钞票。

“你应该说‘不是你想的那样！’”收银员又说。

蕾切尔听不明白他在说什么：“你的意思是……”

“这些东西，”收银员边说边把东西装进两个塑料袋，“看起来好像《五十度灰》的入门级工具包啊，不过我敢肯定你有更单纯的理由。”

真正的理由其实要恐怖得多。“不，正是做那种事用的。”蕾切尔说完转身疾速离开。

第12章

星期四，上午 11:59

凯莉没了手机，也弄不清现在是什么时间了，感觉现在依然是早晨，周围也听不到任何声音，只能从地下室的窗户里看到一些光线。

她裹着睡袋坐起身来，地下室里可真冷啊，窗户的两边都结了霜，在屋里跑几圈会不会好一点呢？

凯莉从睡袋里蠕动着爬出来，只穿着袜子站在冰冷的水泥地面上。她径直向前走去，直到链条把她给拉住，其实走不了多远，只能在床边绕着小圈子，最后又回到那个巨大的旧铸铁炉灶旁边。

这东西真有看起来那么笨重吗？她走上前去，背对着摄像头推了一下，纹丝不动，她连忙钻回睡袋，躲在被子底下屏住呼吸，竖起耳朵听听有没有人开地下室的门，然而连个人影都没有。

他们都很忙，并没有在摄像头的另一端监视她，至少没有一刻不停地监视她，或许他们只是把摄像头连接到笔记本电脑上，偶尔看她一眼吧。就算她能搬得动炉灶，接下来又能怎样呢？还不是照样要被拴在这个愚蠢的东西上，站在楼梯下面寸步难行？

她躲在睡袋里悄悄地研究着手腕上的镣铐。

金属和皮肤之间几乎没有任何空隙，顶多有几毫米。依靠这么一点点空隙，她能把手铐从胳膊上脱下来吗？不大可能。胡迪尼[①]到底是怎么做到的呢？她的朋友斯图尔特一度对胡迪尼迷你剧很是上瘾，鼓励她也去看。她完全不记得胡迪尼是否在逃脱表演中把手铐从胳膊上摘掉过。他的身上总是藏着一把钥匙，随时可以用来开锁。她但凡能从这里逃出去，就一定要学几招这样的求生技能：自卫技能，开手铐技能……她又仔细地看了看那副手铐，只见小小的钥匙孔下方刻着“无敌手铐公司”几个字。只要把钥匙插进锁孔，顺时针或逆时针转一下，手铐就开了。她现在需要的是一个能充当钥匙的东西，用来弹开机械装置。睡袋的拉链肯定不行，他们给她画画用的铅笔也不行。纸箱里没有一样能用的东西，除了……

她看了眼那管牙膏。牙膏袋是用什么做的呢？金属吗？塑料？她知道油画颜料是装在金属袋里的，但牙膏呢？她用心地分辨了半天，还是看不明白。这是一管高露洁防蛀保护牙膏，袋子都旧了，看着好像已经在备用浴室里放了好多年。究竟能不能用底部的尖角把手铐给捅开呢？

她用牙膏袋捅了捅锁孔，好像也并不是完全不可行。

她必须很小心地把牙膏袋的底部撕掉，尽力把它改造成一把钥匙。那个女人如果发现她企图逃跑，非杀死她不可。企图逃跑无疑是一种危险的赌注，不过无论如何，总比坐以待毙要好。

---

① 胡迪尼是20世纪早期以脱解镣铐、容器著称的大师。2014年上映了根据其生平改编的传记型迷你剧。——编者注

第13章

星期四，中午 12:15

一个小个子男人站在她家屋前。那把霰弹枪现在就放在副驾驶座位上。蕾切尔一边停车，一边伸手去摸枪。她落下车窗，把枪横放在腿上，好奇地问："有事吗？"

那个男人转过身，原来是哈弗坎普博士，老人家住在潮汐盆地上，跟她的房子隔着两户。

"你好啊，蕾切尔。"他兴高采烈地跟她打着招呼，缅因州的乡下口音透露着抑制不住的兴奋。

蕾切尔把霰弹枪放回到副驾驶座上，下了车才发现哈弗坎普博士的手里拿着件东西。

"这好像是凯莉的东西吧。壳子上写着她的名字。"

蕾切尔的心一下提到了嗓子眼。没错，这正是凯莉的苹果手机——根据这条线索或许可以查到凯莉的去向。她唰地从他的手里抢过手机，开机之后却只看到锁屏上艾德·希兰弹吉他的照片，还有输入四位密码的提示。蕾切尔不知道密码，她敢肯定自己永远都猜不到凯莉的密码是什么。一旦猜错三次，手机就会自动锁定。

“是凯莉的手机。你从哪里捡到的？”蕾切尔尽量显得心平气和。

“公交车站。我在遛切斯特的时候发现的，我一看，咦，是部手机，就捡了起来，才看到背面有凯莉的名字。她肯定是在等校车的时候弄丢的。”

“她一定会开心坏了，谢谢你啊。”

蕾切尔没请他到家里去喝咖啡。这里可是马萨诸塞州啊，她这么不讲礼节，简直罪该万死，不过她真的没时间了。

“嗯，我得走了，还得去把船底的水抽干呢。再见啦。”哈弗坎普博士穿过芦苇丛，蕾切尔目送着他朝他的船走去。

一直到他身影看不见了，蕾切尔才赶紧把霰弹枪和其他装备搬到屋里，倒了杯水，打开电脑。电脑开启之后，她满眼狐疑地盯着屏幕看了一会儿。他们此刻会不会通过电脑或手机的摄像头在监视她？

她好像在什么地方看到过，说马克·扎克伯格为了安全起见，把所有电子设备的摄像头都贴上胶布。她有样学样，从厨房抽屉里找来胶布，把电脑、手机和平板电脑上的摄像头全都贴上一条胶布，这才在起居室的桌子旁坐了下来。

现在是时候面对那项任务了。

必须得去绑架一个孩子？她想着就忍不住苦笑起来。这种事情她怎么可能做得出来呢？疯了吧！完全、彻底地疯了。

她怎么做得出这种事情？

是啊，他们为什么选中她呢，她又一次陷入了苦苦的思考中。她身上究竟有哪一点让他们相信，她蕾切尔可以做出绑架儿童这种无比邪恶的事情来？她从小到大一直是个乖乖女啊。

她以全A的成绩从亨特学院附属高中毕业，SAT高考中成绩优异，轻松通过了哈佛的入学面试。她从来不超速驾驶；一直规规矩矩缴税；不管什么场合，从来都不会迟到；连一张违章停车的罚单都能让她痛苦半天……现在竟然让她去做这种事情——对于一个家庭来说，还有比这更惨的事情吗？

透过窗户望去，外面是晴朗而美好的深秋。潮汐盆地里栖息着各色各样的飞鸟，远处的泥滩里有几个渔夫在挖鱼虫作钓饵。普拉姆岛正是马萨诸塞州的缩影。潮汐盆地的这一侧多是沼泽，房屋都比较矮小；岛的东侧则是一栋栋高大的避暑别墅，可以欣赏大西洋的浩渺波涛，这些度假别墅平时大都无人居住。一到五六月间，东侧就开始被来消夏的富人挤得水泄不通。盆地西侧常年生活着各种所谓的蓝领——消防员、教师以及捕螃蟹的渔夫。当初她和马蒂觉得这里应该是很安全的，比波士顿安全。安全——真是个笑话！谁都不安全。他们怎么会这么幼稚，竟然以为美国还有一块安全的地方？

马蒂怎么还不给她回电话呢？他到底在奥古斯塔干吗呢？

她翻出从脸书上搜集来的名单，开始一个个研究起来。

这可都是一张张开心的笑脸啊。

她就要拿枪指着这一个个满脸笑容的小孩，把他们拖到自己的车上。天哪，她要把这个小可怜虫关到什么地方呢？她的房子肯定不行。墙壁都是木制的，不完全隔音，要是有人呼救，左邻右舍全都听得到。她家也没有像样的地下室或者阁楼。柯林·坦普尔说得没错，这个房子充其量也就是个美化过的海滩小屋。去汽车旅馆开间房？不行，太愚蠢了！问题真是接踵而至。

她透过窗户看着盆地另一侧那些高大的房子，一个可行性更强的计划顿时涌上心头。

第14章

星期四，中午12:41

她冲进卧室，脱下半裙，匆匆穿上牛仔裤和球鞋，又套上那件红毛衣，戴上凯莉的红袜队棒球帽，外面再加上一件拉链连帽卫衣，收拾妥当以后，她打开落地窗，来到屋外的露台上。

沿着盆地是一条沙子小路，两旁长满了茂密的芦苇，她顺着这条小路走了下去。

冰冷的风中充斥着一股烂海带的气味。临水人家的房屋里隐约飘来阵阵电视和收音机的噪声。

她尽量靠近岸边，沿着海洋那一侧的盆地走了大约一多半，这才横穿北部大道，准备去探究大西洋岸边那些临海的大房子，首先就是要隐蔽，避开所有人的耳目。

避暑的人都已经走了，但是，哪些房子是避暑用的，哪些又常年住人呢？

现在普拉姆岛的常住人口越来越多，岛上已经有了自己的自来水和排污系统，不过那些世代富贵的人，行迹都有规律可循，他们总是像金斑鸻一样，在阵亡将士纪念日[1]当天到达，到了劳动节[2]就飞走。

看一栋房子是否有人居住其实很容易：屋里是否有灯光、有人声，门口车道上是否有汽车；如果没有灯光，没有汽车，信箱里邮件堆成山，而天然气依然接通，那就说明只是暂时没人。

分析一栋空置的房子在短期内是否有人住，也没有想象中那么困难：灯不亮，电源和无线网都断了，信箱里没有信件，天然气管道也关了。不过即便这样，这种房子仍然有可能是一些人的周末住所，这种人通常周一到周五在波士顿或纽约上班，到了周六早晨，会穿着猎鸭靴和外套突然出现在门口，要是看到自家厨房里站着个陌生人，旁边的椅子上还绑着个小孩，还不得吓晕过去？

她要找的是一处为过冬准备的防风又防雨的房子。每年的这个时候，东北风都异常凛冽，虽然临海的房屋大部分都建在海平面以上的沙丘上，不过一旦涨潮，或者来一场暴风雨的话，巨浪就有可能席卷露台，拍碎昂贵的加厚玻璃窗。因此，房屋的主人如果要等到圣诞节或春季才回来居住的话，通常会把所有朝东的窗户都用木板钉死。

较大的房屋好多都做了这种防护措施准备，尤其是靠近岛岬的一座房子，她特别喜欢。那是座砖房，在这附近比较罕见；岛上其他的房子几乎全都是木制的。除了砖墙之外，更妙的是这座房子有一个名副其实的地下室。她据此断定这座房子是1990年之前建

① 美国阵亡将士纪念日（Memorial Day）是每年五月的最后一个星期一。——译者注

② 美国劳动节（Labor Day）是每年九月的第一个星期一。——译者注

造的，那一年颁布了一项法规，要求所有新建的房屋都必须具备防洪功能——这就意味着建房子要先在地面上打木桩。

蕾切尔绕着这栋充满希望的房子转了几圈，细心观察房子的结构。面朝大海的窗户都已经钉死，连侧面的窗户也都钉了。她翻过篱笆，检查保险丝盒和电线。天然气和电源都断开了，信箱里空无一物；很显然，所有的信件都被转发到了别处，或者留在了邮局。信箱上有一块铭牌，说明这栋房子属于一户姓阿彭策尔的人家。

她对这些人也有点了解。这里住的是一对老年夫妇。男的六十多岁，来自波士顿，退休前是埃默里大学的化学教授。妻子名叫伊莱恩，稍微年轻些，五十来岁。两人都是二婚。要是没记错的话，他们冬天会去坦帕市过冬。

蕾切尔走到朝东的后露台上，露台的围墙很高，能够很好地保护隐私，坐在这里基本不会被人发现，除非正前方的沙滩上刚好有人走过，不过这个时节，沙滩上根本没人。

后门直接通向厨房。纱门上了锁，不过被她猛地一拉，就开了。厨房门上的把手看着很普通。

她仔细地查看了一番，用手机拍了照。

她花了大约十分钟时间在网上搜索这张图片，根据好几个开锁网站上给出的说法，这是一个西勒奇牌门锁，仿乔治王时期风格，F40 型号把手，用锤子和凿子顺着锁芯砸下去就能打开。

不过真正让人担心的是厨房窗户上贴的一个标签，上面说这座房子装有“原子警报”牌的安防警报系统。如果真的打开后门，她大概有三十秒的时间去寻找警报器的密码箱，如果不能在第一时间输入正确的密码，那么一切可就要天塌地陷了。这个警报的标示看着非常旧，原本明亮的蓝色现在已经褪成浅灰色。

电源断开的话，警报器还会响吗？

阿彭策尔家这座房子还有另一个大问题，那就是它紧邻着一条小路，这里有很多这样的小路，横穿沙丘，通向普拉姆岛沙滩。每天的这个时刻，小路上是没人的，不过早晨应该会有很多人遛狗或散步。一个小孩要是撕心裂肺地叫喊，一定会被人听到的，除非她能让地下室隔音。在地下室的窗户上钉一大块木板应该就能解决这个问题，但是这样做也并非万无一失。嗯……伏尔泰曾经说过，不要因强求完美而让好事难成。她可以花上一周的时间去寻找一座最完美的空置房子，但凯莉也将会在自建的地下城里忍受一周的痛苦。除了警报器标签和沙丘小路，阿彭策尔家这座房子近乎完美，它跟这一带的房子距离都比较远，离大路也有十五米左右，而且有一部分被沙丘遮住了。房子四周种满了柏树，大约是为了遮挡西下的阳光。

她坐在阿彭策尔家后阳台一把木质矮靠椅上，按下了纽伯里家居防盗系统的电话。

“纽市防盗，我是杰克逊，请问您需要什么帮助呢？”一个男人用浓重的里维尔口音接了电话。

“哦，你好。我有个警报器的问题您能帮我解决吗？”

“我尽力吧。”

“我叫佩吉·门罗，住在岛上。我女儿受埃尔西·坦纳所托，等她不在家的时候帮她遛那条那不勒斯獒犬，埃尔西给了她一把钥匙，但她家窗户上有一张旧的‘原子警报器’标签，我女儿怕开门之后警报器会响。您觉得呢？”

蕾切尔并不擅长撒谎。她不知道是应该尽量少说些话，还是该絮絮叨叨把人名和其他细节都说出来，从而减轻对方的怀疑。她选择了后者，这会儿非常担心自己是不是搞砸了。

杰克逊打了个哈欠，说道："唉，女士，你如果同意，我可以跑过去一趟，亲自看一看，不过最低需要五十美元。"

"五十美元？她帮人家遛狗还赚不到这么多钱呢。"

"是啊，我知道。依我看，你女儿应该没问题。'原子警报器'在 1990 年代就破产了，他们的大部分业务都转给'清风防盗'公司了，不过清风公司的工人应该已经把窗玻璃上所有的'原子'旧标识都撕掉了，所以说，就算还有'原子警报器'的旧标识，警报器也不起作用了。她有没有看到比较新的警报器标识呢？"

"没有。"

"我觉得她不会有问题的。要是有麻烦的话，你再打给我，我过去一趟，看能不能帮上忙。"

"太感谢你了。"

她返回到位于普拉姆岛另一端的家中，从马蒂的旧工具箱里找到一把凿子和一把锤子。这个工具箱马蒂从来都没有用过。他的哥哥皮特是个工程师兼汽车专家，也是个修理工，这点跟马蒂可不一样。他们刚搬到这儿来的时候，还是皮特趁休假赶过来帮他们把房子收拾得可以容身。

想到这里她的心不禁一沉，要是凯莉有个三长两短，非得要了皮特的命不可。叔侄二人感情很深。眼泪忍不住又贮满了眼眶，蕾切尔只能默默吞下。哭泣救不回凯莉。

她把锤子和凿子放进一个运动包里，带上手电筒。为防万一，她把霰弹枪也带上了，放在运动包里刚刚好。

沿着盆地小路一直向前，开始下起了毛毛雨。天空灰沉沉的，西边笼罩着一层不祥的阴云。下雨才好，遛狗的人和那些闲不住的邻居才会被雨困住。

不知道绑架凯莉的人有没有为她准备一个温暖安全的容身之处。她是个敏感的孩子，离不开别人的照顾。蕾切尔捏紧拳头，狠狠地砸在自己的腿上：**我来了，凯莉！我来了，我来了！**她把连帽衫的兜帽罩到头上，沿着北部大道走到阿彭策尔家的房前。太好了，屋前那排柏树可以把屋里见不得人的勾当遮得严严实实。她折回沙路，从篱笆直接翻了进去，来到了长方形的地下室窗户前，仔细勘察了一番，这扇窗户离地约 15 厘米，长 90 厘米，高 30 厘米。她敲了敲玻璃——看着好像不太厚，不过要是用亚克力板或者厚木板盖住，大概可以有效地消声。

她来到后阳台，打开纱门。心在胸腔里怦怦乱跳，几乎要窜出喉咙来，光天化日之下干这样的事，简直蠢疯了，但她不得不迈出这一步。

她从运动包里拿出凿子，对准锁芯中的钥匙孔，举起锤子朝凿子狠狠砸了下去。一阵金属撞击声之后，她晃了晃门把手，还是转不动，这次她把锤子举得更高了，使尽全身力气对准锁孔砸下去。

但她手一抖，没砸中，锤子落到了木门上。

天啊，蕾切尔！

她又一次抡起锤子，第三次朝下砸去。这一次整个锁芯结构都被砸碎了，小零件四处迸飞。蕾切尔放下凿子和锤子，小心翼翼地转动门把手。

把手转动起来，用力一推，门“吱呀”一声开了。

她哆哆嗦嗦地从包里拿出霰弹枪和手电筒，浑身抖得筛糠一样，走进屋去。

第15章

星期四，下午1:24

在她非法侵入的房子里，她带着恐惧僵直地站了半分钟。

没有狗冲上前来，没有警报器乱响，也没有人冲她大吼大骂。

这可不仅仅是运气，主要是她调查工作做得到位。

房子里空荡荡的，一股霉味。厨房的台面上积了一层薄薄的灰尘。估计过了九月这里就再没人住过。

关上厨房的房门，她开始仔细研究这栋房子。

上面三层没什么特别之处，地下室倒是很有意思，砖墙，水泥地板，除了一台洗衣机、一台烘干机和一个暖气炉之外，空无一物。整座房子承重的是一排混凝土柱子，可以把人拴在这些柱子上，这个念头一起她就觉得自己无比恶心。她看了看烘干机上方的那个小窗户，到时候可以用木板给盖住，镇上的五金店可以买到。

这种迷惑与憎恶的混合情绪让蕾切尔浑身颤抖。她怎么能如此轻松地思考这样的事情呢？这难道就是创伤带给人的影响吗？

是的。

这让她又一次想起化疗的那些日子，麻木，消沉，像跌进深渊一样，不停地下坠，下坠，下坠，无休无止。

她走上楼梯，从后门出来，随后关上房门，锁上纱门，确信海岸上空无一人，这才沿着后面的台阶来到沙滩上。

海浪四溅，蕾切尔迎着蒙蒙细雨，向家走去。

她在客厅的桌子上打开电脑，开始查看潜在目标的脸书动态。

选择对的目标非常重要。不仅受害人要选对，受害人的家庭也要选对，要确保这些人不会临阵慌乱，不会去报警，不仅要有钱支付赎金，而且要有足够强大的情感支撑去绑架下一个目标，从而换回自己的孩子。

她又一次感到大惑不解，为什么被选中的人是她？她是不会选中自己的，绝对不会。她会挑选一个条件更好的人，比如一对夫妻，而且要有钱。

她拿出记事本，列出一系列标准，缩小筛选范围。目标人选不能认识她，不能识别出她的声音；不能住在纽伯里波特，纽伯里或普拉姆岛；不过也不能住得太远；不能住在佛蒙特州、缅因州或波士顿南部；有钱；生活稳定，不能是警察、新闻工作者或政客。

她浏览着一个个名字和面孔，住址、电话、职业、子女人数、孩子念的学校，甚至所有的爱好和日常活动，这些隐私全都暴露在网上，谁都可以看见，她禁不住慨叹一声。

绑架小孩子的胜算应该最大。他们最容易掌握，挣扎和逃脱的可能性最小，也最容易牵动亲人的心弦。不过在这个时代，小孩子全都得到很好的照顾，要想神不知鬼不觉地绑走一个孩子，可能非常困难。

“除了我的孩子。谁都能绑走我的孩子。”蕾切尔抽咽着说。

她按照列出的标准浏览各个社交平台，把长名单缩短到五个孩子身上，又按照自己的偏好给这些孩子进行排序：

1. 马萨诸塞州，罗利市，丹尼·帕特森
2. 马萨诸塞州，贝弗利市，托比·邓利维
3. 马萨诸塞州，剑桥市，贝琳达·沃森
4. 马萨诸塞州，剑桥市，钱德拉·辛格
5. 马萨诸塞州，格洛斯特市，杰克·芬顿

“真不敢相信我竟然在做这种事情。”蕾切尔喃喃自语。不过她当然并不是非这样做不可。她大可以去找警察或联邦调查局（FBI）。

她停下来思考这件事，真正用心去思考。联邦调查局是专业机构，但控制凯莉的这个女人并不怕什么刑事司法体系，只有“链条”才让她惊惧。她儿子的性命就掌握在“链条”上一家的手里。如果他们判定蕾切尔背叛“链条”，那么按照指示，这个女人就要杀了凯莉，再选择新的目标，从声音可以听得出，她已经越来越接近崩溃的边缘。蕾切尔可以确信，这个女人为了自己的儿子，什么都干得出来。

不，不能联系联邦调查局。不仅如此，等她打电话的时候，要像那个女人一样，语气坚定、不容置疑。

她看了看各个目标所写的注释，首选的目标看起来确实非常合适：丹尼·帕特森。

十二岁，跟妈妈两个人生活在罗利市，单亲，爸爸不需要考虑。妈妈并没有破产，相反看起来还挺富有。

“链条”的操作者想要的究竟是什么？蕾切尔陷入了沉思，对“链条”来讲，最重要的就是能继续运作下去。链条上的人有的穷有的富，但比财富更重要的是，这些人必须得聪明、谨慎，要足以在链条上添上一环，让整条链不停地运行下去，链条上的每一根链环都很珍贵。目标们必须要有钱，但更需要有能力，够机灵，还要有恐惧心理，就像她现在这样。一个强健的链环，即使银行里只有几百美元，也比一个百万富翁级别的薄弱链环强得多。

哲学家克尔凯郭尔说，无聊和恐惧是一切邪恶的根源。

“链条”背后那些邪恶的人要的是钱，但他们怕的是能让整个链条分崩离析的个人。

蕾切尔可不想成为那个人。

说回丹尼。丹尼的妈妈曾经拥有一家公司，后来该公司被美国在线（AOL）收购。这位妈妈将爱子视为掌上明珠。

她看上去很强势，应该不会一触即溃。四十五岁。曾经两次参加波士顿马拉松比赛，一次是 2013 年，一次是去年。去年的速度更快。四小时零两分钟。

丹尼喜欢电子游戏，喜欢赛琳娜·戈麦斯，喜欢看电影，但是在蕾切尔看来最棒的是，他对足球无比狂热。他每个星期放学后要去训练三次，经常步行回家。

步行回家。

卷发，善良，挺正常的一个孩子。没有食物过敏，没有健康问题，个子在同龄孩子中不算太高大，甚至比普通孩子还要瘦小一些。肯定不是队里的守门员。

他的妈妈有个妹妹，住在亚利桑那州。爸爸不跟他们生活在一起。他再婚后现居南卡罗来纳州。

家中没有人当警察或从政。

丹尼妈妈温迪的生活彻底数字化了，一天当中只要醒着，她就把自己的位置和一举一动都发到社交平台上。所以蕾切尔要是去足球训练场监视那个孩子的话，就一定能知道温迪在哪里。

第一个孩子看起来非常容易得手。她继续开始研究第二个孩子：来自贝弗利市的托比·邓利维，也是十二岁，有一个八岁的妹妹阿梅莉亚。他们的母亲一刻不停地在脸书上更新他们的日常。

打开海伦·邓利维的脸书个人页面，一个满面笑容的金发女郎映入眼帘，三十五岁左右，看着赏心悦目。她的照片下面写着一行字：**我并非神经过敏，我忙得来不及神经过敏。**海伦和她的丈夫迈克，还有儿子、女儿生活在贝弗利。迈克在波士顿的渣打银行做管理顾问，海伦是北塞勒姆小学的兼职护理老师。

蕾切尔翻看海伦的脸书页面，发现她每周有两个早晨去幼儿园教书，剩下的时间似乎就在脸书上跟朋友们分享家人的日常。迈克·邓利维在波士顿上班，几乎每天都要很晚才下班。蕾切尔之所以知道这些，是因为海伦把迈克回家所乘的火车班次都发在了网上，而且还说了自己是否会让孩子等他回家之类的话。

蕾切尔在领英上找到了迈克的简历，得知他现年三十九岁，老家在伦敦，最近刚搬离纽约。没有政治和警察背景，看着也足够稳定。他喜欢足球，从事管理咨询之前，曾是一名拍卖师。让他一举成名的是成功卖出了皮耶罗·曼佐尼（Piero Manzoni）的一罐“艺术家之粪”。

海伦家中有三姐妹，她是老二，姐姐和妹妹都是家庭主妇，一个嫁了律师，另一个嫁了食品科学家，后来离婚了。

孩子们每天放学后就被接回家，从来没出过意外，不过托比之所以是个理想人选，是因为他最近刚开始学习射箭。

每周去塞勒姆地区射箭俱乐部两次。

托比最近才开始对射箭产生巨大的热情。他的脸书上有一个链接，是他自己在优兔（Youtube）上的一段视频，配上动感的背景音乐，视频是他射中不同箭靶的合集，很是可爱。

他从射箭俱乐部回家是步行，真是天赐良机。

独立自主，是个好孩子。“孩子们都应该向他学习。”蕾切尔心里这么想，突然意识到正是因为有她这样的人存在，才出现那么多直升机一样的父母[①]，对孩子过度保护。

第一个孩子和第二个孩子都很有希望，除此之外，她还有三个可靠的备选目标。

她关上电脑，拿起外套，开车到镇上那家五金店。正在这时，手机响了起来：“喂？”

“喂，请问是蕾切尔·奥尼尔吗？”

“我就是。”

“您好，我叫梅兰妮，是大通银行反欺诈部门员工，我想提醒您，您的信用卡今早出现一些异常操作。”

“好的。”

梅兰妮问了她一些身份验证方面的问题，然后直奔主题：“有人用你的卡买了价值一万美元的比特币。这件事你知情吗？”

---

① “直升机父母”指父母过度介入子女生活，像直升机一样盘旋在子女身边，过度保护或干预其生活。——译者注

“你们没有把这笔交易停掉吧？”

“不，我们没有。嗯，不过我们怀疑——”

“是我，我自己操作的。一切正常，是我跟我丈夫一起做的一项投资。哦，我手头真的有事要忙，先挂了啊。”

“所以说没有什么异常操作吗？”

“没有。没什么异常，一切都好。谢谢你打电话来确认啊。我真得挂了。再见。”蕾切尔说着挂了电话。

到了五金店，蕾切尔按照阿彭策尔家地下室窗户的尺寸买了一张木板，正在回家的路上，马蒂来电话了。他终于回电话了！

他像往常一样，用亲切而爽快的语调说：“嗨，亲爱的，怎么啦？”蕾切尔听到这声音，眼泪差点夺眶而出。

不知为什么，面对马蒂，不管多么努力，她好像都对他恨不起来。也许是因为那双绿色的眼睛，还有那漆黑卷曲的头发吧。蕾切尔的母亲曾经警告她说，马蒂会是个渣男，不过母亲对女儿的这种劝诫，最后总是适得其反。

“塔米说什么房顶漏水了？”马蒂问道。

“什么？”

“房顶。塔米说下雨漏水了？”

“你现在在哪里，马蒂？”**我需要你**！她硬生生地把这一句憋了回去。

“我在奥古斯塔呢。公司过来放松充电的。”

“你什么时候回来？”

“我周五晚上去接凯莉来过周末，放心吧。”

蕾切尔抽噎一下，轻声说：“哦，马蒂。”

“亲爱的，等明天啦。再坚持一下。”

"我会的。"

"你要说的不是房顶的事吧？宝贝，到底发生什么了？出什么事了，告诉我。"

我可能要死了，我们的女儿被绑架了，除此之外还有别的事吗？她差一点就脱口而出，当然她并没有。她没说，是因为马蒂听到之后肯定会直接报警，他不会理解的。

"是钱的问题吗？我做得不好，这我知道。我保证，我一定会加油的。你找到修理工了吗？"

"没有，我根本没有帮手。"蕾切尔机械地回答。

"房顶漏水有多严重？"

"我也不知道。"

"好吧，亲爱的，我查过天气预报，今晚这样的雨夜，修屋顶的人是不会出工的。你要不找皮特帮帮忙？"

"皮特？皮特在哪里？"

"好像在伍斯特。"

"那我给他发条信息。我估计他们会允许我这么做的。"

"你在说什么呢？谁允许你啊？"

"没什么，没有谁。对，我应该找皮特帮忙。我再考虑一下吧。"

"那就好，亲爱的，我真的得挂了，好吗？"

"好吧，马蒂。"她无限悲伤地说。

"再见。"他挂断了电话，那抚慰人心的男中音消失了，车里重新回到了冰冷和寂静中。

第16章

星期四，下午2:44

马萨诸塞州的狩鹿季要到十一月二十七日才开始，而皮特从未真正把所谓的准确日期放在心上，其实绝大多数的法律法规和行为准则在他看来都无足轻重。

他知道如果被护林员或警察抓住，轻则罚款，重则更甚。不过护林员可抓不住他。皮特对伍斯特西面这片森林非常熟悉，就像有些人对芬威球场外的各间酒吧无比熟悉，而有些人则对飓风贝蒂俱乐部里的舞娘无比熟悉一样。他从孩童时起就在这片森林里打猎。诚然，当前的问题让他的感官有些迟钝，不过即便如此，一个笨拙的乡村警察或身穿反光背心的护林员，也丝毫不能吓到他。

他常有搬到阿拉斯加去生活的念头，那里的护林员和乡村警察更少，不过凯莉希望他留在马萨诸塞，至少等她上大学再离开。凯莉是他唯一的侄女，他对她宝贝得不得了。他们俩几乎每天都发信息，凡是她妈妈看不下去的电影，他都会陪她去看。

皮特一路追赶那头大雄鹿，来到白桦林深处。那头鹿并不知道身后有人跟踪。他迎着风，在丛林中悄无声息地移动着。皮特在这方面极为擅长，他曾在海军陆战队担任过工程官，数年时间中都冒着迫击炮的炮火建造桥梁，不过几年后，他就借休假之机参加了彭德尔顿营地的基础侦察课程，到结业时他几乎是班里最优秀的学生，军中将领希望把他调到侦察营去，不过他志不在此，他参加那个课程仅仅是为了证明自己而已。

他用步枪瞄准了那头老鹿心脏下方的位置，正要扣动扳机，口袋里的手机震动起来。他想，**早先应该关机的。没想到这里竟然还有信号。**

他看了一眼手机，两条未读信息，一条是蕾切尔发的，另一条是马蒂发的。两个人问的是同一个问题："你在哪呢？"

他试图回复蕾切尔的信息，不过怎么都发送不了。

他没理会马蒂的信息。他并不讨厌马蒂，但是两人之间几乎没有任何共同点。他俩相差六岁，等马蒂学会走路和说话，刚变得好玩时，皮特已经迫不及待地想要离家独自生活。他确实办到了。十二岁那年，他"借用"邻居的雪佛兰羚羊轿车，一路开到佛蒙特州的东富兰克林。他本想到蒙特利尔的各处去转转，谁知在加拿大边境被捕了。

结果什么都没有发生，他竟然毫发无损。法官只是照本宣科地教训他一番，晃了晃手指就让他离开了。后来他又偷了好多辆汽车，不过一次比一次小心了。他再也没有打算越境，也不跟人飙车。再后来上了高中，跟一帮混混搅在一起，但只要他的绩点保持在平均 B+ 的水平，好像也没人来干涉他，而他也一直保持住这个成绩。学校生活对他来说无聊透顶，不过不知怎的他竟然被波士顿大学录取了，开始学习土木工程。他在波大的成绩一直处在中下游，在校的大部分时间都耗在时髦的计算机辅助软件设计上，创造出各种离谱的悬索桥，离谱到根本无法实际建造出来，还有各种无人问津的老式悬臂桥。2000 年 5 月毕业时，他对于未来没有任何规划，也没有任何想法。

他来到纽约，希望在迅猛发展的互联网行业做个网络安全专家来养活自己。大家都说互联网是一波新的淘金热，但皮特一定踏入了一条错误的虚拟河流，一直徘徊不前。他辛苦赚到的钱，连支付学生贷款的利息都很勉强。

然而，一年后，“9·11”事件发生了。

第二天一早他赶去了时代广场。生活在纽约的人，永远也不会忘记那一天。那一天，一扇新世界的大门打开了。

征兵摊位前排着的队伍一直延伸到 34 街。皮特的祖父曾在海军服役。根据他的工程学位和家庭背景，征兵人员推荐他加入海军或者海军陆战队。皮特最终选择了海军陆战队。接下来的十三年人生就被命运之笔按部就班地书写了。候补军官学校，战斗工程师，七次被派驻海外，五次前往战区。结束海军陆战队生涯后，他去了不少地方旅行，最后回到了伍斯特生活。

那一页已经翻过去了。现在的他只是个四十岁的无业人员，需要猎些鹿维持生活。

那头雄鹿低下硕大的头颅去小溪里喝水，左肋上一条长长的疤痕清晰可见。他和它一样，可都是经历过战争的呢。

皮特现在要瞄准很容易，但是第六感告诉他，这头雄鹿要等等再说。他的背后似乎传来一种微妙的感觉：出事了，出大事了。

他又看了一眼那条信息：“你在哪呢？”

难道蕾切尔遇到麻烦了吗？他把步枪扛在肩上，找个稍高一点的地方站上去，看有没有手机信号，但是现在手机只剩 1% 的电量了。

他爬到瀑布上方的小山上，想到了山上再发信息，但是两分钟过后，手机已经彻底耗尽了电量。那头鹿回过头看着他，他们就这样对视了三秒钟。

那头鹿吓坏了，哧溜钻进树林里。皮特看着它瞬间消失得无影无踪，内心懊悔不已。食品券快用光了。没办法，他只好收起步枪，朝自己的卡车走去。

此刻他的皮肤又紧绷起来。难道已经到时间了吗？他看了看天色，不会已经三点钟了吧？显然就是了。他大步穿过萧瑟的山林，发现停在防火开阔地的皮卡没有任何异常。可惜忘记带手机充电器了，只能等回到伍斯特的公寓里再联系蕾切尔，问问她究竟出了什么事。

第17章

星期四，下午3：27

凯莉坐在睡袋里，一只手拿着牙膏，刚才费力撬手铐，现在两只手腕钻心地疼。她记得斯图尔特曾让她看过一段视频，讲述打开手铐的三种方法。斯图尔特很喜欢胡迪尼、魔术、逃生术这类东西，可惜她没看，当时她的手机上有一段视频，说有人在大金字塔内发现了一个新的密室，她正忙着看那条消息。

下次她一定会留意的。

“如果还有下次的话。”想到这里，她的心里不禁一阵恐慌。

深呼吸，吐气，闭上眼睛。

她也喜欢魔术。

埃及人生活在诸神和魔鬼出没的世界里。

这里也有魔鬼，只不过他们已化身为人类。

她不知道妈妈是不是正在按照绑匪的指令行事。她怀疑绑匪把她的妈妈错认成了别人，他们原本要找的人，应该是可以打开银行保险库，或者知晓某些政府机密……

她深深地吸了口气，缓缓地吐出之后，又吸了一口。

现在总算平静了一些，不是真的平静，只不过比之前好了一点。

她倾听着这个悄无声息的世界。

不，四下里并非完全地悄无声息。这个世界总有一些声响。蛐蛐，飞机，远方的河流。时间一分一秒地流逝。她想让这条河带她逃离这里，逃离这些人，逃离一切。到哪里去都无所谓，她只想躺下来，任由河流带着她漂过那片沼泽，漂到大西洋上。

不，这些都是假的，是一个梦。这间地下室，这副手铐，这一切才是真实的。**活在当下。**学校辅导员曾在一堂正念课上如是说，为此还被学生们嘲笑了一通。**活在此刻，看见当下正在发生的一切。**

她睁开眼睛。

四下看了看，用心地看了看。

她已经看清了当下正在发生的一切。

第 18 章

星期四，下午 3:31

温迪·帕特森从罗利小学接走了丹尼，把他送去罗利高中踢足球，然后驱车赶往伊普斯维奇，从星巴克买了一杯印度豆奶茶拿铁，把丹尼买的感恩节饼干和那杯拿铁一起拍照发到照片墙上。

丹尼已经换上了足球衫，正在跟队友们一起练习运球。蕾切尔把她的车停在街对面，坐在车里一边观察着丹尼，一边用手机监视温迪的推特，同时兼顾着留意脸书和照片墙的动态。她盯着那个孩子，觉得自己无比恶心。她怎么能做出这种事呢？如此对待一个妈妈和一个家庭，还能有比这更邪恶的举动吗？然而，不这样又能怎么办呢，凯莉此刻正关在一个疯婆子家的地下室里，所以即便这件事邪恶透顶，她也非干不可。

她继续监视着丹尼，训练结束时，温迪依然在伊普斯维奇的星巴克喝咖啡，这时候毛毛雨已经停了，看来丹尼打算自己步行回家。

温迪并没有在脸书上说她会来接儿子。

那么，现在去绑架他吗？

她原本想着只是先侦察一下，暂时不去实施绑架。阿彭策尔那栋房子还没收拾好呢。

买来的木板还没装到窗户上；床垫也没放到地下室去。不过，如果机会自己送上门来了呢？

那个小男孩正跟一位朋友一起往家走，她开着车在后面慢慢跟着。她当然不能同时捉走两个孩子，所以必须等他们分开再说。

她知道自己开着车以每小时 8 公里的速度一路尾随着两个小男孩，看起来一定非常可疑。

目前并不知道丹尼家的房子具体在罗利市的什么地方，这些细节她暂时还没考虑过。会在主干道上吗？还是无尾巷里？她真恨自己没事先在谷歌地图上查好从罗利高中到他家的路线。

那个朋友陪丹尼走了几条街，然后就挥手走了，现在只剩丹尼自己。

小丹尼现在孤身一人。

蕾切尔的脉搏开始加速跳动。她抬眼扫了一下前排的副驾驶座位。

枪、面罩、手铐、眼罩。

她摇下车窗，从后视镜中查看四周的情况。

可惜这当口有目击者。一位老先生在遛狗，还有一位高中女生在慢跑。罗利这个小社区很安静，然而今天却有点儿不寻常。就这样，丹尼拐到一条车道上，从口袋里掏出钥匙，走进了家门。

蕾切尔把沃尔沃停在街对面，查看温迪的脸书更新，见到她说自己现在“正在往家赶。”

她大概只有八九分钟的时间来搞定丹尼。他真的自己一个人在家吗？家里有没有狗？有没有清洁工或者其他人？

是不是只要戴上滑雪面罩，飞快冲到街对面，按下门铃就可以了？一旦需要迅速脱身，怎样才能把他弄进车里呢？在电影中，单打独斗的绑匪会用浸有氯仿的抹布来制服受害人。氯仿能从药店买到吗？要是用量过度，导致那个倒霉孩子心脏骤停该怎么办呢？

她忍不住掩面叹息起来。

这件事为什么会发生在她的身上？究竟什么时候才能从这个噩梦中醒来？

她翻来覆去地思考这几个问题，到后来，一切都来不及了。

温迪的白色大众SUV在门前停了下来，她已经下车了。

蕾切尔忍不住咒骂起自己来。

她搞砸了，几乎是有意地搞砸了。纯粹是因为怯懦，这次行动失败了。

但是，妈妈刚一出现，丹尼就立刻跑到屋外，跟邻居的小孩往他家的篮筐里投篮。

她像一个捕食者监视猎物一样，贪婪地盯着那两个孩子。

万不得已的时候，随便哪个都行，如果能让其中一个孩子落单……

她抬眼看了下手表，还不到五点。从早上醒来的那一刻开始，她就已经变成了另外一个人。正如小说家J. G.巴拉德所言，文明不过是丛林法则外部包着的一层易碎的薄板：**最好是你，不是我；最好是你的孩子，不是我的孩子。**

投完篮，丹尼回到屋里。没过多久，一辆洛厄尔警察局的巡逻车在帕特森家门前停了下来，一名身高大约一米九，身穿制服的警察下了车。

蕾切尔不由自主地瘫倒在座椅上，然而警察并没有向她走过来。

他手里拿着一大盒乐高积木，按了下帕特森家的门铃，温迪给他开了门，在他的脸上亲了一下。那个警察走进屋去，透过客厅的窗户，她看到他用手挠了挠丹尼的头发，把乐高给了他。

我估计温迪并没有在脸书和照片墙上透露所有的情况。蕾切尔心想。绑架第一个孩子的计划就这样取消了。规则中说得很明确，不能牵扯到执法部门。她拿出笔记本电脑和手机，把第二个目标提到了第一个。

托比·邓利维。

蕾切尔开始翻看海伦·邓利维的脸书页面。她之所以选中海伦，是因为她也会每隔半小时就要把生活中的点点滴滴都跟所有人分享。不过，她看起来是个很善良的女人，是个好妈妈。

这正是她需要的：一个好妈妈，为了救回孩子，可以不惜一切代价。

她对海伦的丈夫迈克做了一番深入的研究。渣打银行是一个既安全又无聊的工作场所。估计他对压力已经习以为常，而且应该有钱来支付赎金。迈克是英国人，在曼哈顿生活了好多年。他有一个美食博客，写过一篇有趣的文章，标题叫《天堂之门，开在扎巴尔美食城还是上西区？》，又是一个有趣的家伙。至少这样的男人，叫人不忍心看着他忍受痛苦的煎熬。

不仅是她，任何人都不应该忍受这样的煎熬。

她顿了顿，又一次绞尽脑汁，想办法结束这一切，然而仍然一无所获。遵照“链条”的命令行事，别无他法。跟着“链条”走下去，你就能救回自己的孩子，否则……

正当她专心研究着托比的社交平台时，手机响了起来。

屏幕上显示的是**未知联系人**。

“喂？”蕾切尔犹豫着接通电话。

“进展怎么样了，蕾切尔？”一个声音说道。这个人讲话用了变声器，但听得出是今早在 I–95 公路上联系过她的那个人。

“你究竟是谁？”蕾切尔质问道。

“我是你的朋友，蕾切尔。作为朋友，我将要告诉你事情的真相，不管它到底有多残酷。你是个哲学家，对不对？”

“我想——”

“你知道有句话是怎么说的吗，活人不过是死人中的一类，对不对？而且是最为稀有的一类。‘摇篮在深渊上方摇晃。’[①]你女儿名叫凯莉，是吧？”

“是的。她是个好孩子。她就是我的全部。”

“你如果希望她待在活人的天地中，如果希望她安全回来，就必须让自己的双手沾上血。”

“我明白。我现在正在寻找目标。”

“很好。我们就想看到这一幕。你手边有能写字的纸吗？”

“有。”

“记下来：2–3–4–8–3–8–3–h–u–d–y–k–d–y–2，再对我复述一遍。”

蕾切尔重复了一遍。

“这是‘链条’现在在 Wickr 上的账户名，拼写是 W–i–c–k–r。

① 此句出自纳博科夫《说吧，记忆》，原文为：摇篮在深渊上方摇着，而常识告诉我们，我们的生存只不过是两个永恒的黑暗之间瞬息即逝的一线光明。（王家湘译）——译者注

你需要在手机上下载这个应用，把你正在考虑的目标人选的细节发到这个账户上。这边会有人审核你的人选清单，我们不一定会支持你的选择，有时候甚至会把所有候选人都否定掉，偶尔也会推荐我们自己选中的人。听明白了吗？”

“差不多明白了。”

“到底是明白还是不明白？”

“明白。另外，这部分我可能需要找帮手，但我不知道能不能让马蒂参与进来，他是我前夫。他可能会直接报警。”

“那你最好不要让他牵涉进来。”那个变声的声音迅速答道。

“他的哥哥，皮特，曾经在海军陆战队服役，不过他绝对不喜欢任何执法部门。小时候就没少给警察惹麻烦，去年好像还在波士顿被捕过。”

“那也说明不了什么。我听说，波士顿警局随便找个理由就能逮捕任何人。”

蕾切尔还是从这里看到了一丝曙光。一粒微小的种子，虽然可能永远不会发芽，但毕竟也是一粒种子。

“是啊。”蕾切尔用略带冷漠的口吻添一句，“他们会因为你乱穿马路而逮捕你，甚至因为你乱把车‘拐’了头而逮捕你。”

那个扭曲的声音嗤地笑了起来，喃喃地说了句“太对了”，随即又立刻恢复常态，“我们也许会批准你前夫的哥哥加入。把他的详细资料发到 Wickr 上。”

“好的。”

“棒极了。现在总算有了进展。‘链条’就是这样运转了很多很多年。它会帮你一步步走过去的，蕾切尔。”那个声音刚说完，电话就挂断了。

洛厄尔警察从帕特森家出来，向自己的汽车走去。

温迪来到门前向他挥了挥手。

是时候离开这条街，离开这个小镇了。

蕾切尔插上车钥匙，排气管竟然发出回火的噪声，警察不禁转过头来看她，她别无选择，只能隔着车窗朝他挥了挥手。这一天下来，又多了一个人见证她怪异而可疑的举止。

她沿着1A公路驶入罗尔夫斯巷，开上收费公路，过了桥，往普拉姆岛开去。

离家大约还有半个街区的距离，她看到凯莉好友斯图尔特正朝这边走来。怎么办！

她停下车，摇下车窗，语调轻快地说："你好啊，斯图。"

"奥尼尔太太，噢，对不起，克莱恩女士，我想问问……我想问问凯莉今天去哪儿了？她没有给我发信息。老师说她病了。"

"没错，凯莉今天不太舒服。"蕾切尔说。

"哦？她怎么啦？"

"喔，没什么，就是胃肠炎一类的毛病。"

"啊呀，是吗？她昨天看着还没什么问题啊。"

"是突发性的。"

"那就没错了，她今早给我发过信息，但压根儿没提这事儿。我还以为她是为了逃避那场埃及学方面的演讲呢，那可就太过分了，你知道——"

"我知道，她是这方面的专家。我刚才说过了，就是，呃，就是突发性的。"

斯图尔特一脸的困惑，好像并不太相信她的话："不管怎么说，我们都给她发了信息，她一条都没回。"

蕾切尔搜肠刮肚地寻找一条合理的解释：“嗯，对了，我们家里的无线网坏了，所以她才没联系你们。她不能发信息，也不能更新照片墙，什么都干不了。”

“我记得她手机上还有不少流量可以用啊。”

“没有。”

“喂，要不要我过去帮你们看看无线网啊？可能是路由器的问题。”

“不，你最好别去。我感染了流感病毒，传染性很强的。我可不希望你也病倒呀。我一定向凯莉转达你的问候。”

“唔，好吧，再见。”他说。她瞪着他，直到他被瞪得心里发毛，才转过身去，挥了挥手，沿着马路跑走了。

她继续向前开了五十米，终于到家了。她倒没有考虑过，凯莉学校的朋友会一直给她发信息。

凯莉只要凭空消失一个小时以上，立刻就会在他人的生活中造成一大片真空。而且不久之后，所有合理的借口都会用光的。要操心的事情无边无际，如今又多了一件。

第19章

星期四，下午 5：11

皮特还没到家，他已经在森林里待了整整一天，再也忍受不住了。

他的皮肤发紧，浑身像被火烤过一样。德·昆西[①]那个老头子说得对极了，那种感觉，正是一种永远都搔不到的痒。

他开着道奇公羊货车从 2 号公路下来，驶向沃楚西特山区州立保留地。那里有一片池塘，从没有人踏足过。

他从座位上探过身，拿过背包。

公路两端，一个人都没有。

他迅速拿出一小袋顶级墨西哥海洛因，又拿出一把汤匙、打火机、注射器和一根橡皮臂带。注射之后，他迅速把用具丢进杂物

---

① 托马斯·德·昆西（Thomas De Quincey，1785.8.15 —1859.12.8）英国散文家、文学批评家，下文出自《一个英国瘾君子的自白》。——编者注

箱，以防自己晕死过去，或是被国家公园管理局那帮好管闲事的人发现。

车窗外的秋景美不胜收，湖水湛蓝，树叶尚未红透，但也自有它独特的妖娆。

橘红两色的树叶犹如烈焰一般，被太阳照射得更加疯狂和绚烂。他放松身体，让海洛因渐渐溶解在血液中。

他没有看过任何统计数据，不知道究竟有多少退伍军人对毒品成瘾，不过想想也知道，这个数字一定很大，尤其是在海外服役过两三次的人。2008 年高峰期那会儿，连队里几乎每个人都多多少少负过伤。一段时间以后，大家就不再向医务人员汇报自己的伤情了。就算汇报了又有什么意义呢？脑震荡、肋骨骨折、背部拉伤等问题，他们根本就无能为力。当你的战友在外面清理道路，从桥梁上拆除爆炸物的时候，你能心安理得地在床上躺着吗？

药物和海洛因只能暂时消除身体上的疼痛。那是几十年来行走在地球上累积的所有疼痛，是骨头互相摩擦的疼痛，是坠落的疼痛，是别人手中的大梁砸落到你身上的疼痛，是机器操作不当所引起的疼痛，是从十米高空坠落到河谷中的疼痛，是简易炸弹在不到十米远的地方爆炸所产生的超压冲击波的疼痛。

而这一切，只不过是肉体上的疼痛。

他把座椅放倒，让海洛因缓解自己的重负，这是连深度睡眠都无法达到的效果。大脑中的 μ-阿片类受体激活了级联反应，分泌出多巴胺，幸福感立刻汹涌而至。

他的眼睛一张一合，池塘对岸那些虬曲纤细的树木，簌簌落下的秋叶，波光粼粼的水面上掠过的细腿涉水鸟，全都像幻灯片一样从他的眼前闪过。每次使用毒品，回忆和各种莫名的图像就会泛滥成灾，那些大都是不好的回忆，大多跟战争有关，有时候也会想起“9·11”。他回想起卡拉和布莱尔，虽然刚过四十岁，他却已经离过两次婚。当然，他身边的人几乎都差不多，入伍的人情况更糟而已，最后一次海外服役时认识的麦克格拉斯中士，前前后后离过四次婚！

卡拉只是年轻时犯下的一个错误——他们的婚姻只维持了十三个月——但布莱尔不同，天哪，布莱尔简直就是唐恩斯·凡·赞特①歌中所唱的那种女人，失去她，他的心，他的人生，还有他的金钱，都被她带走了大半。

金钱，又是另一桩烦心事。如果在海军陆战队再干七年，他本可以以半薪退休的，然而事实上，由于2012年发生在“堡垒营”的那件事，他差一点就上了军事法庭。

女人，钞票，该死的战争……都滚一边去吧！心中这么一想，他闭上眼，让海洛因来治愈自己。

睡了大约二十分钟，醒了，他开车去买了一包万宝路，一瓶佳得乐。原本还担心蕾切尔，现在也抛到了九霄云外。

回到车里，听到广播里正在放一首新曲子，他之前没有听过，不过听听也无妨。他点上一根烟，喝了口佳得乐，开始朝霍顿市开去，到了那里就可以沿着122A公路进城。

回到伍斯特大概有两个月了，其实他对这个地方并没有多少感情。这里已经没有家人，旧时的朋友也没几个。

那间旧厂房改造的公寓，对他来说，只不过是用来栖身和收

---

① 唐恩斯·凡·赞特（Townes Van Zandt，1944—1997）美国民谣歌手，词曲创作人，美国民谣界大师级人物，曲调优美，歌词充满诗意。——译者注

信件的地方。

他停好车，走进家门。从冰箱里拿出一瓶啤酒，开始给手机充电。开机后，他看到蕾切尔发来的第二条信息：

“他们允许我让你加入进来。给我回电话，尽快！”

他刚拨通她的号码，那边立刻就接了：“皮特？”

“嗯，什么事啊？”

“你在家吗？”

“在。出什么事了？”

“我马上打给你。”她说。

电话响了起来。上面显示的是**未知联系人**。“是蕾切尔吗？”

“我现在用的是一次性手机。天哪，皮特，我需要个人来商量商量。我给马蒂打过电话，但他人在佐治亚州。上帝呀！”她说着呜呜地哭了起来。

“你出车祸了吗？究竟出什么事啦？”他问。

“是凯莉。他们把凯莉抓走了。她被人绑架了。”

“什么？你确定她不是——”

“他们把她抓走了，皮特！”

“你报警了没有？”

“皮特，我不能报警，任何人都不能通知。”

“蕾切尔，报警！现在就报！”

“不能啊，皮特，这件事很复杂，比你想象的复杂多了。”

第 20 章

星期四，下午 6:00

皮特跟蕾切尔想的一样：他们要是敢动凯莉一根头发，他一定会一把火烧了他们的老巢，穷尽毕生也要把他们全部找到，一个一个杀死，挫骨扬灰。

谁都别想伤害凯莉，我会把她救回来的。

皮特猛踩油门，沿着 9 号公路开到自助仓库的前门，在 33 号储物柜前停下车。这是最大号的储物柜，大小跟两间车库差不多。他原本用的是小号储物柜，后来换成了中号，现在终于用上了他们的“豪华储藏室”。他打开挂锁掀起了卷帘门，打开电灯后随手关上门。

他妈妈卖掉房子，搬到斯科茨代尔附近时，皮特就把自己的东西收拾好，一并扔到了这里，这些年来一直不断地增加。在购买现在这所公寓之前，他一直都没有什么真正的自住房屋。以前住过勒吉恩营地为已婚人士准备的宿舍，后来又在伊拉克、卡塔尔、冲绳和阿富汗的各种兵营住过。这个位于公路和废弃铁轨之间的匿名自助储物柜，算是最接近永久性住所的东西了。

平时他可以在这里花上几个小时的时间翻腾那些旧家什，不过今天可没心情，他径直走到后墙上放枪的柜子前。电话中听得出蕾切尔很迷惑，也没说出个所以然。凯莉已经被人绑架了，现阶段蕾切尔不想报警。她想跟绑匪合作，一切按照他们的要求来。如果他不能说服她去寻求联邦调查局的帮助，那么单靠他们两个人，就必须要好好武装起来。他打开枪柜，拿出仅有的两把手枪——一把是祖父留给他的海军型柯尔特手枪，配以0.45英寸口径柯尔特自动手枪弹（ACP），还有他自己的九毫米口径格洛克19。

所有的备用弹药全都带上，此外还有两枚偷偷拿回家的震爆弹。如果绑架演变成营救行动的话，还需要些什么呢？他又拿上一套入室盗窃设备：开锁套件、大锤、电磁监控干扰器、乳胶手套、手电筒，以及军事生涯后期从连队获得的一套窃听器和防窃听设备。

他把这些东西都装到道奇公羊车里去，一边绞尽脑汁：**还需要什么呢？**

于是又把装海洛因的塑料袋从工具箱里拿出来。

现在正是戒除毒瘾的好时机。结束吧。把它留在这里，不放在车上。

眼下有更重要的事情要办。

再也找不到比现在更好的机会了。

把它烧掉，忍受痛苦，救回凯莉。

反正逃不开“黄叶林中分出两条小路”[1]那样的选择。

他立在原地。

---

① 出自罗伯特·弗洛斯特的著名诗作《未行之路》。——译者注

犹豫着。

思前虑后。

最后摇摇头，把塑料袋放进夹克口袋里，锁上储物柜，离开仓库，开上了高速公路。

第21章

星期四，晚上 8:30

蕾切尔一直在调查邓利维一家的具体情况，累得头昏眼花。现在她对这家人的了解，比他们自己都要多。

博客，脸书推送和照片墙帖子，每一条她都看过了。

所有的推文和转发，她一条都没放过。她知道托比之所以开始玩射箭，是受到网上一位丹麦速度弓箭手的启发，并不是因为他父亲有弓箭狩猎的习惯。她知道阿梅莉亚·邓利维对花生过敏，她所在的小学还特意规定不准带花生去学校。

她读了迈克近期写的所有弓箭狩猎方面的文章，还有他的美食博客，一直读到他 2012 年写的第一个帖子——一份巧克力蛋糕的食谱。

她知道海伦一直想回到全职工作的状态，不过她担心自己没有足够的精力去担任五年级老师。海量类似的信息从蕾切尔的眼前一一闪过，有些对她很有用，不过绝大部分都没有价值。

她关闭电脑上的文件，看着自己的笔记。她已经打印出了比佛利市的地图，还把射箭俱乐部到邓利维家的几条路线图画了出来。这些路线都得要实地查看一次。此外她还准备了目标 B 和 C，不过现在已经基本确定，小托比就是自己要找的那个目标。

这时候天色已经全黑，入夜了，帆船也已经靠岸。

家里衣服丢得到处都是，猫砂也没清理，早饭用的餐具还摆在原地——这个家看上去就像特蕾西·艾敏[①]的一幅现代艺术作品，活像在纪念那个一去不返的、更加纯真的年代。

蕾切尔用手摸了摸自己左侧的乳房。没有什么异样的感觉，不过医生的担忧应该不无道理——这里很可能又有什么恶性的东西在生长。如果她不采取任何措施，那个恶性物体就会杀死她，使她彻底消失。那倒是可以一了百了。

她透过窗户向窗外望去。天快黑了，焦躁不安的天空变成了深蓝偏黑的颜色。

牛毛细雨渐渐密实起来。

门外忽然传来一阵声响，像是一辆卡车开到自家的车道上。

她刷地冲到门外。

看到皮特从车上下来，她飞快地跑了过去。他伸出胳膊搂住她，两个人在倾盆大雨中足足站了十五秒，什么都没说。皮特把她扶回屋里，在客厅的桌边坐了下来。

“把整件事从头到尾跟我说一遍。”皮特说。

蕾切尔于是从第一通电话开始讲起，包括她已经完成的每一

① 特蕾西·艾敏（Tracey Emin，1963.7.3— ），英国艺术家，毕业于英国伦敦大学伯贝克学院，知名作品包括《我的床》。——译者注

件事：付赎金、购买电话、买枪、撬门进入阿彭策尔家，以及筛选具体的绑架目标。她把一切都事无巨细地跟皮特说了一遍，但没提肿瘤医生对她的再度担忧——那是她跟死神之间的事。

皮特一直在仔细倾听，没有插话。他想把所有的信息都吃透。

这事太不可思议了。

在阿富汗和伊拉克，他曾亲身经历过各种邪恶的事件，然而没想到在美国竟然也有这么冷酷无情、穷凶极恶的事情发生。就算在无比狂野的梦里，也不敢想象这样的恶势力会威胁到自己的家人。这肯定是一种极为厉害的集团犯罪，或某种恶势力团伙。

“你是怎么想的？”蕾切尔问。

“我觉得我们必须报警，蕾切尔。”他严肃地说。

这个答案她已经猜到了。她把电脑上搜到的威廉姆斯一家的故事拿给他看，他一边看，蕾切尔一边把银行外面遇到的那个男人的事说给他听。她握住皮特的手说：“皮特，你没跟他们说过话，但我说过。挟持凯莉的那个女人因为儿子的安危已经吓破了胆。如果他们命令她杀了凯莉，她一定会毫不犹豫地照做。我知道她干得出，为了向他们示好，她会杀了凯莉，再选择另一个受害人。保持‘链条’的运行是我们唯一的选择。”她知道自己听起来像个邪教成员一样，不过事实或多或少就是如此。她已经彻底陷了进去，她相信他们，希望皮特也能相信他们。“所以，为了救回凯莉，我们必须绑架另一个人。”

他一脸惊恐地摇了摇头。

“皮特，我们必须这么做，否则他们会杀了她。如果去找警察，他们也会杀了她，哪怕再提到这件事，都有可能要了她的命。”

皮特的思绪飘回到被迫上的那堂德育课，那还是在匡提科镇上，来自以色列国防军的客座讲师在演讲时说，不遵守违法的命令是合乎道德准则的，并阐释了其中的原因。即使在军事上，道德问题也应慎重考虑。蕾切尔目前所想的问题不仅是违法的，而且是绝对不道德的，而真正符合道德的做法应是立刻求助联邦调查局，找到他们最近的办事处，把整件事详详细细地汇报上去。

但是那样一来，他们就会杀了凯莉。蕾切尔深信不疑，而皮特相信蕾切尔。他现在唯一在乎的，就是凯莉能够平安归来。

于是皮特下定了决心。如果他们必须绑架另一个人才能换回她的命，他会去做；如果必须杀人才能换回她的命，他也会去做；如果救出她的代价是把他困在笼子里五十年，那他也不会犹豫，只要凯莉能一生平安。

"他们今天早上给我发了张凯莉的照片，说她现在很安全。"蕾切尔双手颤抖着把手机递给皮特看。

皮特看到照片上的小凯莉被蒙着双眼，坐在地下室的一张床垫上。关于她现在身处的位置，他能看得出几条线索。他们给她准备的是"波兰泉"牌矿泉水和全麦饼干，不过这些东西随处都能买到。凯莉看上去似乎并没有受到身体上的虐待，不过不用想也知道，她肯定吓坏了。

他走到厨房去给自己倒了杯咖啡，把眼下的形势仔细琢磨了一番。"我们确定要把警察排除在外了是吗？"

"'链条'跟我通话的那个人，还有劫持凯莉的那个女人，说得都很明白，我要是破坏任何一条规则，他们就杀了凯莉，转向下一个目标。"

"他们怎么会知道你有没有破坏规则？"

"不知道。"

“他们在你家装了窃听器吗？最近家里有没有被盗，有没有可疑的访客来过？”

“没有，什么都没有，不过我觉得他们今天一早黑了我的手机。在高速公路上有辆警车在我身后他们都知道。我给谁打电话，说了什么内容他们也知道。他们好像随时都知道我人在哪里。我觉得，他们好像通过手机的摄像头在监视我。有没有这种可能？”

皮特点点头，关掉蕾切尔的手机，放进抽屉，又把她的电脑关掉，也跟手机放在一起。“有可能。你说你买了一次性手机？”

“是的。”

“从现在开始，往外打的电话都用一次性手机。还有，电脑也别再用了。我的电脑带来了。他们可能黑了你手机和电脑上的摄像头，还把摄像头的灯关了，这样他们就能看到你，但你自己根本就不知道开了摄像头。互联网上的黑客能吓得你魂飞魄散。”

“我用胶带把摄像头盖住了。”

“干得漂亮，不过别忘了，他们还有可能听得到。我看看屋子里有没有窃听器。你说家里没进过人是吧？那有没有没经预约主动上门的电视修理工、水管工之类的人来过？”

“都没有。”

“那就好。那可能就是间谍软件。对了，你都跟马蒂说了什么？”

“目前什么都没说。他在奥古斯塔，打高尔夫。”

“他是我的宝贝弟弟，我爱他，但马蒂这个人是个大嘴巴，你如果担心安全问题，或者有人去联邦调查局报信……”

“对凯莉有危险的事，我一概不做。”她说。

皮特拉过她那只冰冷的、颤抖的手，说道：“会没事的。”

她点点头，看着他那双笃定的黑眼睛问道：“你确定吗？”

“确定。我们会救她回来的。”

“为什么是我，你能明白吗？为什么是我的家人？”她问。

“我也不知道。”

“她说她在网上对我做过研究。她知道我和马蒂在危地马拉做过和平队项目，哈佛大学、癌症幸存者还有我所有的工作她都知道，她觉得我的生活看起来有条不紊。根本不对啊！皮特，我就是个废物。我太弱了！”

“你不是，你是——”

“我这辈子都被自己给毁了，我把所有的赌注都押在马蒂身上。我连自己的女儿都照顾不好！”

“别这么想。”

“我没有枪。不得不买了一把。今天买的。”

“又是一步好棋。”

“我今天才打了平生第一枪。”

皮特把她的两只手都拉过来：“相信我，蕾切尔。你做得很好。现在有我在，我来帮你。”

“我知道你在海军陆战队的时候当过工程官，但是，你有没有，有没有机会去……”

“有。”他的回答很简洁。

“不止一次？”

“对。”

她点点头，深吸一口气，说道：“枪和其他工具，我是开车去新罕布什尔州买的，差点被岛上的一个人看见，不过我觉得好像成功甩了她。”

“干得好。”

“任何人任何形式的犯罪，在新英格兰应该都没有生存之地，毕竟这里大家互相都认识啊。”

皮特笑了笑：“我们会找到答案的。你还做了什么？”

“这些是我的目标人选。”说着她把符合条件的弱势儿童名单递给皮特。

“你需要关系稳定的父母，看起来不会去报警，而且要能完成绑架任务？”皮特问。

“而且不能濒临破产，不能跟警察、记者或政客有任何关系。另外他们必须有适龄的孩子。孩子还不能有特殊的需求，不能有糖尿病或其他问题。”

“要是绑架一个配偶，不绑架孩子呢？”皮特又问。

“你不能确定一个人对配偶会有怎样的感情，但所有的父母都是爱孩子的，对不对？”

“没错。好吧，名单看起来还可以。这个托比·邓利维，就是你的首选目标？”

“是的。本来首选另有其人，不过那个妈妈在跟一个警察约会。”

“你去邓利维家附近看过吗？”

“没有。打算今晚去的。不过首先需要你到阿彭策尔家帮我把床垫和木板搞定。”

“在哪儿？”

“在盆地另一边。走吧，我带你去看看。”

他们走出家门，沿着盆地小路冒雨向东走去。“这一带有很多大房子，每年一到这个时候就空着。”蕾切尔解释道。

“你自己一个人破门进去的吗？”皮特问。

“是的。我知道阿彭策尔家人都不在。本来有点担心警报器，不过他家根本就没有。”

“你干得真漂亮。我也干过几次破门入室的活儿，每次都心惊胆战，吓得要命。”

“我们可以从后面进去。”到达阿彭策尔家旁边那条路时，蕾切尔建议道。

“你这个房子选得很好。我喜欢砖房。”皮特说。

“你都是怎么开锁的？”

“我没开过锁，都是用凿子直接砸锁芯。”

“你从哪里学的这一手？”

“网上。”

进屋后，他们从一楼的客房里拿了一张床垫和一些被褥，拖进地下室。蕾切尔事先已经把遮窗户的木板带过来了。“我们用马蒂的旧电钻把它给装上，我估计比用锤子的噪声小一些。”皮特说。

他们钉上木板，布置好被褥和毯子，蕾切尔还带来了几个玩具和游戏，尽量让地下室舒适一些。如果这一切真的可行，他们俩要是没有被杀或者被捕，这里很快就将出现一个备受惊吓的小男孩，这么一想，的确让人心头一惊。蕾切尔在床垫附近的混凝土柱子上拴了一根沉重的铁链，看得皮特后背直发凉。

他们关上阿彭策尔家的后门，返回蕾切尔家。

“现在怎么办？”皮特问。

“找找我房子里有没有窃听器。我可不想让自己的一举一动都被他们监视。”

皮特点点头：“这个我可以办到。”

说着从袋子里拿出一个无线探测器。过去的模拟监听设备需要无线电接收器和复杂的设备，但是现在五十美元买来的无线探测器就能完成这项工作。他在屋子里检查了一圈，又开始检查手机和电脑。

“基本上没有问题。”他忙活了一圈终于说，“整个房子我从上到下彻底扫描了一圈，地下室我看了，连厨房上方仅能容身的通道我也看过了。”

“你是说‘基本上’没有问题？”

“是的。你家里没有一个窃听器。不过，我猜得没错，你的电脑已经被彻底破坏了。”

“怎么可能呢？”

“你的电脑上有一个间谍程序，只要连接到无线网就会侵入摄像头，还可以把你主屏幕上所有的内容都进行实时屏幕截图。之后要获取你的密码就易如反掌了。这个程序的名称是随机生成的，并不代表任何含义，位置也是隐藏的。”

“这些你都是怎么知道的？”蕾切尔一脸钦佩地问。

“咳，你还不了解我嘛，从互联网的石器时代起我就在摆弄计算机了。正认真考虑重新拾起这个工作。对于一个退役军人来说，当私人保镖拥有巨大的发展前景。”

“这个木马程序你能卸载掉吗？”

“这很容易。不过要是卸载掉，对方立刻就能觉察到。”

“不管是谁在黑我的电脑，立刻就会知道我在反击吗？”

“完全正确。而且，他们如果知道你在反击，无疑将会采取进一步的对策。在凯莉回来之前，别用电脑和手机就可以了。以后我再帮你卸载这个程序，清理所有的设备。”

“他们会把电话打到我的苹果手机上。我需要这部电话。”

“那……你就要注意了，他们在监听你说的话，而且，你的手机，也是一个定位器。”

“他们会不会亲自监视这座房子？”蕾切尔问。

“有可能。”皮特说，“也许他们现在就在监视着我们。不过我猜他们没有。”

蕾切尔浑身一颤：“我眼前一直都是凯莉在那间地下室里的画面。她一定吓坏了。”

“她是个坚韧的孩子。”皮特嘴上这么说，心里却在想：**那孩子有点太过坚韧了，我希望她不要做什么愚蠢的尝试。**

第 22 章

星期五，夜里 1:11

凯莉一直等到很晚还没睡，不过一切全凭直觉，她根本不可能知道究竟几点了。没有手机，没有平板电脑，没有笔记本，当然也没有手表。再说了，这个年代谁还戴手表啊？

她躺在床垫上，耳边传来远处公路上的车流声，偶尔还能听到飞机降落到洛根机场时变换引擎的声音。飞机很遥远，洛根机场也很遥远。

她坐在床垫上，背对着摄像头，慢慢地嚼着一块全麦饼干。她的第一次计划失败了。用牙膏袋根本无法打开手铐。她试了好几个小时，最终都是徒劳。不过，她的第二个计划或许能有点效果。

天刚黑，那个男人给她送来一个热狗和一杯牛奶。他把餐盘放在她旁边的地板上。枪就装在他运动衫的口袋里。那个女人来收餐盘的时候，右手也拿着枪。他们时刻枪不离手。她只是个十三岁的姑娘，而且还被拴在一个二百磅重的火炉上，然而他们不允许这里有任何差池，只要到这里来，就一定要带着枪。

凯莉意识到，正是因为这样，才帮了她一个忙。

今天下午早些时候，她发现了一样东西。当太阳缓缓从天空西移的时候，她看到地下室的角落里有一丝反光。

她尽力把身体移到那边，发现反光的是一把扳手，就在锅炉下方靠墙搁着，非常隐蔽。那把扳手也许已经被遗落在那里很多年了。

他们显然把这间地下室仔细收拾过，不过要想发现这把扳手，你得躺在地板上，直视锅炉，而且要等下午时分太阳从窗户上挪移才行。

扳手就是那把钥匙。

她等啊等。

终于等到了这一刻，或许是凌晨时分，路上的车流似乎慢了，飞机的频次也降低了。

她的脑海里不停地浮现出那位州警察的身影，他真的被他们杀了吗？

他们一定杀了他。这就是说，她现在正被两个杀人犯控制着。他们看起来并不像杀人犯，但他们真的就是杀人犯。她想竭力甩掉这个恐怖的念头，然而不管想到哪儿，这个念头都挥之不去……

她想妈妈了。

妈妈一定急疯了！急得不成人样儿了！她佯装坚强，其实根本没那么坚强。从化疗结束到现在，还不到一年的时间。还有爸爸——爸爸虽然很棒，然而他并不是这个世界上最可靠的人。

她又朝楼梯旁边的摄像头看了看。现在究竟有多晚了呢？

他们今晚能睡得着吗？无论如何也得睡一会儿吧。

她依然在等待。

现在差不多是夜里两点钟。**好了，动手吧。**她想。

她站起身，绷得直直的，她使出所有的力气拼命去拉炉灶。这个炉灶非常重，所幸地板是光滑的混凝土，并没有太大的摩擦力。之前她还在炉灶的铸铁炉脚下浇了些水，但愿这些水也能起点作用。

她使出浑身解数，像拔河比赛一样身体尽力向后倾斜，用力拉住铁链，一番折腾下来，浑身冒汗，肌肉酸疼。对于一个小姑娘来说，这个任务几乎不可能完成——

烤箱动了！这时她突然双脚一滑，猛地摔向了地板，“啪”的一声，尾骨着地。

突如其来的剧痛痛得她满地打滚，她咬紧嘴唇，不让自己喊出声来。

疼痛逐渐轻缓了些，她仔细检查了一下，好像并没有摔坏哪里。她从来没有骨折过，不过骨折的痛想来要比这个严重得多。斯图尔特有一次在纽伯里公园的冻湖上溜冰时摔断了手腕，疼得他哀号不止。

不过话又说回来，那毕竟只是斯图尔特。

她站起身，缓解一下四肢的疼痛。“疼痛是弱点离开身体的过程。”疯狂的皮特叔叔如是说。**所以我现在可强壮多啦**！虽然想这么安慰一下自己，但她其实并不相信这句话。

她抓紧铁链，用力往身边一拉，烤箱又动了动。她不停地拉，烤箱开始缓慢地移动过来。根据科学课上所学的摩擦和动量的关系，它早晚都会被拉过来的。烤箱虽大，但是湿润的地板很光滑，摩擦力很小。

它的确很重，非常重，但还是缓慢地动了起来。尖锐刺耳的刮擦声难听极了，希望噪声不至于太大，不要被地下室外和房子里的人听到。

拉了两分钟，累得筋疲力尽，她停下来，汗流浃背地瘫坐在床垫边，呼哧呼哧喘着粗气。

她下意识地回头看了眼摄像头，然而根本看不出什么端倪，摄像头上没有指示灯，不知道是否正在运行。

只好假设它时时刻刻都在运行。

她朝着锅炉下面的扳手爬去，左手手腕上的铁链开始吃紧，等她像神奇先生[①]一样把身体伸展到极限时，距离扳手只有 90 厘米远，她只得又回到睡袋里，开始在心里盘算着。今晚大概能把烤箱再移动 30 厘米，估计得要再用一整晚的时间才能够到扳手，不过她势在必得。

她现在振奋不已，不但有了计划，而且有了实施办法。这么做也许会让她送命，但什么都不做也一样会让她送命。

① 指漫威《神奇四侠》中的 Mister Fantastic，具有改变身体形状的能力。——译者注

第23章

星期五，凌晨4:20

波塞冬街在比佛利镇中心以外，靠近水域。这是一条典型的新英格兰郊区街道，路两旁绿树成荫，这个区的房子大都是殖民地风格的两层小楼，带有狭小的窗户和陡峭的屋顶，跟旁边那些占地面积更大、窗户也更大的新房子一比，略显得狭小局促。邓利维一家住在波塞冬街14号，一栋三层新房，仿乔治王式的橡木框架漆成复古的芥末棕色。前院有一棵美丽的红枫树，树上吊着一架秋千。借着旁边的路灯，可以看到草坪上散落着几件玩具，一只足球，还有一只棒球手套。

蕾切尔和皮特把车停在街对面一棵大垂柳下面，柳叶此时还没有掉光。

他们看上去似乎有点形迹可疑，不过这也无法避免。幸运的是，即便这个社区的人没有在汽车里过夜的习惯，但凌晨四点看到别人在车里打盹，他们也会装作没看见。

皮特正在电脑上查看邓利维一家在社交媒体上的动态。“都还没醒呢。”他说。

“迈克再过一个小时就会起床，接着是海伦，然后是孩子们。迈克有时候会乘六点钟的火车去南站，有时是六点半那班。”蕾切尔对他说。

“他应该开车，这个时候路上不堵。”皮特说，“对了，有件事儿我们必须特别留意，你知道吗？”

“什么事？”

“放在鞋子里的定位器。很多直升机父母都会在孩子的背包或鞋子里装定位器。这样孩子一旦走失，父母只用几秒钟就能追踪到孩子的所在地。”

“这都是真的吗？”蕾切尔惊得下巴都快掉了。

“那当然啦，要是抓到一个带这种定位器的小家伙，那还没等我们反应过来，联邦调查局就已经追到屁股后面了。”

“那该怎么办呢？”

“我可以把小家伙全身扫描一遍，看有没有信号传播，然后把他的手机和鞋子都扔了，应该就没问题了。”

“海伦那种人，要是给孩子用了这种追踪系统，肯定早就吹嘘起来了，但她什么都没提啊。”蕾切尔这番话说得尖酸刻薄，自己都吓了一跳。她想起塔西佗[①]的一句名言：人总是会憎恨那个被自己冤枉的人。对她来讲，就是憎恨那个即将被自己冤枉的人。

---

① 塔西陀，罗马帝国执政官、雄辩家、元老院元老，也是著名的历史学家与文体家，最主要的著作有《历史》《编年史》等。——译者注

“你说的也对。”皮特说，“不过我们还是要检查下鞋子。”

他们一边监视着那家人，一边喝着咖啡等待。

邓利维家人起床的最早迹象出现在清晨6：01，迈克在这个时间转发了一条橄榄球星汤姆·布雷迪的推文。

接着海伦也醒了，开始上脸书。她给朋友发的十几条帖子点了赞，分享了一条女兵跟伊斯兰国（ISIS）战斗的视频。海伦是个温和的民主党人，她的丈夫似乎是个温和的共和党人。他们关心这个世界，关心环境，关心他们的孩子。他们是这么善良无私，换作完全不同的境况，蕾切尔很可能跟他们成为朋友。

孩子们也都很可爱。没有被宠坏，也不虚张声势，都是优秀的小朋友。

“你看。”皮特说，“海伦刚刚在照片墙上发了一张塞勒姆市韦伯街上那家海员餐厅的照片。”

“现在脸书上也有了。”蕾切尔说。

“她说她要去那里跟一个叫黛比的朋友吃早饭。塞勒姆离这里有多远？”

“不太远。五分钟吧，堵车的话也就十分钟左右。”

“不太理想。不过跟老朋友吃早饭最少也要花个四十五分钟吧，你说呢？”

蕾切尔摇摇头说：“不知道。如果只是咖啡配麦芬，就用不了那么长时间。不过也不一定，要是只点咖啡和蛋糕，她们应该会去星巴克。怎么啦，你在盘算什么呢？”

“我在想，只要迈克一离家，孩子们安全去了学校，海伦安全去吃早饭，那么房子里可就没人了。”

“那又怎么样呢？”

“我可以从后门进去，把房子侦察一下。说不定可以把我们自己的间谍软件安装到他们的家庭电脑上。”

“你会装吗？”

“当然会啦。”

“怎么装？”

“跟阿彭策尔家房子是一个道理，破门入户非常简单。窃听技术是跟我的好友斯坦学的，我退伍后给他打过工。”

蕾切尔摇摇头说：“我的大脑现在一团糟。”

“给我们自己一点主动权。这样我们就能知道他们在想些什么。一旦抓住托比，这摊烂事就势在必行了。”

“安全吗？”

“我们现在所做的有哪一件是安全的？”

7:15，迈克终于出门上班了。他开着宝马来到比弗利火车站，然后把车停在那里的停车场。8:01，海伦带着孩子们出门。天并没有冷到需要穿冬装大衣的程度，不过海伦还是把孩子们裹得严严实实。蕾切尔看他们身穿超大号的派克大衣，戴着帽子和围巾，着实可爱。

“要不要跟上他们？”皮特问。

蕾切尔摇摇头：“没必要。海伦送完孩子去学校，再到饭店去，我们都会知道的。”

于是他们就在沃尔沃里耐心等着，果然不出所料，8:15，海伦在脸书上发了一张在海员饭店里的自拍。

皮特巡视着这条街道。不远处有一个大学生模样的孩子正在打篮球，对面的房子里正好有一个小姑娘走出家门，来到封闭的蹦床上跳了起来。“快看——前门关上了，那个孩子一个人在蹦床上玩。她可是个完美目标。”皮特说。

“没错。”蕾切尔说，“但我们的目标不是这个人。”

“不行？好吧，那我去了。”

蕾切尔连忙抓住他的手说：“皮特，你都想好了吗？”

“我们需要这家人的全部信息。突袭的时候，你可能要花上几天，甚至几周的时间去收集情报，然后才行动。但是我们没有那么多时间，所以必须尽快获取尽可能多的信息。”

蕾切尔知道这话有道理。

“所以我现在正好趁着房里没人冲进去，应该没人吧。要是里面有一位‘疯狂的老凯文叔叔’拿着手枪对着我，那我可就完蛋了。如果过了十五分钟我还没回来，你就先走吧。”

“你究竟打算干什么呢？”

“十五分钟的时间，能干什么就干什么吧。”

“好吧，那就是到 8 : 30 ？”

“对。”

“你说你 8 : 30 要是还没回来，是什么意思？”

“就是我多少遇到了些麻烦。当然了，我什么都不会说的，不过你也应该转移到下一个目标，再准备一个全新的目标人选清单，最好都是我毫不知情的人选。”

“街上要是有情况，我会给你打电话的。”

“好，不过一旦出现什么不好的苗头，你就尽快离开这儿。”

皮特把背包甩到肩上，四下看看是否有人，然后向邓利维家的围墙跑去，这道围墙一边是邓利维家，另一边是一片夹在海滩和公路中间的小树林。

蕾切尔眼看着他翻过邓利维家的围墙，进了后院。

她仔细听着，看有没有尖叫声，或者疯狂老凯文叔叔的枪声，然而什么都没发生。

她从后视镜里看到街对面那个小姑娘依然在蹦床上玩耍，好像根本就没人照管。

她家的前门紧闭。其实，跑过去带走那个孩子应该很容易。

上帝啊，谁会去想这种事情啊？蕾切尔，你究竟变成了什么鬼样子？

她看了眼时间，8 : 22。

她闭上眼，想起了凯莉。女儿昨晚有没有睡着？按她对凯莉的了解，她或许整晚都在担心着妈妈和爸爸。

哦，上帝啊，凯莉，妈妈来了，妈妈会救你出去，再也不让你离开我的视线，我要做个更好的妈妈，保护你的安全。再也不碰社交媒体，再也不相信任何人了。我要戴上锡箔帽[①]**，不被任何人洗脑。**

她又看了眼手机，8 : 23。

一辆白色货车沿着街道缓缓开了过来，那种破旧的白色货车一看就干不出什么好事。不过，司机好像并没有留意她，径直开走了。

她伸手到大衣口袋里翻找马蒂留下的烟，没摸到。一条狗不知在什么地方突然狂叫起来。

哪里来的狗呢？邓利维家并没有养狗，蕾切尔可以确定。

---

① Tinfoil hat，锡纸（铝箔纸）做的帽子。据说若干年前一位美国小说家在书中说政府可能用无线电波控制人民，所以人们只能用锡纸做一顶帽子，防止政府的电波进入自己的大脑。用以指代那些疑神疑鬼或患妄想症，尤其是对政府抱有阴谋论的人。——译者注

也许是邻居的狗？邻居家的狗看到皮特进屋，认出他是个陌生人？

手机显示现在是 8 : 28。

她打开广播，里面播放的是那个不断重复的《车谈》节目。

两兄弟中的一个正在对大众微型客车进行大肆批判。

现在是 8 : 31。

皮特在哪里？

那条狗这会儿叫得更凶了。

那个小姑娘从蹦床上下来，拿起一罐汽水模样的东西，又回到蹦床上。

小甜心，这可不行啊，会洒到漂亮的裙子上呀。蕾切尔心想。

8 : 34。

一辆黑白两色的比弗利警车出现在她的后视镜中。“糟糕！”蕾切尔咕哝一声，飞快转动沃尔沃车钥匙，那台可靠的旧发动机轰隆隆响了起来。

警车沿着街道慢慢地开着。车里有两名警察，正朝她这边赶来。

现在是 8 : 37。

那只狗叫得更响了。

警车越来越近。

她把沃尔沃推到一挡，左脚踩住离合器，右脚正准备踩油门。

就在这时，蹦床上那个小姑娘果不其然地把整罐汽水都倒在了身上，她大声哭喊起来，两名警察立刻转过头去看她。

皮特爬上邓利维家的围墙，跳进那片小树林，三两步跑到沃尔沃跟前，一头钻进后座，气喘吁吁地说：“快走！”

“没事吧？”蕾切尔警觉地问。

“没事。很好，快走！”

蕾切尔松开离合器，车子“嗖”的一声冲了出去。她朝东奔着曼彻斯特方向开去，接着转向北，开往伊普斯威奇和1A号公路。警察并没有跟上她。后座上的皮特开始哆嗦着摆弄手机。

“没出什么事儿吧？”她又问了一次。

“没有，很好。”

“那里到底发生什么事了？”

“没什么。都是手到擒来的事。后门开着，所以我两秒钟就进去了。我在楼下的书房里找到一台台式电脑，还开着呢，就在上面装了一条‘蠕虫’。很可惜没找到家用电话，没法安装窃听器。现在很多人家都不用固定电话了。不过只要他们一打开电脑，我立刻就能掌握他们的所有通讯软件的密码。”

“我的天！”蕾切尔大吃一惊。

“是啊。”皮特回答。

“这些都是你那个朋友斯坦教的？”

“大部分都是。不过我本来就有点不守规矩。”

“没错，马蒂跟我说你十一岁的时候偷过车，还开到了加拿大。”

“瞎说，我根本没开到加拿大。而且我当时都十二了。”皮特一副挺谦虚的样子。

“你刚才在那超过了十五分钟的时限。”

“我知道。我找到了托比的房间，稍稍调查了一番。一个挺正常的孩子。看不出有什么健康问题。喜欢红袜队、《X战警》和一部叫《怪奇物语》的电视剧。完全正常的一个孩子。”

“所以他可以的？”蕾切尔疑惑地问道。

“对，他可以。”

他们穿过大桥，往普拉姆岛开去。

终于到家了，蕾切尔困得直打哈欠。

“你多久没睡觉了？”皮特关切地问。

她避开这个问题，说：“我再去煮点咖啡。我们有的忙了。”

蕾切尔上楼到凯莉的房间去拿那个白板。

一打开房门，她多希望看到凯莉就躲在自己的房间里，哪怕是个非常残忍而疯狂的恶作剧也好。

然而房间里空空的，只留下一股香水味，那是宝贝女儿喜爱的 Forever 21 香水，很便宜。洗衣篮里装满了衣服，还有她收集的海贝，以及一本本关于天文学和埃及的书籍。

还有一个箱子，里面装的是她从小到大收到的每一张生日贺卡。几张她的家庭作业全都用活页夹整整齐齐地收在一起，家人和朋友的那些照片也被她别出心裁地做成了一面照片墙。

蕾切尔拿了白板，走到过道上，百感交集。

下楼后，他们把小托比的生活行动轨迹做成一个流程图。他今晚有射箭课，周日晚上也有。射箭课七点钟结束，他会步行回家。这就是机会。“射箭俱乐部成员要在比弗利湖边一个叫老海关大厅的地方碰面。从那里到邓利维家不到一公里的距离。”皮特看着谷歌地图说，谷歌街景视图我已经看了好几遍了。他会从老海关大厅走到税收街，左拐到斯坦多雷街，再右拐到波塞冬街，就到家了。顶多七八分钟时间，估计最长也就十分钟。”

这个计划很悬，他们知道。

“我们要在 7 : 00 到 7 : 10 之间搞定他。而且，如果决定这么办，我们必须在斯坦多雷街上动手，因为税收街上闲人太多，我们又不能等他到了波塞冬街上，在他家门口抓他，他妈妈说不定会在门口等着。”蕾切尔说。

皮特摸着下巴，感觉不管是时间上，还是地理上，这次的机会都很渺茫，不过他并没有说出口。他们筹备了半天，为的就是这个孩子。蕾切尔悄悄打了个哈欠。“你先打个盹吧，我开车过去把整条路线再踩一遍。”皮特建议道。

“打什么盹啊。走吧。”

“现在吗？”

“是啊。”

他们出了家门，坐进沃尔沃，不到十五分钟就来到比弗利。这个小镇跟蕾切尔家所在的镇子相距太近，近得令人担心，不过这也没办法。

街上这会儿人还挺多。在蕾切尔看来，路上那些遛狗或者散步的浑蛋真让人讨厌。之所以叫他们浑蛋，是因为天都要塌下来了，他们竟然如此冷漠，竟然还高兴得起来?!

天已经塌了！

老海关大厅在湖边，也是一个很受欢迎的遛狗和聚会场所。

“最新天气预报。”皮特看着电脑说。

“今晚有毛毛雨，不会下大。希望雨足够大，能盖住一般的脚印，但也不要太大，否则他妈妈会去接他。”

“等我把凯莉救出来，就再也不让她单独出门，等她到了五十岁再说。”蕾切尔喃喃说着，自己也知道这只是一种于事无补的声明。

他们从老海关大厅出发，沿着税收街和斯坦多雷街一直开到波塞冬街上，大约三分钟就穿过了这个不起眼的新英格兰郊区。斯坦多雷街两旁那些参天老橡树尚未落叶，“绝佳的掩护。”皮特解释道。

他们掉了头，朝镇中心开去。

“好吧，我的计划是这样的。”蕾切尔说，“一，我们开车去老海关大厅。二，我们等着孩子们出来。三，我们沿着税收街和斯坦多雷街跟着他。上帝保佑，希望托比就自己一个人。四，我们在他身旁停车。五，我们把他抓住，塞到车里。六，开车离开。”

“你希望由我来抓他吗？”

她点点头：“我来开车。”

“嗯，好吧。”

她盯着他说：“这中间有好多步骤都可能会出岔子。皮特，有你在，我实在太高兴了。”

皮特不由得想起2012年九月在“堡垒营”的那个夜晚，就是那一夜，一切全都乱了套。他咬着嘴唇说：“嗯，不会有事的。”

“但是就算一切顺利，”她的声音充满了苦涩，“这件事也绝对是十分可怕的。”

第24章

星期五，中午11：39

凯莉在睡袋里醒来。

一惊之下，她才蓦地想起自己如今身在何处，遭遇了什么。她现在在纽伯里波特北边的某个地下室里，被一对夫妻挟持了，要等她母亲付了赎金才有救。凯莉喉咙发紧，在睡袋里坐起身，呼吸变得急促起来。地下室里的空气混浊不堪，一股霉味。

即便污浊，她依然深吸一口气，强迫自己冷静下来。**他们会杀了我，他们会杀了我，他们……不。他们不会杀我的，他们又不是精神病患者，只要妈妈按他们说的做，他们不会伤害我的。那个州警察的不幸只是个意外。**

她还没死呢。

她已经在按计划行事了。那把扳手……对了！

根据太阳的位置来看，她好像睡过头了。她竟然还睡得着，真是不可思议。这会儿突然忍不住想小便，她只好背对摄像头，拿起便桶，把睡袋拎起来遮挡住自己。

几分钟后，门开了，那个男人站在楼梯口，他身后是一个院子，还有一棵树。男人手里端着一个餐盘，一步一步走下楼梯，没有关门。他身上穿着睡衣，戴着头套。一呼一吸感觉非常沉重，好像连下楼梯也很吃力一样。

“早上好。”他说，“不知道现在还算不算早上，就算是吧。我给你拿了一份，嗯，迟到的早餐。燕麦圈，你喜欢吃吧？”

“喜欢。”

他从地下室地板上走过去，把餐盘放到她旁边。一碗燕麦圈泡牛奶，一杯橙汁，还有一瓶水。枪托从他的睡裤口袋里露了出来。

“抱歉啊，这么晚才送来，我们昨晚很晚才睡。我们也没想到，嗯，昨天的事情会变得那么……你一定饿了吧。昨晚有没有睡着？”他问道。

她下意识地摇摇头。

“这也难怪。”他说，“前前后后的一切都太出人意料了，我做梦也不敢相信——”

“你为什么要这么做呢？”凯莉问。

他深吸一口气道：“因为我们的儿子在他们手里。”他的声音很轻，边说边摇头，“这些书你都抽时间看了吗？”

凯莉看到了一丝生机：“看了。我以前没读过《白鲸》，没想到一点都不枯燥。”

“那你喜欢这本书吗？”男人兴奋地问。

“喜欢，读过的部分我都喜欢。”

“啊！太好了。文学经典。对你们这代人来说，也许开头有点枯燥，不过一旦让自己沉浸到那种思维方式里，读起来就比较顺畅了。”

“是啊，你说得对。我喜欢那个文身的男人。”

“奎克？他简直太棒了是不是！梅尔维尔与南太平洋岛民一起生活了将近一年，作者把他们刻画得非常亲切，你不觉得吗？”

凯莉的大脑飞速旋转起来，想着该说些什么好，就像自己在英语课上被老师问到一本没读过的书时，该怎么回答才能让老师满意。

“是啊，而且，整本书就是一个巨大的隐喻，你说是吧？”她说。

“当然啦，太对了！对极了，你真是个——”

“餐盘放下，快回来！”楼梯口一个声音喊道。

“我得走了。”那个男人轻声说，“把饭吃光，放轻松，千万别动什么别的心思。我从没见过她这个样子。”

“快点！”那个女人吼道。男人走上楼梯，锁上门，再次把凯莉一个人留在地下室。

这次来他又随身带着枪。

枪就是关键所在。

第25章

星期五，下午3：13

手机响了一声。她在手机上设置了提醒，当最新一笔赎金完成比特币结算，转入他们的瑞士银行账户时，系统会给她发来提示。有时候各大支付平台（尤其是运通公司）会阻止收费，不过显然眼下这笔钱已经全额到账了。

她哥哥对她这种微观管理一直大加揶揄。当她放手让他去负责“链条”的运行时，他声称自己根本就无事可干，基本上就让链条进行自我管理。不过她可是事必躬亲的那种人，这毕竟是她的“孩子”。

她看了眼手机。没错，两万五千美元通过比特币洗钱服务到账，这笔钱根本无法追踪。

这样自然不错，不过看到他们这么快就筹足了钱，就觉得应该让他们多付一些。这都是她的错。赎金的数额都是她定的。她看过蕾切尔的银行账户和工资单，觉得两万五千美元应该挺吃力的。

我本来想，不管怎么说，她几周前还只是个优步司机啊，家里也没什么存款。

我们的理念并不是榨干他们的每一分钱，而是要让数额切实可行。这也不都是钱的事儿，中间还有这样那样的问题。

即便如此……

她在手机上查看蕾切尔的电脑镜像图，发现她自从昨晚开始就没有打开过电脑。很显然，她现在正在使用另一台电脑，这也说明蕾切尔并不是一个彻头彻尾的傻瓜。

她望着窗外，雨水正无休无止地向波士顿港洒落。蕾切尔这是想跟她玩智力游戏吗？要是这样的话，对她来说可就是一个巨大的错误了。

她打开 Wickr，给蕾切尔发了条信息："你准备好向目标人选托比·邓利维下手了吗？"

大约过了五分钟，蕾切尔才回复："是的。要是顺利的话，我们今晚就下手，否则就等周日晚上。"

"为什么不是明天晚上？或者明天早上？"她又问。

"那个小男孩有射箭课，下课后会从射箭俱乐步行回家。射箭课只有今晚和周日晚上才有。"蕾切尔回答。

她不喜欢蕾切尔说话的语气。蕾切尔还不够恐惧，不够敬畏，还没有意识到自己只不过是个三流的贱人，而她面对的是个高端人士。

蕾切尔，我随时都可以灭了你。我只要打个响指，你就会像街边的流浪汉一样死掉。

"抓到那个孩子之后马上在 Wickr 上通知我。"她又发了条信息，"我会给他的家人打第一通电话。你五分钟之后再给他们打。

你要说的第一句话是：‘你们必须记住，你们不是第一个，也不是最后一个。这不是钱的问题，关键在于“链条”。’明白了吗？”

“明白了。”蕾切尔在信息里回道。

又来了，蕾切尔的回复再一次简短而自信，让她很是不爽。

她关掉对话框，翻来覆去把这件事想了好几分钟。

奥利弗总是跟她说，不要把公事搅和到私人生活里。那口气听上去好像他更年长更有智慧一样。是的，他确实长她十五分钟，也的确没必要那么匆忙行事。这个东西跟速度无关。最重要的，是保证它持续运行下去。

根据奥利弗的模型分析，“链条”上的人越多，出现重大背叛的概率就越高。

所以恐惧才这么重要。恐惧是整个“链条”的精神支撑。

人类是受制于深层本能的生物。他们那些人就像老鼠，简直跟干草堆里的老鼠并无二致，而她就是在上空盘旋的游隼，把他们的一举一动看得清清楚楚。

她想起了诺亚·利普曼。本来她对诺亚是认真的，但他甩了她，交了新女友，一起搬去了新墨西哥州。别忘了，“链条”有的是办法，它将触角伸到了加州沙漠。在陶斯镇，诺亚的生活经历了几次灾难性的转折，女友在一次逃亡中被杀，他自己也被医院解雇，几次被抢劫，莫名地被围殴，差点丧命，现在在圣菲市临终关怀医院当护工，工作辛苦，薪水又低。诺亚的头发已经白了，自从那次遇袭后，腿也断了一条。

她觉得，“链条”也并非彻头彻尾地坏。

有时候对人们还是有帮助的。它帮人们把注意力集中到真正重要的事情上来。从某种意义上说，她这是在帮那些老鼠们一个大忙。**我想说的是，蕾切尔，现在你总算知道自己的目标了吧？现在你总算知道了，要想再见到可爱的小凯莉，到底该怎么做了吧。那种盲目的恐慌，那种肾上腺素激增的感觉，那种行动召唤的紧迫，你都感觉到了吧？这可都是“链条”给你的。是“链条”给了你自由。**

她合上电脑。

“不要掺和。”奥利弗说，“别去干涉它。”

但人有时候就是要找点乐子。

于是她又一次打开 Wickr，给希瑟·波特发了条信息：蕾切尔的赎金翻一番，变成五万美金。余额今天必须付清。立刻通知她。另外，她今天必须完成第二部分的任务。如果午夜前还没有付清新赎金，还没有绑到孩子，你就必须杀掉凯莉·奥尼尔，寻找一个新目标。

好吧，这样才能解决问题。她的心中终于有了一些满足感。

第 26 章

星期五，下午 3:57

蕾切尔站在淋浴喷头下，水温一会儿滚烫，一会儿冰凉，可是对调节心情根本无济于事——她依然在那个噩梦中没有醒来。别人丢了孩子，是因为没有给予孩子足够的关注。在密西西比州或亚拉巴马州，让一个十三岁的孩子从空无一人的车站走回家固然可能会出事，然而这里是马萨诸塞州北部，这里应该很文明，很安全。

她走出淋浴房，站在冰冷的卫生间地板上，狠狠地甩了甩头。

正是那种自满和势利才使得他们有机会绑架自己的女儿。她的头一阵眩晕，左乳房恰逢其时地疼了起来。她神思难安，仿佛从浴室里原本放着镜子的地方，看到了自己的脸。那张消瘦、空洞、丑陋而愚蠢的脸，再也不像詹妮弗·康纳利的脸。扔掉所有的镜子——真是个笑话。这一切不过是在自欺欺人。那些砸碎后扔到镇上垃圾场的每一面镜子，连同所有的厄运，全都回来了。

加缪说："到了隆冬时节，我才终于意识到，我的内心住着一个不可战胜的夏天。”

都是狗屁！

她现在只感到疼痛、恐惧和悲惨。恐惧几乎淹没了一切。是啊，没错，现在正是隆冬，千真万确。像冰川期终日不出太阳的北极一样冷。**我的女儿被人绑架了，要想救她回来，我必须从街上绑走一个可爱的小男孩，还要用死来威胁他和他的家人，而且要说到做到。一旦说要杀了他，就得言出必行，否则我就再也见不到凯莉了。**

她套上一件T恤和红色毛衣，蹬上牛仔裤，走到客厅。

皮特从电脑屏幕上抬起头。

他并不知道她内心的煎熬。他并不能了解她的恐惧和疑惑。他也不想做这件事。他是一个好人。一个老兵。她必须成为麦克白夫人。“喂，我们都准备好了吧。”她冷冷地说。

皮特点点头。他刚从阿彭策尔家回来。

“房子看着怎么样？”她问。

“完美。地下室里超级安静。有一个便桶。我怕那孩子没事儿做，给他准备了几本漫画书，几个毛绒玩具和棋盘游戏，还有些糖果。”

“最近的天气情况怎么样？”

“还是零星小雨，没有大雨。”

“那家人现在在做什么？”蕾切尔问。

“迈克还没下班。其他人都在家。海伦·邓利维正在脸书上写一篇很长的帖子，关于她家后院那棵无花果树的。哦对了，托比绝不会对花生过敏。”

“那就好。我有一次坐飞机，同机有个女人对花生过敏，她刚闻到别人的花生酱三明治的味道就彻底崩溃了。噩梦啊。”说完她深深地叹了口气。“皮特，谢谢你来帮我。你就像岩石一样坚固，没有你，我自己是扛不过去的。”

皮特看着她，咽了下口水，嘴巴张了张，又闭上了。他有两件事必须跟她说。一件是海洛因，另一件是“堡垒营”事件。他哪里配称得上岩石。

他并不可靠，他是个失败的人。要不是因为退伍在先，他或许得上军事法庭。“有些事我得跟你说说……”

他终于开了口。

就在这时，蕾切尔的手机响了起来：**未知联系人。**

她按下免提，让皮特也能听到。“喂？”

“计划发生了一些变化。”挟持凯莉的那个女人说道。

“你什么意思？”

“按照要求，你需要再往‘无穷项目’账户里打两万五千美元。”

“我们已经付了赎金啊。这——”

“变了。他们有时候也会改变主意。你需要再付两万五千美元。另外，你今天还要完成第二部分的任务。明白了吗？如果今天你完不成这些事，我就必须杀掉凯莉。”

“不！千万不要！你说的每一件事我都照做了。我很配合啊！”

“我知道你很配合。他们刚刚给我发的信息。蕾切尔，我们必须按照他们说的做。午夜前再付两万五千美元，午夜前完成第二步任务。你要是办不到，我就得杀了凯莉。我要是办不到，他们就会杀了我儿子，所以我必须做到。”

“不，别做傻事。我们正在配合，我们正——”

“我对你说的话你都听明白了吗，蕾切尔？”

“明白了，我——”

电话挂断了。

今天还要再拿出两万五千美元？怎么拿？

“有车来了！”皮特看着客厅窗户惊叫一声。

“朝这边来的吗？”

“是的。”皮特说，“两个人，一男一女。停在我的货车旁边。马蒂现在开什么车？”

蕾切尔飞快地跑到厨房窗户旁。见是一辆白色的奔驰；驾驶座上的那个男人正是马蒂，坐他旁边的应该就是塔米了。蕾切尔只见过塔米一次，还是送凯莉去马蒂家的时候碰上的，不过她知道塔米金发长腿，留着可爱的波波头，马蒂副驾驶上的女人正是这种发型。

“是马蒂。”

皮特也奔到厨房窗户前：“天啊，真是他。他来这儿干什么呢？我记得你说他正在佐治亚啊。”

蕾切尔低声咕哝道：“现在是周五晚上。他来接凯莉去过周末呢。”

“我们现在时间紧迫，必须支走他们。”

“我知道！”

马蒂隔着窗户对蕾切尔挥了挥手。她木然地站在厨房的水槽前，脸上的震惊还没有褪去，眼睁睁地看着马蒂和塔米走上门前的台阶。马蒂打开厨房的门，微笑着探过身去，在她的脸颊上亲了亲。他的气色很好，十分英俊，像电影明星一样英俊。他瘦了一些，两颊红润，这次终于找对了理发师，浓密的卷发剪得非常有型。依然是亮晶晶的绿色眼睛，不过乍见她时，浓厚的眉毛紧紧皱到了一起。

她有一种虚弱而惯性的冲动，恨不得立刻扑到马蒂的怀里，双手勾住他的脖子，痛快地大哭一场，然而此刻她只能控制住这股冲动，抽抽鼻子，强打起精神，冲他微微一笑。

“哇，你气色真不错呀！”马蒂变得那么虚伪圆滑，谎言张口就来。

这时从身后传来一声轻咳，他这才把塔米拉过来，说道：“你肯定还记得塔米吧。”

塔米生着一双好看而乏味的蓝眼睛，又高又漂亮。“蕾切尔！”她喊着蕾切尔的名字，伸出胳膊抱了抱她，“你好吗？”

“我还好。”蕾切尔说着深吸一口气。

骤然见到二人的那种震惊已经过去了，她现在只有两个目标：尽快把他们送走，而且不能让他们对凯莉的不在场起疑。

“皮特，你在这儿干吗呢？”马蒂问。

皮特走过去抱了抱弟弟：“你好啊，马蒂。”

“皮特，天哪，能在这儿见到你可太好了。哎呀，你怎么晒得像个浆果似的。你看看你。塔米，这是我大哥皮特。”马蒂介绍说。

“终于见到你的真容啦。”塔米说着在他的脸颊上亲了一下。

“要我说，很明显我们家只有我集智慧和美貌于一身。”马蒂打趣道，“大哥，什么风把你给吹到这儿啦？”

蕾切尔清楚地看到皮特大脑中的齿轮正在转动。“是我打电话让皮特过来帮我修屋顶的。”她答道。

“是啊，屋顶。”皮特附和道，“我来搞定没问题。”

“很抱歉啊，亲爱的。”马蒂面带愠色，“你电话上听起来可真够沮丧的。”

“现在没事了。”蕾切尔看了眼时钟答道。

“我的小心肝呢？我们是不是来早啦？”马蒂见他们并没有因为屋顶漏雨而爆发一场大战，不禁松了口气。他开始四处寻找凯莉。

“你们要带凯莉出去吗？”皮特装作很放松，可惜有点用力过猛。

“带凯莉出去跟爸爸和欢脱阿姨玩一会儿。我就是这个游戏里的欢脱阿姨啦。”塔米说。

“凯莉！”马蒂从楼上喊道。

“哦，我差点忘了，这个是送给你的。”塔米说着从一个购物袋里拿出一瓶香槟递给蕾切尔。“马上就是你的一周年纪念日了。”

“一周年？”蕾切尔大声质疑道，“我们二月份才离婚呢。”

“不是指这个。从你上一次化疗到现在，大概一周年。马蒂说的。已经一年了，还没有复发。”

“哦，对，那件事啊。已经一年了？天哪，时光飞逝啊，哈？”蕾切尔一边回答，一边仍然因为忘记马蒂今天要来而耿耿于怀。

“这一年来症状彻底缓解。这可不得了啊。”马蒂说，“你应该庆祝庆祝。这个周末只剩你一个人，好好犒劳下自己。我一直不肯陪你去看马克斯·里希特的演奏会，你这周末可以去啊！”

这瓶香槟现在看起来太讽刺了，蕾切尔把它放到桌上。出于礼节，她应该请他们喝上一杯，但这样就要浪费掉更多宝贵的时间。她的大脑现在正在跟时间竞赛。

她该怎么解释呢？不能说凯莉病了，否则马蒂肯定执意要见她。

“那个，嗯，奥古斯塔？”皮特支支吾吾地说。他并不想挑起一番对话，但又想尽力争取些时间来思考对策。

“你怎么提到这个呀？”塔米故意摆出一个绞刑的动作。

“咳！是啊，奥古斯塔国家公园实在是美，那个……”马蒂接道。

“凯莉呢？她快准备好了吧？”塔米一边拉起蕾切尔的手，脸上绽放出灿烂的笑容，一边在手机上查看信息。

这些孩子真难对付。蕾切尔心中这么一想，顺势收回手，**谁知道笑容的背后可能隐藏着什么呢。**

任何关于——

她突然想到一件事。

一件可怕的事。

一件像魔鬼一样可怕的事。

“你脖子上的项链真好看。”她对塔米说，“我一直想买一条‘链子’。你觉得呢？”

塔米放下手机，抬起头说：“什么？”

“我一直想买一条链子。像你这样的。这不是钱的问题，关键在于‘链条’，对吧？”

“亲爱的，你想要的话，这条送你吧。我是在菲妮斯百货买的。打折货。”

一丝火花都没有。“链条”跟她没有任何关系。

怎么可能有关系呢。“链条”选人的过程几乎是完全随机的。这就是它的高明之处。蕾切尔转过身对她的前夫说：“马蒂，是这样的，真的不好意思，本来应该早点打电话告诉你，凯莉走了。”

“走了？”

“都怪我，你们俩大老远跑过来。我完全不记得你们今天要来。这么多年了，一下子开始教书，我压力实在太大，再加上屋顶漏雨，我还要备课，所以，就这么给忘了。”蕾切尔说。

“凯莉在哪儿呢？”

“她去纽约了。”蕾切尔说。

“纽约？”马蒂不解地问。

“是的，她一直在做学校的一个关于图特国王的项目，听说在大都会博物馆有一个小型展览，她这学期在学校表现得特别好，所以我就让她去了。”

“在纽约？”

“对的，我看着她上了汽车，她外婆去客运站接她，然后把她送去布鲁克林的公寓。她要在那儿住两天，把跟埃及有关的东西都看一遍。”蕾切尔说。

马蹄眉头一皱：“现在是十一月份。你母亲不应该在佛罗里达吗？”

“不，今年不一样。因为天气特别暖和，她今年就在纽约多待了一段时间。”

“凯莉什么时候回来？”

“一两天吧。她们可能会去看演出。嗯，我妈一直在关注《汉密尔顿》的戏票。”

“哦，那我得问问凯莉。她具体哪天晚上去呢？我给她发短信。”塔米问。

“你们有凯莉的号码吗？”蕾切尔惊慌地问。

“有啊。我们在照片墙上也互相关注了。不过，她好像一点都没提纽约的事。”

“没有，唔——”

“真奇怪。”塔米盯着手机说，“凯莉从昨天早上开始就没在照片墙上发任何东西，她平时每天都要发两三条的。”

“你确定她没事吗？”马蒂不由得疑心起来。

“嗯，她好得很。”蕾切尔继续圆谎，“外婆可能把她的手机给没收了。外婆一直都喜欢研究现实生活，不喜欢别人一天到晚盯着手机屏幕。”

马蒂点点头说：“这倒的确是朱迪丝的作风。”接着又道：“但是，蕾切尔，你为什么不动动手指给我们打个电话呢？哪怕发条信息也好啊？省了我们多少麻烦。”

蕾切尔一下火冒三丈。他竟敢这么说！女儿被绑架的时候，他却在奥古斯塔打高尔夫！妻子癌症尚未康复，他就撇下她跟另一个年轻女人远走高飞！他这个人——

算了。

现在不是发动战争的时候。她必须表现出十分懊悔的样子，结束这次谈话。“马蒂，实在是对不起。是我搞砸了。我是个彻头彻尾的傻瓜。我的压力真的很大，你明白吗？新工作、教书还有屋顶漏雨。真的抱歉。”

蕾切尔的自责让马蒂大吃一惊：“哦，算了，没事。你看，这也没什么大不了的，亲爱的，这种事情也时有发生。”

立刻让他们离开！蕾切尔的脑中有一个声音在说。

“你们要留下来吃晚饭吗？”她索性赌了一把。

“你们大老远过来，要是掉头就回去的话，实在太过分了。我可以做……”她在想马蒂最讨厌的食物是什么。青口贝？对！他从来都不喜欢蒜汁青口贝！“一大份沙拉，海鲜市场今天进了一些超级新鲜的青口贝。”

马蒂果然摇摇头：“不了不了，我们还是赶在堵车前回去吧。”

“堵车？”塔米很是迷惑，“往反方向走才会堵车吧。”

“都会堵的。”马蒂不为所动。

“实在对不起啊，都是我搞得一团糟。”蕾切尔说。

马蒂一脸同情地对她点点头：“没事儿。那我们下周末再来吧？”

“可以，我到时候把她送去波士顿，这样你们就不需要再跑一趟了。这一点我至少还能做到。”蕾切尔虽然这么说，心里却不能确定凯莉下周末能否回得来。如果她平安无事地回来了，那么一切都好说。马蒂可以天天带她去那个该死的水族馆，去一辈子都无所谓。

“那倒不必。”马蒂说着给了她一个道别的拥抱。

塔米也在她的脸颊上亲了一下。前后不过五分钟，他们就已经钻回车里了。

皮特跟蕾切尔站在门前的台阶上跟他们挥手道了别，转身回到屋里，关上门。

现在是 5 : 20。这么多时间都白白浪费了。射箭课 6 点钟开始，托比・邓利维 7 点钟开始步行回家。

“他们让我们午夜前再付两万五千美元，否则就杀了凯莉。”蕾切尔再也掩饰不住内心的恐慌。

“我已经动手了。”皮特回道。蕾切尔看着他登录到暗网上的一个比特币购买网站。

“你打算怎么办？”蕾切尔问。

“一张卡有一万五千美元的额度，另一张一万美元，没问题。”

皮特说。

“你有钱填上这些亏空吗？”

“这都不重要，对不对？唯一重要的是让凯莉回家。”

蕾切尔在他的后颈上亲了一下，帮他开了个账户，把钱转了过去。

“时间上你有把握吗？”她问。

“快好了。”他说，“先把我的车发动起来。要保证面罩和手套都带好。”

她冲到门外，把东西装上车，快速发动引擎。

现在还差五分钟就六点了。

“好了。”她回屋时皮特刚好完工。他看着海伦·邓利维的脸书页面说：“她已经往射箭俱乐部去了。我们也得赶快出发。我去拿枪。”

“我不想伤害这个小男孩。”蕾切尔说。

“我觉得我们不需要伤害任何人，不过可能需要放空枪，吓唬吓唬那些爱管闲事的人。我那把柯尔特手枪正好合适。”皮特安抚她道。

蕾切尔点点头。她又把这句话品味一番。**我不想伤害这个小男孩**。这个小男孩？这个小男孩是有名字的：他叫托比，托比·邓利维。不过，把他当作“**这个小男孩**”来对待，似乎更容易下手。把他当成一个抽象的事物，而不是一个人类，更确切来说，是个人类小男孩。他们可能需要去威胁**这个小男孩**。事实上，他们也许必须实施这种威胁。

她打了个冷战。皮特瞥了她一眼。

“好了，走吧。”她说。

他们沿着1号公路驶向比佛利。车流比平时更稠密，不过他们并不担心。开到那里只需要二十分钟，而射箭课要一个小时后才结束。

皮特抓住她的手轻轻捏了一下。“你不如给你的母亲打个电话，万一马蒂打电话过去找凯莉，她也能有所准备。”

“好主意。”说着她开始拨打母亲在佛罗里达的电话。

“我正要去打桥牌呢，什么事啊？”朱迪丝劈头问道。

“妈，您听我说，我刚才告诉马蒂说凯莉现在跟您待在纽约。”

“什么？你干吗这么说啊？”

“他今天过来了，这周末轮到凯莉去他那里，但凯莉很讨厌马蒂的新女友，不想跟他去，所以我情急之下就说她在纽约，跟您过几天。”

“但我在佛罗里达呀。”

“妈，我知道您在佛罗里达，但是如果马蒂给您打电话，一定要告诉他您现在在布鲁克林，跟凯莉在一起。”

“我们在纽约干什么呢？”

“凯莉想去大都会博物馆看埃及展。”

“博物馆啊，她倒是愿意去。”

“而且你们买好了票去看《汉密尔顿》。”

“我们怎么搞到票的呢？”

“不知道，实在不行您就说自己认识的一位老太太，把票让给你们了。”

朱迪思那边沉默了一会儿。

“蕾切尔，这个谎言可是一环扣一环啊。如果我的前女婿打电话来，我还得装作看过《汉密尔顿》的样子。我应该怎么说呢？”

“哎呀！妈，您就不能随机应变吗？哦对了，要记住凯莉的手机被您没收了。”蕾切尔看到路标上写着“下一出口，比弗利”，忍不住对妈妈大呼小叫起来。

“我为什么要没收我十三岁外孙女的手机呢？”

“因为你讨厌她大老远跑到纽约去看您，眼睛却一刻都离不开15厘米外的那块玻璃屏。”

“是噢，这倒有点道理。”朱迪思说。

“好吧，妈，太感谢您了，您就是我的救星。我得挂了。”已经到达比弗利了。

“亲爱的，照顾好你自己，我真担心你啊。”

“妈，我很好。一切都很好。”

她挂了电话。天上下起了零星小雨，一阵冰冷的寒风从水面吹了过来。“真不喜欢这鬼天气。”皮特说，“海伦说不定会改变主意，不让他自己走回去，反而来接他呢。我最好看一下。”

脸书上面没有任何消息，不过利用家庭电脑上的蠕虫病毒可以看到海伦给她妹妹发的信息，信息里说她正跟迈克一起看妹妹推荐的电影《极寒之城》。

机会来了。

6:30，他们把车停在税收街上，但是不知什么原因，有一队大人带着小孩正从老海关大厅往外走。

“什么鬼？这些孩子是什么人？天哪，好像就是射箭俱乐部的成员！”皮特惊呼道。

“你看那些弓什么的，肯定就是他们！我们已经失手了！”蕾切尔说。

“快！按原计划的路线跟上！”皮特话音未落，蕾切尔就把汽车发动起来。

“这就发动。”

“我真的糊涂了。他们应该7:00才出来，为什么提前离开了呢？而且提前了半小时。没道理呀！”皮特说。

“上帝啊！上帝啊！”蕾切尔迭声地说。

“没事。”皮特语调平静，“他们只不过到外面去而已，我们不用担心。”

蕾切尔沿着税收街开得飞快，刚拐到斯坦多雷街上，就看到一百米远的地方，有一个身穿防寒外套的小孩背着个运动包向前走，包里露出来一截复合弓一样的东西。这孩子把外套上的帽子戴起来，正朝邓利维家的方向走去。

“是他吗？”蕾切尔问。

“不知道，不过包里那东西看起来确实是一张弓。而且，路两旁一个人都没有。眼下一个人都没有。”

“戴上面罩。”蕾切尔拼命掩饰话音里的恐慌。

“周围没有目击者。”皮特说。最后他们根本就不需要利用大树或者黑暗来藏身，因为大雨已经阻隔了所有潜在的目击者。蕾切尔打开雨刮器，熄了车灯，把车向前开，在那个孩子前头停下。

“附近没人。”皮特边说边朝路两头打量。

“好，动手！”蕾切尔回道。

皮特拿着手枪从副驾驶座上跳下车。蕾切尔看到他在跟那个孩子交谈，不一会儿他回过身，对她直摇头。

出事了！皮特没有把那个小男孩带回来。

见鬼！到底怎么了？

“出什么问题了？”她质问道。

“是个小姑娘。”皮特说。

蕾切尔二话不说，戴上面罩下了车。果然没错，这是一个瘦弱的小姑娘，一头棕色头发，大概八九岁的模样。

她拖着一个健身包，那个包对她来说异常庞大。

“你刚从射箭俱乐部出来吗？”蕾切尔问她。

“是的。”小姑娘回答。

“他们为什么提前下课了？”皮特问。

“暖气坏了，所以我们必须回家。你们的脸上为什么要戴这种东西？”

“你叫什么名字？”蕾切尔问。

“阿梅莉亚·邓利维。”

“你哥哥托比呢？”

“他去利亚姆家了。他让我把他的包先带回家。”

“我们现在该怎么办？”皮特问蕾切尔。

“带走她。”蕾切尔冷酷地说。

“原本可不是这么计划的。”

“现在可以这么计划。”蕾切尔回答，不容置疑。她知道这一切她再也无法从头经历一遍了，如果她不能再来一遍，凯莉就死定了。

“来吧，阿梅莉亚。”皮特说，“我们开车送你回家。”

他把小姑娘抱进车里，扣上安全带，在她旁边坐下来之后，把车门锁了起来。蕾切尔调转车头，径直朝 1A 的出口处开去。

“我们真要这么干吗？她万一有健康问题怎么办？”皮特问。

“到时候再说吧。不要准备花生和含花生的食物。得去买一支肾上腺素笔……妈的！”蕾切尔挥拳砸向方向盘。

“你不该说那个词。”阿梅莉亚道。

“没错。”蕾切尔回答，“对不起，亲爱的。你几岁啦，小甜心？”

“八岁。”阿梅莉亚回道，“我到十二月份就九岁了。”

“这种世道，究竟是谁让一个八岁的小孩单独走回家啊？而且还在下雨？究竟是什么人啊？”蕾切尔低声道。

“本来托比应该跟我在一起的。今晚是我第一次去射箭俱乐部。现在我也能用儿童弓了。他本来要跟我一起走回家，但是因为今晚提前下课，他就去利亚姆家了。”

“那么是托比让你一个人走回家的吗？”

“他说我已经长大了。他让我帮他拿包。”阿梅莉亚说。

“好吧，现在你必须跟我们走。你妈妈同意了，这是一场冒险游戏。”蕾切尔对她说。

蕾切尔从后视镜里看到阿梅莉亚直摇头。“我不想跟你们走，我想回家。”她说。

“你不能回家，必须跟我们走。”蕾切尔的语气很坚定。

“我要回家！”阿梅莉亚说着大声哭了起来。

阿梅莉亚开始扭来扭去，乱扯安全带，勒得蕾切尔喘不过气来。

“我要回家！”阿梅莉亚大声哭喊，皮特不得不用那双大手死死地摁住这个苦苦挣扎的小姑娘。

出城后，蕾切尔在1A公路沿线一个偏僻的沼泽树林边停下车，这里应该是比弗利和威纳姆的交界地带。她爬出驾驶室，摘下面罩，“哇”地吐了起来。

吐了一次又一次。她的嘴里发酸，喉咙也感觉要烧起来一样，眼泪顺着脸颊流了下来。

吐到最后，只能干呕。

皮特打开车门，把阿梅莉亚的鞋子和运动包扔了出去："最好把这些东西都沉到沼泽里。安全起见，这些东西上说不定装了定位器。"

蕾切尔把鞋子放进包里，拉链拉上一截，往沼泽里一扔，可惜包漂浮在水面上。她可没时间像诺曼·贝茨[①]那样去清理现场，只得踏进沼泽，胡乱地用脚把那该死的包踩下去，才重新戴上面罩。

"要我来开车吗？"见蕾切尔回到车里，皮特问。蕾切尔摇摇头，转过身去看阿梅莉亚，只见她的小脸蛋上挂满了泪水，两只眼睛瞪得大大的，显然吓坏了。

"小妹妹，别害怕。"蕾切尔说，"我们带你出去玩两天。这就是一个游戏。你的爸爸妈妈都知道的。"

"他们也会一起来玩这个游戏吗？"阿梅莉亚吃惊地问。

"是啊，他们也在玩。一切都会过去的，我保证。"蕾切尔说着把车挂上挡，再一次启动起来。

"亲爱的，现在你得蒙上这个眼罩。"皮特说，"这也是游戏的一部分。"

"像蒙眼抓人那种游戏吗？"阿梅莉亚问。

"是的。"皮特说。

"这个游戏我以前也玩过。"说完她就把眼罩戴上，皮特和蕾切尔这才把面罩摘了下来。

就在他们即将进入纽伯里的时候，蕾切尔从后视镜里看到州

---

① 诺曼·贝茨是1960年代的惊悚片《惊魂序曲》中的连环杀手。——译者注

警察的警车正在自己的身后。“是警察。”她平静地说。

皮特向后看了一眼，说：“我们又没做错什么。只管向前开，不要加速，也不要减速。”

“我知道！”她对他咆哮起来，“快给我把枪。他们要是让我们停车，我们再怎么解释也逃不掉的。”

“蕾切尔——”

“快给我！”

皮特把他的手枪给了她，她接过来放在自己的腿上。“你知道怎么用吗？”他问。

“知道。如果必须停车，我说的应对方法，你同意吗？”

“同意。”皮特话音刚落，立刻屏住呼吸。

第27章

星期五，下午6:57

警察紧跟在他们身后，三十秒后慢慢地跟他们并行，最后从超车道上疾驰而去。

这也没什么好大惊小怪的。

蕾切尔根本没做错什么。

他们径直把车开到阿彭策尔家。

阿梅莉亚要么昏过去了，要么是吓傻了，不过这都无所谓——她现在很听话，这才是最重要的。“你把她带进去，我来打电话。”蕾切尔对皮特说。

眼见街上空无一人，皮特把阿梅莉亚从道奇车里抱下来，带去地下室。

蕾切尔留在车里，用手机打开Wickr，向对方告知“搞定了”。

“搞定什么了？”对方发回一条信息。

“我绑到了阿梅莉亚·邓利维。她现在就在我手里。”

这时电话打了进来。“好，很好。”那个失真的声音说，“我现在就给她家人打电话。然后你再给他们打，索要十万美元，跟以前一样，以比特币的形式汇到同一个账户里。”

“十万！这也太——”

“这个数额只占他们储蓄的一半而已。对他们来说很容易。蕾切尔，这不是钱的问题。”

“我知道。这是‘链条’的问题。”

“没错。我这就打电话让他们准备好纸和笔。五分钟后，你再用一次性手机打给他们。他们会在电话旁等着你。”

电话挂断了。

蕾切尔用一次性手机给皮特打了过来，问他是否顺利。

“她很明显被吓懵了。我告诉她我们是她家的朋友，她似乎半信半疑。”

“皮特，一定要确保她的安全。不要让她接触到坚果。我不知道她有多敏感，不过小心一点不为过。不要像电影里那些愚蠢的保姆一样。”

“不会的。”

“我们给她的所有东西，都要仔细阅读注意事项，还得去买支肾上腺素笔。”

“没问题。我会留意的。网上应该能买到。你给她家人打电话了吗？”

“现在就打。”

“用另一个手机打，别用这个。开车去离家远一点的地方再打。”

“好主意。这就去打。”

她迅速把车开到海边的一个停车场，开始拨打邓利维家的电话。“喂？”另一头传来一个焦急的女声。

“你的女儿阿梅莉亚现在在我手上，她被绑架了。不要报警，你们如果报警或者联系任何执法部门，我就杀了她。你听明白了吗？”

海伦开始尖叫起来。

为了让她镇静下来，蕾切尔告诉她，如果她不能保持镇静，蕾切尔就在阿梅莉亚的脑袋上崩一枪。

这番对话持续了十分钟。

挂了电话，蕾切尔下了车，又开始一遍一遍地呕吐起来，直吐得胃里一干二净为止。

她怔怔地望着漆黑的大海，海浪一波一波地不断向岸边涌过来。

她在沙滩上坐着，任凭冰冷、坚硬的雨点劈头盖脸地砸下来。

一阵剧烈的头痛袭来，她感觉整个脑袋似乎就要爆炸了。

就这样坐了五分钟，她才站起身，狠狠地把一次性手机踩了几脚，又把碎片扔到海里。她在瓢泼大雨中仰起脸，想让雨水把自己冲洗干净，然而一切都无济于事。

她拿出一个崭新的一次性手机打电话给皮特：“搞定了。你那边都还好吗？”

“不太好。我把她的手给铐上了，拴在柱子上。她倒没有反抗，不喊不叫，也没有其他表现，但是一直在哭，说想要妈妈，还说没有‘布先生’她就不待在这里。噢对了，布先生是玩具熊。这里有很多毛绒玩具，但她非要布先生不可。”

“我理解。”蕾切尔说。

她把车开回自己家，上楼到凯莉的房间里找到女儿的粉色毛绒兔子“棉花糖”。没有“棉花糖”和猫，凯莉怎么睡得着觉呢？

她带上“棉花糖”，拉上外套的帽子，冲进雨中，向阿彭策尔家跑去。

敲了敲后门，皮特一边打电话，一边给她开了门。

他看起来很着急。

“出什么事了？”她悄声问。

“运通在核对那笔汇款。”他用手掩住听筒回道。

“维萨（Visa）也给我打电话了。如果今晚那笔钱不能到账，他们就会杀了凯莉。”

“我知道。我会处理好的。”话虽这么说，他的脸色却很难看，眼睛瞪得很大，眼球几乎都要突出来，整个人浑身都在流汗、颤抖。

“你还好吧？”

“嗯，我很好。我会处理好的。”

蕾切尔戴上面罩，来到地下室。

阿梅莉亚已经筋疲力尽。接二连三的大哭大闹之后，她现在估计只想好好睡一觉，但是没有布先生，她又睡不着，这会儿正坐在睡袋上，身旁摆满了乐高和各种棋盘游戏，还有她不喜欢的毛绒玩具。

蕾切尔在她身边坐下：“亲爱的，我知道你很害怕，但是这里没有什么好害怕的。你在这里很安全，我保证，我不会让你有任何闪失的。”

“我想要妈妈。”阿梅莉亚说。

“我知道，很快我们就把你送回妈妈身边。对了，我听说你想要‘布先生’，虽然我们这里没有布先生，不过我女儿倒是有一个特别的朋友，叫‘棉花糖’。她从一出生就有这个棉花糖陪在身边。他非常非常特别，十三年来身上满满的都是爱。”

阿梅莉亚一脸狐疑地看了看棉花糖，说：“我要布先生。”

“我们没有布先生，但我们有棉花糖先生。”蕾切尔说，“棉花糖先生是布先生的朋友。”

“真的吗？”

“当然啦，他们是非常要好的朋友。”蕾切尔说着把棉花糖先生递过去，阿梅莉亚迟迟疑疑地接了过来。

“想不想听一个故事？”蕾切尔问她。

“嗯，好吧。”

“你喜欢牛奶和曲奇吗？”

“喜欢。”

“在这儿等着，我看看能不能找到。”

她又回到楼上。皮特正在门廊上苦口婆心地劝说运通给他放款。如果他说服不了他们，那么两小时后那个疯婆子就会杀了凯莉。

她敲了敲厨房窗户，皮特转过身看着她。“他们怎么说？”她问。

“我还在跟他们谈。”

为了安全起见，蕾切尔仔细阅读饼干包装上的标签，又在谷歌上搜索配料表。上面说这种饼干是不含坚果的。她这才把牛奶和饼干拿到楼下。

她给阿梅莉亚讲了《金发姑娘和三只熊》的故事，阿梅莉亚很开心，因为这个故事她本来就很熟悉。

接下来又讲了《糖果屋历险记》，这个故事阿梅莉亚也听过。

这是一个孩子们在森林里遇险的故事。

可怜的小阿梅莉亚，正如许多年前那个阿梅莉亚一样，无端地消失了。

她是一个好孩子，很聪明，蕾切尔很喜欢她。她怎么可能不喜欢她呢？她又怎么可能去伤害她呢？

半小时后，皮特终于来到楼梯口，冲蕾切尔竖了竖大拇指。

“汇款通过了吗？”

“通过了。”

“谢天谢地。”

“阿梅莉亚怎么样？”

“你自己下来看啊。”

“她竟然睡着了。你怎么搞定的？”皮特在最下面一节楼梯前停住脚问道。

“牛奶加曲奇，还有棉花糖先生。曲奇的品牌我查了，没有问题。”

“肾上腺素笔已经在路上了。是寄到纽伯里一个投递箱。”

“那就好。”

“今晚我留下。”皮特说，“你回家吧。你看样子累坏了。”

“我应该留下。”

“不，你回家吧，拜托了。”

她不想跟他争。她的确累坏了，被彻底击溃了。她用一次性手机给阿梅莉亚拍了张照片。“这张照片发给他们。”

“蕾切尔，回去好好睡一觉。”

“我不累。”蕾切尔还嘴硬。

皮特狠狠地挠着自己的手臂，满头大汗，看起来很虚弱，一副病态。

“你没事吧？”她问。

“我？我很好。你回家去，我在这可以的。”

她点点头，向地下室楼梯走去。走下门廊。沿着沙滩回家了。

这场冻雨让她很欣慰。所有的不适、悲楚和痛苦都是她罪有应得。她站在自家门前，用一个新的一次性手机给邓利维家打电话。

“喂？”海伦由于惊慌而喘息不定。

“你们最好把钱和绑架目标都准备好。我现在给你们发一张阿梅莉亚的照片。她正在睡觉，她没事。”

“让我跟她说话！”

“她在睡觉。我现在就给你发照片。”

照片发过去之后，蕾切尔毁掉手机，走进屋去。

她冲了杯咖啡，通过镜像的台式电脑监控邓利维家人的一举一动，倒是没发现他们跟警察联系的任何电子邮件和短信。

午夜，蕾切尔自用的手机突然响了。“喂？”

“蕾切尔？”那个声音低低地问。

“是我。”

“我本来不该给你打电话的，但是我想告诉你，我儿子一小时前被释放了，他现在已经回到我们身边了！”

“你儿子回来啦？”

“是啊。真不敢相信！我太开心了！他平平安安地回到家啦。我本来还担心……但是，他回来了！”

“等一下……这就是说……你们现在可以放了凯莉吗？”

“我不能，你知道我不能。‘链条’必须继续下去。你必须信任整个程序。如果我打破了‘链条’，一系列的倒霉事就要开始了——像是一种后坐力。我会有危险，我儿子会有危险，你和凯莉也会有危险。”

“除非是他们在虚张声势。”

“他们可不是虚张声势那种人。我觉得，万一出了岔子，他们开心还来不及呢，到时候我们就要开始自相残杀。你也看过那一家人的惨状。”

“是的。”

“他们跟我说过，很多年前，有一次，有一个人叛逃，惩罚是沿着‘链条’往回追了七家受害人，才最终完成自我修复。不过，我希望你明白，在救回凯莉的路上，你又向前迈了一步。蕾切尔，很快一切都会结束的，真的会结束。”

“上帝啊，但愿如此吧。”

“会如愿的。”

“你是怎么做到的？你是怎么一步步捱过来的？你究竟哪来的力量啊？”

“我也不知道，蕾切尔，我觉得，你只要想象着跟凯莉重逢的那一刻，只要保证你做的每一件事，每一个选择，都是奔着那个终点去的，就可以了，你明白吗？”

“明白。”

“我们抓走凯莉的时候，出了件事儿，很可怕的事儿。她没什么，她很好。但是，我不得不做一件很恐怖的事情，要是换作过去，一想到当时干的那件事，我一定会痛苦万分。但是你知道我现在什么感觉吗？我没有任何感觉。除了轻松，没有任何感觉。我做了必须要做的事情，我救了我儿子。这才是全部的意义所在。”

“我想我能理解你。”

“你只需要再多坚持一段时间。”

“我会的。”

第28章

星期六，午夜 12：07

迈克·邓利维看着妻子像个婴儿一样蜷缩在浴室的地板上痛哭着，再也忍不住了，走过去躺在她旁边，抱着她一起哭了起来。

他把枪放到地板上。现在再拿着一把上了膛的枪在家里走来走去，已经没有意义了。

这把枪毫无用处，因为根本无人可杀。

“托比怎么样了？”海伦开口问他，脸上挂满了泪水。

“他睡着了。我跟他说阿梅莉亚到朋友家去住几天了。”

“他信了吗？”

“他根本不关心这个，他只关心自己的弓箭装备在哪儿。我跟他说都收好了。”

“你觉得向上帝求助可以吗？”海伦征询性地问了一句。

“我们真要这么做吗？”

“必须这么做啊。”

“我们并不是非这么做不可。我们可以报警。”

“报警的话他们就会杀了她。挟持她的那个女人就是个魔鬼。我从她的声音里听出来了。全美国都没有比我们更差的父母了。你知道那些躲在车里滥吸毒品的人吗？我们比他们还不如！”

海伦说着又开始哭了起来，吸一口气间隔好长时间再抽泣一声。昏暗的光线透过浴室的窗户洒了进来，她的脸看起来那么茫然，脆弱，不堪一击。

她已经完全迷失了。他实在无言以对。

“没有布先生，阿梅莉亚怎么睡得着啊？”她说。

“不知道。”

“我们能救她回来的，对不对？你快告诉我，我们能把她救回来！”海伦又道。

“我们一定能把她救回来。我们会竭尽所能。只要能救她回来，就算把那帮坏蛋全杀光也可以！”

第 29 章

星期六，凌晨 5:38

外面依然漆黑一片，东方也许稍微亮了一些。凯莉根本睡不着，自从费尽心思拿到扳手之后，她就没有再合过眼。

肾上腺素彻夜飙升，实在难以成眠。机会只此一次，她必须牢牢把握。

计划很简单。最好的计划，一定都是非常简单的，不是吗?

上船，找到白鲸，杀掉!

上船，找到鲨鱼，杀掉!

要么是那个男人，要么是那个女人，一定会端着托盘下楼来，盘子里会有一碗麦片，一杯橙汁。他/她会弯下腰把托盘放到地上，然后把麦片碗和橙汁从托盘里拿出来。

这个时候，就是凯莉用扳手向他/她砸去的好时机。

尽全力朝头顶上砸去。用双手砸，一定可以把他/她砸晕。

不管是谁，一定会躺倒在地，无法再起身。

如果幸运的话，他／她可能随身带着手铐的钥匙。凯莉就能打开自己的手铐，第一时间冲到楼上，朝最近的马路奔去。但是，如果没有钥匙，枪就是重中之重。枪在这里是非常关键的一部分。毫无疑问，他们每次到地下室来，都会带着枪。

如果没有钥匙，凯莉可以把枪抢走，等着他／她醒来，然后用枪指着这个人的头，呼叫另一个人下来，逼他们把手铐钥匙交出来，否则她就开枪。

如果他们不相信她会开枪，她就朝手里挟持的那个人膝盖上来一枪。她曾经跟皮特叔叔在森林里练过几次射击，知道怎么使用左轮手枪：压下保险，检查弹膛，扣动扳机。另一人可以把钥匙拿给她，但如果其中一人不愿妥协，她也可以跟他们达成一项协议：等回到妈妈身边之后，她会声称自己不记得这个关押地点了。至少一天内她会装作不记得。这样就可以给这两人二十四小时的时间逃到国外。

凯莉对这个计划很满意。整个过程既符合逻辑，又非常理性，她看不出哪里会出差错。最难的部分是第一步，但第一步一秒钟内就能完成。**你会成功的！凯莉，你一定能成功！**她给自己打气。然而躲在睡袋里的她依然吓得浑身发抖。

“发抖”这个词并不准确，依她现在的情形来看，“抽搐”或许更贴切。不过她的身上自有家族一代代遗传下来的勇气。她想起了妈妈怎样经受住一次次的化疗；想起了自从外公跟他的一个学生私奔之后，这些年来外婆怎样跟纽约大学进行抗争，才得以继续留在教职工宿舍居住；想起了曾祖母伊琳娜，在她还是个小女孩时，怎样果敢地恫吓甚至威逼自己的家人，套上一辆驴车，跟随撤退的部队一路向东行驶，又搭上火车，来到满城都是奇怪的圆顶建筑的塔什干。他们作为不名一文的流浪者，在那里整整待了四年，1945年秋天，当他们重新回到白俄罗斯那个犹太小镇时，才发现镇上的人全都被德国人杀得一干二净。要不是因为曾祖母的勇气，哪里会有凯莉的今天。

她眼下最需要的，正是小伊琳娜、妈妈、外婆，以及家族中所有女性身上的那种勇气和决心。她又重新拿起那把扳手，仔细检查起来。这东西很重，大约 18 厘米长。可能是修锅炉的时候落下的，应该不是这间房子的主人，这家人看起来不像是会修锅炉的那类人，很有可能是工人留下的。这种扳手或许不能砸断链条，但这么大的东西足够砸破一个人的脑袋。

很快她就能知道答案了。

第30章

星期六，早晨6:11

蕾切尔查完安珀警报[①]，又去查看警方报告和突发新闻，看是否有失踪儿童的报道，同时不间断地监控邓利维家的家庭电脑。

凌晨时分。也是罗伯特·洛威尔[②]诗中“臭鼬的时光”。时间已经晚了，身体也乏透了。

别睡着，别睡着，别睡着……

她的眼还是缓缓地合上了。

虚空。

阳光。

---

① 安珀警报（Amber Alerts，America's Missing: Broadcasting Emergency Response），美国失踪人口广播紧急回应，是一个主要用于美国和加拿大的儿童失踪或绑架预警系统。——译者注

② 罗伯特·洛威尔（Robert Lowell，1917—1977），美国诗人，以高超复杂的抒情诗、丰富的语言运用及社会批评而著称。下文所指的是他的《臭鼬的时光》一诗。——译者注

鸟儿的歌声。

今天几号？

几个钟头感觉就像几年，几天就像几十年，她这个噩梦做了几千年了吧！

又是一个崭新的早晨。那种恐惧和惊吓的感觉，搅得她的肠胃里一阵翻江倒海。害怕的滋味，只有在某个人或某件事威胁到你的孩子时，你才能彻底体会。对一个人来说，最糟糕的并不是死亡，而是你的孩子出事了。一旦有了孩子，一个人立刻就长大了。在这个世界上，对意义的追求和找不到意义的无力感所造成的本体失配，才是最荒诞的。作为丢失孩子的父母，这种荒诞感恰恰是他们负担不起的奢侈品。

她坐在客厅的桌边，小猫伊莱在她身旁“喵喵”地叫着。

它已经快两天没有人喂食了。

她把猫食盆装满猫粮，喝下一大杯冷咖啡，走到外面的门廊上，穿上外套，沿着盆地小路朝阿彭策尔家走去。

初升的太阳照耀着大西洋和普拉姆岛东岸上那一座座大房子。她的手机响了起来：**未知联系人**，吓得她胃里一阵抽痛。现在又怎么了？“喂？”

“这边需要你！快过来！”皮特急吼吼地喊道。

“两分钟就到。”

“快点！我需要你帮忙。”

她一听立刻沿盆地小路飞奔起来，直奔北部大道。

一边跑，她的心一边怦怦直跳，过了通往海滩的小径，这才踏上阿彭策尔家的后门台阶。

门竟然开着，这不对劲啊。

她进了屋。

厨房台面上放着皮特的柯尔特手枪，还有一袋毒品一样的东西。这是什么啊？皮特难道是个瘾君子？她不敢往下想。

他还值得信任吗？上帝啊，莫非他也是他们中的一分子？

蕾切尔自以为很了解皮特，但是，谁又能真正了解另一个人呢？他确实可以为凯莉赴汤蹈火，但他以前毕竟多次被捕，而且，离开部队后的这么长时间里，他都在干什么？

她摇摇头。无论如何，都不可能是皮特。这不过是自己的妄想症。“链条”跟塔米无关，跟皮特也没有任何关系。

那毒品呢？这可是很严重的。她必须——

“蕾切尔！快下来！把面罩戴上。”

她迅速戴上滑雪面罩，沿着地下室楼梯跑下去。

皮特正抱着阿梅莉亚，她被包在一条毛毯里，不停地抽搐、颤抖。谷物撒得满地都是。

“出什么事了？”

“给了她棉花糖米酥，我以为没事的，就没仔细看上面的小字。可能是里面含有微量的坚果。”

“我的天啊！”

“肾上腺素笔要今天上午才能收到。”皮特已经完全慌了。

阿梅莉亚的嘴唇已经肿了，面色一片死灰，嘴角挂着白沫，呼吸短促而刺耳。

蕾切尔把手背放到阿梅莉亚的额头上。

滚烫。

她又掀起阿梅莉亚的衣衫。

麻疹。

再掰开她的嘴，查看口腔内的状况，发现并没有异物堵塞。

她的舌头还没有肿。暂时还没有。

“阿梅莉亚，你有没有觉得呼吸困难？”蕾切尔问，“你能呼吸吗？回答我。”

阿梅莉亚点点头。

“以前出这样的状况你的妈妈都是怎么处理的？”

“看医生。”

阿梅莉亚满头大汗，呼吸越来越困难。

“我们得送她去医院。”皮特说。

蕾切尔转过脸来，心里愤愤地骂了一句：这家伙都在想什么呢？去医院？

他们绝对不能送她去医院。一旦去医院，整个计划就败露了，凯莉必死无疑。

“不。”她说。

“她现在这是过敏反应。”皮特说。

“我知道。”

“她必须看医生。我们手里没有肾上腺素笔。”

“不能看医生。”蕾切尔坚持道，“我来抱她。”

说着接过小姑娘，皮特这才明白她的意思。“你确定吗？”

“确定。我已经下定了决心。”

这是一个骇人的决定，然而这都是被“链条”给逼的。

这个小姑娘要么死于此时此地，死在她的怀里，要么逐渐好起来。

“我在这里陪她。你无论如何要弄到肾上腺素笔！”

“怎么弄？”

“去药店啊！我怎么知道！快去呀！”

皮特跑上楼去。“我把枪留给你吧。”他从厨房说道。

“好。赶紧去吧！”

后门“砰”的一声关上了。

她紧紧抱住了阿梅莉亚。

“医生。”阿梅莉亚说。

“好的，小乖乖。”蕾切尔回道。

然而他们不会带她去看医生，也不会上医院。

万一这孩子死了，她和皮特就舍弃这间房子，再试一次。

等警察找到这个死去的小女孩，会发现她被拴在一根柱子上，身上满是唾液和呕吐物，旁边摆满了娃娃、玩具和各种棋盘游戏。到时候这一幕会成为他们见过的最邪恶的犯罪现场之一。

阿梅莉亚脸色苍白，眼神呆滞，开始不停地咳嗽。

去医院肯定能救她一命。

纽伯里波特消防局的护理人员也可以救她一命。

但是蕾切尔不可能打电话给护士或者医生，也不会打给医院。这条路会送了凯莉的命。如果要在阿梅莉亚和凯莉之间选择一人，她会选凯莉。

蕾切尔哭了起来。“试着慢一点呼吸。”她对阿梅莉亚说，“慢一点，放松一点，深呼吸。”

她摸了摸阿梅莉亚的脉搏，发觉她的脉搏变得越来越微弱，脸色也开始发青。

皮肤也慢慢起皱，好像刚洗过澡一样。“我要爸爸。”阿梅莉亚呻吟着。

“有人来救你了，我保证。”

蕾切尔轻轻地摇着怀里的孩子。她正在死去。阿梅莉亚正在死去，而蕾切尔什么都做不了。

抗组胺药会不会起作用呢？楼上的药柜里或许能有这种药。

她拿起手机搜索“花生过敏和抗组胺药”。搜索结果中的第一篇文章就说，不要给有严重过敏反应的孩子服用抗组胺药，因为抗组胺药不仅不能治疗过敏反应，还可能使症状恶化。

“快点啊，皮特！”蕾切尔大喊，“快点！”

阿梅莉亚浑身瘫软，发烫，嘴角不停地冒着白沫。

“妈妈。”她又呻吟了一声。

“没事儿的。”蕾切尔安慰着她，“没事儿。”

她把小姑娘紧紧地搂在怀里。

时间一分一秒地过去，阿梅莉亚丝毫不见好转，不过也没有变坏。

房间里静悄悄的。

有大海和海鸥的声音传来，还有“咚咚”的响声……

嗯？

她从床垫上坐起身，仔细聆听。

又是一阵“咚咚”的声音。

什么声音？

“伊莲娜？”一个声音说道。

有人在前门敲门。

现在已经到楼上了。

是一个女人。

她把阿梅莉亚放到床垫上，悄悄地登上地下室的楼梯，爬到过道里。

又是一阵“咚咚”声，那人又问了一句：“伊莲娜？你在家吗？”

蕾切尔紧紧地贴在过道的地板上。

“伊莲娜？有人在家吗？”

阿梅莉亚微弱的声音通过地下室敞开的大门飘了上来。

“妈妈……”

“伊莲娜？你们在家吗？”

蕾切尔沿着过道爬进厨房。

那袋毒品不见了，但皮特的手枪还在。

蕾切尔从饭桌上拿起枪，又溜回过道。屋里进来一个愚蠢的女人。即便伊莲娜在家，也不希望早上六点半听到有人来敲门。

“啊……”阿梅莉亚呻吟着。

蕾切尔的心已经提到了嗓子眼，从地下室楼梯上滑下来，差点扭断了脖颈。她飞奔到阿梅莉亚身边，伸出手指放在唇边。

“嘘！”她嘘声道。

“伊莲娜，你到底在不在家啊？”前门又传来那个女人的声音，“我好像看到你的身影了！”

阿梅莉亚的呻吟声越来越大，蕾切尔实在没辙了，只得伸手捂住了小姑娘的嘴。阿梅莉亚无法用鼻子正常呼吸，难受得扭来扭去，试图挣脱蕾切尔的钳制，但她太瘦弱了，根本没有多少抵抗力。

“嘘！”蕾切尔悄声道，“放松点。没事儿的，没事儿的。”

说着又把小姑娘抱紧了些。

楼上没了声音。

十秒钟过去了。

十五秒。

二十秒。

三十秒。

“看样子没人在家。”外面那个声音说。

蕾切尔听到那个女人从门廊台阶上走下去，片刻之后，沉重的前门“呼”的一声关上了，她赶紧把手从阿梅莉亚的嘴上拿开，小姑娘立刻大口大口地吸气。

蕾切尔连忙跑到一楼的窗户前，看到一个多管闲事的老太太穿着胶鞋，披着紫色的雨衣站在那儿。“吁……”蕾切尔不禁长舒一口气。

她精疲力竭地瘫倒在地板上，等待警察的到来。

警察并没有来，她赶紧跑下楼去看阿梅莉亚。

阿梅莉亚看起来好了一点，或者说这只是她一厢情愿的想法？

她给皮特打了电话，但他没有接。

过了两分钟，又给他打了过去，还是没有接。

他在哪儿？他究竟在干什么？

那些东西是毒品吗？他难道是因为嗑药而亢奋？她知道他过去一年里一直频繁出入伍斯特的退伍军人诊所，但并没有问他究竟出了什么问题。皮特这人从来不愿向人透露自己的隐私，所以她也没多问。

他在哪呢？

难道他的毒品用光了？

阿梅莉亚躺在她身旁，不住地咳嗽。

蕾切尔把她裹在睡袋里，像母亲一样用手搂着她，不时抚摸她的额头，轻轻地摇着。

“小宝贝，会好起来的。”她轻声说，“小甜心，我保证，再过两个小时，你就好了。”

蕾切尔抱着她，跟她说着话，她感觉自己就是这个世界上最肮脏的大骗子。就这样熬过了极其漫长的五分钟。

她本希望她就这样死去，她本可以让她就这样死去，她仍然会让她就这样死去，前提是——

咚！咚！咚！

蕾切尔又一次蹑手蹑脚地爬到地下室楼梯上。

咚！咚！咚！

她踮起脚尖走到二楼的卧室，向窗外望去。

是纽伯里波特的警官！

来找伊莲娜的那个老太太报警了！真该死！

“你好？”警察又敲了敲门。

蕾切尔大气不敢出，万一阿梅莉亚高声尖叫，那个警察一定能听到。

“有人在吗？”警察又问。

他偏过头，透过信件插槽朝里面看了看，用手摸了摸窗户。蕾切尔一闪身退到窗帘后面。他要是起疑的话，就会破门而入，到时候该怎么办？

即使朝他开枪，也解决不了问题，到时候只会引来更多的警察，进而查出更多的事来。绑架到时候也将中断，凯莉必死无疑。但是如果被他发现了阿梅莉亚，蕾切尔就会被捕，凯莉还是死路一条。

那个警察朝后退了几步，仔细察看房子的四周。

如果被他发现窗户上那些刚装上的木板——

蕾切尔飞快地跑到楼下。

阿梅莉亚的喉咙开始咕噜咕噜作响，听起来像是窒息的声音。

她现在可能正在经历心脏骤停。蕾切尔穿过厨房，把手枪别在牛仔裤的后腰上。她必须阻止那个警察。游戏一旦开始，凯莉就完了，一切就是这么简单。

蕾切尔飞快地走下后门廊，沿着沙路走到屋前。

“您好！”她从路上向警察喊道。

那个警察转过身来。她认得他，曾经在伊普斯威奇的冰激凌店里见过他两次，有一次马蒂停车，离农产品摊位的消防栓太近，还吃过他的罚单。这人看着二十五六岁的年纪，好像叫肯尼。

“你好。”他说。

“您是为我那通电话赶来的吗？”她问。

“是你报警的吗？”

“伊莲娜·阿彭策尔去佛罗里达了，托我帮她照看下房子。我看到几个孩子在附近玩，就跟他们说快走开，否则就报警了。所以，谁知……”

“他们没有走开吗？”

“没有。当然了，你现在在这里，他们都走了。对不起，这事儿得怪我吧？我是说，他们擅闯他人的院子，这是违法的，对不对？”

“这些孩子长什么样？”

“哦，别，我们没必要为这点事来个联邦诉讼吧。他们不过是十来岁的孩子。哎呀，真抱歉。我对他们说要报警，只不过是吹吹牛，谁知他们竟然用那种不屑一顾的目光看着我，于是我就说‘我按号码了啊’，就这样拨了电话。”

肯尼笑了起来：“女士，你做得很对。我不知道是否能证明这些十来岁的孩子有严重的犯罪行为，不过如果不趁年轻给他们点教训，下一步他们可就要入室抢劫了。说出来吓你一跳，一到淡季，像这样没人住的老式避暑大别墅不知有多少都被人撬了。”

“是吗？”

“是啊。当然了，通常都是小孩子，很少有真正的盗窃案，但很多时候都是为了消遣、吸毒，或者其他不道德的目的。”

“不道德的目的？”

肯尼脸一红，说道：“性生活。”

“哦。”

他们互相望了对方一眼。

“嗯，那我先看看，要是前后门都锁了，我就可以走了。”肯尼说。

蕾切尔决不能让他得逞。他一看到后门，整场戏就穿帮了。

不知道阿梅莉亚在地下室里是死是活。她不敢相信今时今日的蕾切尔遇到这样的事情，竟然能这么不假思索，这么冷酷无情。以前的蕾切尔这会儿早就肝肠寸断了。昨日的那个蕾切尔，已经死了，不见了。

她拽下毛衣上的一个毛球，摸到身后的手枪。他的枪放在枪套里，她可以用枪把他逼进屋，然后毙了他，再带阿梅莉亚到另一个安全的地方。

“我是不是在伊普斯威奇的‘奶白农场’冰激凌店见过你几次？”蕾切尔问。

“是啊，我去过那家店。”他回道。

“我是花生酱脆皮冰激凌的忠实爱好者。你最喜欢什么口味？”

“覆盆子。”

“我从来没尝过那种味道。”

“很好吃。”

“你知道哪一种口味我一直想尝但至今还没有尝过吗？‘超离谱’口味，据说里面各种味道都有。”

“那个呀，我知道，名字听着怪怪的。”

“这样吧，要是你没什么事儿可做的话，不如……”她说着笑了起来。

见肯尼的反应有点迟钝，蕾切尔心想，像她这样颇具吸引力而且年龄较长的女性对他表示好感，或许并不常见吧，不过最后他终于明白，她这是在明白无误地跟他调情。事实上，他或许会以为小孩私闯院子这件事，都是她编造的，目的就是为了制造这次小小的相遇。

“能把你的手机号码给我吗，我——”

“当然可以。”蕾切尔抢着说道，“这周来不及了，不过下周如果你不太忙的话……要不然我们出去喝一杯也可以，我怕你觉得吃冰激凌太凉了。”说着补上一个最诚挚的微笑。

肯尼也对她笑了一下。

“你身上有纸和笔吗？”她专挑他没带的东西问，“在车上吗？”

她陪他一起向警车走去，途中好几次故意装作不小心碰了碰他的手臂。她把自己的电话号码给了他，又对他的出警表示了诚挚的谢意。“我来查看门锁吧，反正我本来也要进屋去帮忙喂鱼的。”蕾切尔说。

“我可以跟你一起去。”肯尼主动建议道。

她摇了摇头道：“不用啦，我没事的，我有一颗狮子心……而且被波士顿公园下了终身禁入令。”

肯尼没听过这个笑话，笑得前仰后合。他钻进警车，蕾切尔又对他笑了笑，跟他挥手道别。

等他从视线中消失之后，她火速奔向后门，从厨房进屋，向地下室跑去，边跑边戴上面罩。“挺住啊，亲爱的！挺住！”

阿梅莉亚浑身都是疹子，满头大汗，但是仍然活着，着实不可思议。

不过她也只是一息尚存。

“我的天啊！亲爱的，挺住啊，一定要挺住。”

阿梅莉亚口水直流，呼吸已经越来越弱。

蕾切尔把她从睡袋里拉出来。

她浑身滚烫，直翻白眼。

呼吸也越来越慢，越来越慢，最后终于彻底停止了。

“阿梅莉亚？”

她已经停止了呼吸。我的天啊！心肺复苏术！要赶紧——

蕾切尔知道这时候该怎么做，她张开嘴，开始给她嘴对嘴做人工呼吸。

她先深吸一口气，然后吐到阿梅莉亚的嘴里。一次，两次。

她变换姿势，飞快地在阿梅莉亚的胸部用力按压，三十次。

小姑娘终于又有了呼吸，但她现在需要立刻就医。蕾切尔在手机上敲出 911，但终于还是没有按下去。

只要一个电话，医护人员就可以挽救阿梅莉亚的性命。

他们可以拯救阿梅莉亚，同时也将宣布凯莉的死亡。

她死命地攥住手机，攥得太过用力，玻璃屏都快碎了。

阿梅莉亚的脸。

凯莉的脸。

不！不能这么做！她终于还是放下电话，瘫倒在水泥地板上，号啕大哭。

第31章

星期六，早晨7:27

地下室楼梯口的门打开了。

“今天早上的早餐很准时。”那个男人说着走下楼梯，手里端着一杯橙汁，吐司和一碗麦片。凯莉抬眼去找那把枪，发现正别在他裤子前面，皮特叔叔说过，不管是谁，永远都不要这样带枪。

“你醒了吗？”他问。

“嗯。”凯莉说着从睡袋里坐起身来。

“那就好。你喜欢吃橘子果酱吗？我很喜欢。几年前去伦敦的时候才第一次吃到。吃早餐时涂在吐司上。”

“对，我也喜欢吃。我妈妈有时候会买。”

“吐司切成三角形，涂上缅因州产的黄油——当然，一定得是草饲奶牛产的奶——再加上可可米和橙汁，保证你一天精力充沛。”

说着他把餐盘放到了地上。

她故意把那本《白鲸》翻到五分之三的地方，面朝下搁在地板上。她知道他一定会拿起书，对她表示赞赏。

“天哪，你这书读得不错啊，已经过半……”

正当他弯下腰时，凯莉举起扳手猛地朝他头上砸去。他戴着面罩，反而让她更容易下手，她可以假装自己并不是朝一个活生生的人下手。那人呻吟一声，凯莉又给了他一下。

他向前踉跄一步，“扑通”一声栽倒在床垫边上。

她不知道自己具体砸到他脑袋的什么部位，不过效果已经达到了，他已经昏了过去。

她自知现在就是在跟时间竞赛。

她必须把那人翻过来，从他的口袋里拿出手铐钥匙，打开自己的手铐，再从楼梯上跑出去。

院子里可能会有狗，还有那个女人，或许还有其他东西。

她必须拿到枪，必须开枪射击。如果外面没人，她必须以最快的速度跑向围墙，越快越好。如果猜得没错，她现在应该在新罕布什尔州的某个地方，周围遍布沼泽，不过只要一直向东走，她就能到达 I–95 号公路，或者 1 号公路，或者大海。即使他们喊她停下，她也必须头也不回地朝前跑。

他可真重，她用手使劲地推那汗津津的前胸和散发着洋葱味道的腋窝，终于还是把他掀过身来。

她从他腰间拿过枪，搜遍所有的口袋寻找手铐钥匙。

没有钱包，没有身份证，什么都没有，最可恨的是，没有钥匙。

为了确认，她又搜了一遍。他穿着那种老式的棕色长裤，口袋非常深，但是里面什么都没有。裤子上没有后袋，不过他的衬衫胸前有个口袋。

这可是藏手铐钥匙的绝佳地点。

她满怀希望，伸过手去，然而里面什么也没有。

现在只能启动 B 计划。凯莉检查了下手枪，发现枪膛里有六发子弹。**好吧。他只要醒过来就好。**

一分钟过去了。

两分钟。

上帝啊！他不会被她弄死了吧？她只不过用扳手砸了他几下而已。电影里可没演过这样砸死人的。她可不是故意要杀人——

就在这时候，那男人忽然动了一下。

“哎哟，我的头。”他虚弱地笑了一下，“正好砸在我脑门儿上。你差点没砸死我。”

他呻吟了几声，几秒钟之后坐起身来，定定地看着她。

她手里拿着那把枪，已经上膛。

“你用什么砸的我啊？”他说着把两只手伸到面罩下面揉了揉眼睛，又呻吟起来。

“我从地板上找到一把扳手。”凯莉说。

“什么扳手？”

凯莉举起左手的扳手在他面前晃了晃。

“哦，哇哦！我们怎么没发现呢？”

“在锅炉下面。”

“不可能！整个房间我都检查过了。”

“必须要在特定的时间和特定的地点才行。我记得霍华德·卡特在发现图坦卡蒙的坟墓时说过一句话：光用眼睛看不行，还要四下用心打量。”

那人点头道：“这话我喜欢。凯莉，你非常聪明。好吧，依你的计划，下一步该怎么办？”

“我搜过你的身了。手铐钥匙不在你身上，那肯定在**她**身上。我要你喊她把钥匙送过来。”

“否则呢？”

“否则我就向你开枪。”

“你觉得自己办得到吗？”

“我觉得可以办得到。我伯伯皮特带我去打过几次靶。我知道该怎么做。”

“不过，这可是不同的东西，打靶，打的是一张纸，朝人开枪可不一样，你说是不是？”

“我会先朝你腿上开一枪，让你们知道我是认真的。”

“然后呢？”

“然后她把手铐钥匙给我，我就可以离开了。”

“她为什么要让你离开？”

“因为我会杀了你。”凯莉说，“但我知道你们并不是有意这么做的，我向你们保证，只要我离开这里，我就跟我妈妈说我什么都不记得了。等过了二十四小时之后，我再告诉警察这个地方的具体位置。这样你们俩就有一整天的时间，想去哪里就飞哪里，那地方最好没有，哦，那个——”

“引渡条约？”

“对。”

那人伤心地摇摇头道：“对不起，凯莉。你这个计划很好，可惜有件事你算错了。希瑟根本就不管我的死活。她不在乎你会不会朝我开枪，不管你朝我身上开多少枪，她都无所谓。”

“她当然会在乎！快喊她！让她把钥匙拿过来！”

“不。”他叹了口气，“她已经好多年没有在乎过我了，也许她从来都没有在乎过。杰瑞德是她第一段婚姻里生的孩子。我只能算是她的一个权宜之计吧。只不过我这个权宜之计一直把她拴到了现在。我爱她，但我想，她从来都没有爱过我。”

他在头昏脑涨的情况下不经意间说出了两个名字：希瑟和杰瑞德，凯莉悄悄地记在了心里。这些信息以后或许有用，不过眼下她必须先出去。

“先生，我根本就不想听这些事。我要离开这里！我可不是吓唬你。”

“我没觉得你在吓唬我。你一看就是个意志坚定的女孩子。你应该立刻开枪。”

“我会的。”

“那就动手吧。”

她站在那里，将左轮手枪对准那个男人的膝盖，按照皮特叔叔教她的那样，扣动了扳机。

击锤落到雷帽上，只听“咔哒”一声，接下来一片死寂。她再一次扣动了扳机，膛室转了起来；击锤退回之后又落到另一个雷帽上。

又是“咔哒”一声，又是一片死寂。她把扳机连扣了四次，直到枪里的六发子弹全都打完。

“我真是无法理解。”她说。

那个男人从她手中拿过左轮手枪，“咔嗒”一声打开，只见里面是他先前放进去的六枚闪闪发光的黄铜空心弹。

第32章

星期六，早晨7:35

厨房里传来一阵噪声。

难道那个警察又回来了吗?

蕾切尔迅速拾起枪，指着地下室楼梯口问道:“是谁?”

她瞄准枪口，屏住了呼吸。

皮特忽然从楼梯上跑了下来。

“我拿到了肾上腺素笔。已经寄到了投递箱!”他说。

“谢天谢地!”

蕾切尔退后一步，皮特在阿梅莉亚的腿上注射了一针。这针简直就像奇迹一般，几乎立刻就起了作用，阿梅莉亚先是喘着粗气，紧接着开始咳嗽。

她咳嗽一阵，深吸一口气，接着又咳嗽起来。

皮特递给她一杯水，她喝完之后开始呼哧呼哧地喘息。

皮特拉过她的手腕试了试，说:“脉搏降到了正常水平，呼吸也好多了。”

蕾切尔点点头，走上楼，找到阿彭策尔家的酒柜，给自己倒了一大杯苏格兰威士忌。

她端起酒杯一饮而尽，又给自己续满了一杯。

四十五分钟后，皮特也上来了。“她怎么样了？”蕾切尔问。

“好多了。”皮特说，“烧退了好多。”

“她之前真的非常危险。呼吸好像都停止了。”

“都是我的错。我没仔细检查麦片。”

“皮特，我本想就让她死了算了。”

皮特摇了摇头，但他知道，这种事她做得出来，他又何尝不是一样。

“我也变成了他们。”蕾切尔轻声说。

他们对望了一下，眼神里说的都是一样的故事：羞耻、疲惫、恐惧。

“你出去的时候，有个女人来敲门，找伊莲娜·阿彭策尔。她离开之后就报了警。”蕾切尔说。

“警察来过吗？”

“来了。”

“我们暴露了吗？”

“我觉得没有。我跟那个警察调了会儿情，我看他心里一定觉得我是个饥渴难耐的老婆子，故意打骚扰电话给警察，目的就是为了跟他们约会。”

“你才不老呢。”皮特说着微微笑了一下，想缓和一下情绪。

蕾切尔心想，**皮特，我大概离死不远了。还谈什么老不老呢？**

“阿梅莉亚现在没事了吧？”

“是的，慢慢稳定下来了。”

“我下去看看她。”

又过了大约半个小时，阿梅莉亚的呼吸和脸色才彻底恢复原状。这次只不过是微量的坚果就已经这么严重，要是给她一大堆坚果，还不得要了她的命。

“你的脸上为什么一直戴着这种面罩呢？”阿梅莉亚问她。

“因为等我们把你送回到你妈妈身边时，不希望你能说出我们长什么样。”蕾切尔回答。

“我妈妈不知道你们长什么样吗？”

“她不知道。”

“你可以在脸书上加她为好友，这样她就知道了。”阿梅莉亚认真地说。

“我真应该试试呢。你要喝果汁吗？”

“是苹果汁吗？”

“是的。”蕾切尔说着把果汁递给她。

“我讨厌苹果汁。大家都知道我讨厌苹果汁。”阿梅莉亚哼了一声，扔掉果汁，又把手里正在玩的一匹乐高马给扔了，那匹马顿时散成了五六块。

“我讨厌这里，我讨厌你！”她尖叫道。

“亲爱的，你不要喊得这么大声。”蕾切尔说。他们的隔音工作做得很到位，不过——

“为什么？”

“因为你要是太大声，我们可就得用胶带把你的嘴封上，这样你才能保持安静。”

阿梅莉亚一脸的迷惑不解：“那我还怎么呼吸呢？”

"用你的鼻子呼吸啊。"

"你是认真的吗？"

"当然啦。"

"你真坏。"

蕾切尔点点头。小姑娘说得没错。她的确很坏，坏透了，她甚至想过让这个小姑娘死在这里。

蕾切尔从包里掏出一个一次性手机问道："你想跟妈妈说话吗？"

"想！"阿梅莉亚说。

蕾切尔拨下了海伦·邓利维的电话。

"喂？"海伦的声音里充满了疲惫和惊吓。

"你想跟阿梅莉亚讲话吗？"

"想！"

她开启扬声器，把手机送到小姑娘面前。

"小乖乖，你能听到我说话吗？"海伦问。

"妈咪，我什么时候可以回家啊？"

"很快，亲爱的，很快就能回家了。"

"这里又黑又恐怖，我不喜欢这里。爸爸什么时候来接我啊？我感觉不舒服，这里太无聊了。"

"很快的，小乖乖。他很快就来。"

"我会不会缺很多课啊？"

"应该会吧。我也不知道。"

"我真讨厌手上的这根链条。太讨厌了！"

"我知道。"

"跟妈咪说再见吧。"蕾切尔伸手去拿手机。

"我现在要挂了哦。"阿梅莉亚说。

“再见，亲爱的！我爱你！”

蕾切尔收回手机，向楼梯走去。“你都看见了，她暂时很好，很安全。你得赶紧开始第一和第二部分的工作。”

蕾切尔把身后的地下室房门关上，走进厨房。

“我们今晚应该可以汇钱。”海伦说。

“现在就汇！汇完马上去寻找目标！逼急了我们就杀了阿梅莉亚。我想要回我的女儿，你们正在妨碍我！”蕾切尔一口气说完之后，“啪”的一声把手机一掰两半，打开后盖，取出SIM卡，用脚使劲踩了又踩，直踩到那张卡折成两半才罢休，然后把碎片全都扔进皮特放在厨房的那个垃圾袋里。

愤怒和沮丧折磨得她浑身发抖，一动也不想动。

阳光从百叶窗照进来，几条平行的光束中依稀可见灰尘上下飞舞。前方一百米就是大海，浪花拍岸的声音隐隐传来，楼下的小姑娘，此刻正哼着歌给自己听。

她不停地吸气，呼气，又吸气，又呼气。生命就是一连串的现在不停地堆叠，没有任何意义，也没有任何目的。在所有的哲学家里，只有叔本华一个人意识到了这一点。

“我要回家！”她冲着皮特大声嚷道。海岸上终于没有人了，她从后门溜出来，沿着沙丘往家走。她想大声痛哭，然而眼泪已经流干了。她现在就是一块石头，是那块直布罗陀巨岩[1]。

昨天的蕾切尔已经一去不返了。她像麦克白夫人一样，早已将眼泪流干，现在的她，已经是另外一个人了。

---

① Rock of Gibraltar，又称“海格力斯之柱”，是位于直布罗陀境内的巨型石灰岩。代指非常安全而坚固的东西。——译者注

第33章

星期六，早晨7:41

那个男人花了几分钟时间平复下来。

凯莉盯着他，一脸的难以置信。

她的A计划彻底失败了；B计划也已宣告失败。

而C计划是不存在的。

“我还是不明白——你枪里为什么不放子弹呢？”凯莉终于开口问道。

“你觉得我会用一把上了膛的手枪对准一个孩子？我这辈子的职业生涯可都是跟……哦，我的头。更何况上次事故里那个……更何况我们抓你的时候已经出了那件事。哦，我的头还是痛得要命。你打了我两下吧？真是够可以的。好吧，乖乖地把扳手给我。”

凯莉把扳手给了他，他随手放在早餐托盘上。

“凯莉啊，不得不说，我真佩服你。你不但足智多谋，而且勇敢果断。但凡是在别的情况下，我一定为你呐喊助威。”

“那你就让我——”

“但我不希望你把我当成个软蛋，或者以为我是在闹着玩。我认真得要命！现在一切都快接近尾声了，我们已经经历了那么多。所以，我必须给你必要的惩罚，省得你再干出这样的事来。”

“我不会，我再也不敢了。”

“这时候再说这种话，太迟了点。”

说着他向前跨了一大步，狠狠地扇了她一巴掌，用力之大，铁链都绷紧了，凯莉身子一震，直接飞了出去，随即跌倒在水泥地上。

她的头立刻嗡嗡响了起来。

眼前金星乱飞。

一阵漆黑。

时间仿佛静止了一样。

又是一阵金星。

疼痛。

鲜血从鼻孔和嘴巴里汩汩流出。

她现在身在何处？

一个充满霉味的地方。

阁楼？

还是地下室？

一个——

哦对了。

她昏迷了多久？一分钟？两分钟？还是一整天？

等她睁开眼睛的时候，那个男人已经走了。他把扳手和枪都带走了，早餐托盘还在。

她的脸颊依然刺痛，脑袋也轻飘飘的。

她从地上坐起身来，她知道，这时候要是想站立，非得再摔一次不可。

她的双眼也无法聚焦。地下室的另一面墙看起来模模糊糊的，变成一团混沌不清的颜色。

鼻血流到了睡袋上。

一滴、一滴、一滴。

光滑的尼龙被面上汪起一摊深红色的鲜血，看起来好像南美洲的形状。

她伸出指头在那碗牛奶麦片里蘸了蘸，还是冷的，说明她只昏迷了几分钟而已。

她忍不住哭了起来。此刻，她是那么孤独，那么恐惧。她被整个世界抛弃了，所有的想法、希望和计划，全都荡然无存。

第 34 章

星期六，下午 4:00

蕾切尔开车去新罕布什尔州的购物中心买了一大堆东西：急救箱，洋娃娃，几张光碟，一个公主圆顶帐篷，还有许多棋盘游戏。纯粹的内疚感，完全是那件事带给她的纯粹内疚感。阿梅莉亚现在好多了，她跟皮特玩了几把“蛇梯棋”游戏，还吃了个火腿三明治。

他们搭好了圆顶帐篷，把《冰雪奇缘》放进碟机。阿梅莉亚看着电影，他们看着阿梅莉亚，就这样过了一小时，蕾切尔手机上的 Wickr 响了起来。她走上楼去查看。

是一条来自 2348383hudykdy2 的信息。

信息很简洁，说邓利维家的赎金已经付了。

蕾切尔取出一部充满了电的一次性手机，给邓利维家打电话。

“喂？”海伦接的电话。

“赎金已经到账。你知道现在该怎么做了。”

“我们怎么能做这种事呢？这不是疯了吗，根本不可能啊。”海伦说。

电话那头争吵了几句，接着一个人说了声：“不。”

迈克·邓利维接过电话说：“好吧，这样——”他刚开个头，就立刻被蕾切尔给打断了。

“把电话还给你太太，否则你们的女儿就死定了。”蕾切尔说。

“我想知道是谁——”

“立刻把电话还给你太太，浑蛋！我的枪正指着阿梅莉亚的头呢！”她吼道。

一秒钟后，海伦的声音响起：“对不起——”

“你这个白痴！有你说对不起的时候！该做什么马上去做，否则你们再也见不到阿梅莉亚了。目标人选搞定之后，发给 Wickr 上的联系人，进行最后审批。”蕾切尔一通咆哮，挂断了电话。

她取出 SIM 卡，连同电话一起摔碎在厨房地板上，然后把破碎的手机直接扔进了垃圾袋。

几分钟以后，她用皮特的电脑通过镜像监控邓利维家的电脑，果不其然，他们正在脸书和照片墙上到处寻找人选。没错，今时今日，一切就该这么进行。

皮特走了过来，问道：“进展如何？”

“他们已经付了赎金。”

“他们付得起。这第二部分……”

“没错。那孩子怎么样了？”

“她很好。还在看迪士尼电影。我答应她等一下跟她一起玩‘扮医生’游戏。”

蕾切尔茫然地点点头。

“你可以回家去，这儿有我呢。”皮特说。

“不，今晚我要跟阿梅莉亚在一起。”蕾切尔执意不肯走。

“她叫我留下来陪她的，没叫你。”皮特轻轻说道。

“为什么啊？”

“她怕你。”

“哦。”

“最好还是我留下。我已经习惯凑合了，裹睡袋睡地板根本没问题。”

蕾切尔点点头道：“好吧，也只能这样了。”

“是的。”

他们对望了一眼，都没有说话。蕾切尔细细打量着他。

她知道有哪里不对劲，但又说不出具体是哪里。

也许跟那袋疑似毒品的东西有关？

“你真的没事吗，皮特？”蕾切尔问。

“没事。”他说。

“我可全都指望你了。”她说。

“我真的没事，放心吧。”他回道。

皮特心知她已经发现了。

现在他的毒瘾又一次发作了。他的身体对它饥渴难耐。他原想着要利用这次经历来强迫自己戒毒，但事情根本没那么简单。

后来蕾切尔终于站起身，说道：“有事打电话。”

“我会的。”

她一脸凄然，勉强挥了挥手跟他道别，走出屋去。

海浪冲刷着大大小小的沙丘，寒冷刺骨的北风阵阵袭来，雨大得睁不开眼。倾盆大雨兜头浇下，一条闪电向安角半岛不远处的干塞尔维其斯岩石直劈了下来。

蕾切尔回到家，从冰箱里拿出一瓶萨姆啤酒，然而啤酒哪里够劲。她又给自己倒了半杯伏特加，兑上汤力水。她回想起第一个给她打电话的人。电话上的那个声音说，生者只不过是死人中的一种而已。这种论调，她在大一的时候就对朋友说过。年轻人都以为这样就是深刻。

这么来看，“链条”背后那个人是故意装作五十岁的样子，从而显得阅历深厚，实际上说不定跟自己差不多年纪，甚至比自己还年轻。

蕾切尔原以为一个人要用一辈子的时间才会变得这么邪恶，然而事实不是这样。**那你自己呢，蕾切尔？一个绑匪，一个虐待儿童的坏蛋，一个无能的妈妈！这些都是你自己。你心里知道，你本来打算让阿梅莉亚就那么死去。你的意图是无法抹去的，那才是一切道德哲学的关键，是法律和生活的关键！**

你堕落得如此之快，快得让人眩晕。你身陷牢笼，向地狱跌落。你的情况还在继续恶化，一坏再坏。先是癌症，接着是离婚，然后你的女儿被绑架，现在轮到你自己变成一个恶魔。

第35章

星期天，夜里2:17

迈克和海伦按照蕾切尔所期待的那样，按部就班地行事。星期六早上还拖泥带水、惊慌不已，到了下午，两人已把所有的麻烦都理出了头绪。

他们选中了一个来自东普罗维登斯的男孩，名叫亨利·霍格，这孩子出行靠轮椅，父亲是一家石油公司的副总裁，支付十五万美元应该易如反掌。星期六那天晚上，亨利的父亲去波士顿参加一场扶轮社晚宴。亨利的继母去朋友家接亨利回家，这个朋友家跟他家只隔着三个街区。她独自一人推着亨利，沿着普罗维登斯的街道往家走去。

邓利维一家当然没有让他回到家中。

这一切凯莉毫不知情，不过，星期天午夜过后，大概又过了几个小时，地下室的门开了，那个女人——希瑟——通知凯莉立刻起身。

蕾切尔也毫不知情，直到星期天夜里 2 : 17，她的手机响了。

她这时正蜷缩在家里的沙发上，时睡时醒。她现在活得一团糟，不吃东西也不洗澡，一觉睡不到几分钟就醒了。

头痛持续不断地折磨她，左边的乳房也剧痛难忍。

手边的《易经》正翻在“解”卦上——救赎。

她的手指在一行字旁徘徊，只见上面写着：田获三狐，得黄矢，贞吉[①]。“黄矢”难道是说她的女儿现在很安全吗？

电话猛然响起，吓得她魂飞魄散，她急忙抓住手机，像抓住一根救命稻草一样。

未知联系人。

“喂？”蕾切尔说。

“蕾切尔，我有个天大的好消息要告诉你。”囚禁凯莉的那个女人说。

“什么消息？”

“凯莉一小时之内就可以释放。到时候我给她一个一次性手机，她会给你打电话。”

突如其来的泪水仿佛哽住了蕾切尔的喉咙：“天啊！你说真的吗？”

“真的，她很好，毫发未伤。但你必须记住，你和她现在依然十分危险。你一定要把受害人看牢，等‘链条’批准了再说。你要是想背叛，他们一定会杀了你。不要忘了威廉姆斯一家的惨状。他们或许会命令我去杀了你跟凯莉，为了保护我儿子，我会去做的。

---

① 《易经》中解卦第二爻的爻辞，指在田猎时捕获多只狐狸，又得到了象征美德的黄色箭矢，保持这种品德并坚守正道，可获吉祥。——编者注

如果我不去做，他们就会让‘链条’的上家来执行，还有你和孩子们。他们都会说到做到。这帮人真的很邪恶。”

“我知道。”蕾切尔回道。

“我儿子安全回来的时候，我忍不住想把凯莉给放了。我只想让这件事彻底结束，但我知道，要是这么做的话，你和她，还有我和我儿子，都会身处险境。”

“我保证，决不会让我们有任何危险。我的凯莉在哪里？”

“我们会把她的眼睛蒙上，开车带她出去绕四十五分钟，然后找个靠近服务区的地方把她放下。我们会给她一个手机，她可以告诉你自己在哪里。”

“谢谢你。”

“蕾切尔，谢谢你没有把这件事搞砸。我们虽然十分倒霉，但好在现在都结束了。就让它过去吧，注意不要让你的下家把这件事给搞砸。再见了，蕾切尔。”

电话就这么挂了。

皮特还在阿彭策尔家，蕾切尔赶紧给他打了电话，报告了这个巨大的好消息。皮特听了欣喜若狂。“真不敢相信！希望这一切都是真的。”

“我也希望都是真的。”蕾切尔说，“向上帝祈祷吧。”

“我也在祈祷。”

“阿梅莉亚怎么样啦？”

“她正在公主帐里睡觉呢。”

“我得挂了。”

“有什么事随时跟我联系。”

一个小时过去了。

一个小时零十五分钟过去了。

一个小时二十分。

一个小时二十五分。

“我怀疑是不是出了什么事——”

蕾切尔的手机响了起来。**未知联系人。**

“喂？”

“妈妈！”凯莉说。

“凯莉！你在哪？”

“不知道。他们让我一分钟之后再把眼罩摘下来。现在他们已经走了，我自己留在路上，四处荒无人烟。天好黑啊。”

“你能看见什么东西吗？”

“远处好像有一条大路。”

“朝那条路走。哦，凯莉，你真的出来了吗？”

“妈妈，我出来啦。快来接我！”

“你在哪儿啊，亲爱的？快告诉我具体地址，我马上赶过去。”

“我好像看到邓肯甜甜圈店的牌子了。对！有一家甜甜圈店，是个加油站服务区。我看到了！”

“还开着吗？”

“开着吧，我觉得。”

“快过去问问他们你现在的位置。电话不要挂，过马路时要当心，手机千万别挂。”

“不行，我得挂电话，他们没把手机的电充满，现在电池只剩下一格了。”

“不！凯莉！不要挂断！千万不要！”

电话那头一片死寂。

“不要啊！”

漫长而静默的五分钟过去了，电话才又一次响起。

“喂，妈妈，我现在在 101 号公路上，在太阳加油站内的邓肯甜甜圈店里。”

“哪个镇上？”

“我也不知道啊，妈妈，我不想再去问了。大晚上的出现在这里，竟然不知道这是什么地方，别人会觉得很奇怪。”

“听话啊，凯莉，快去问！”

“妈妈，听我说，你去谷歌一下，我现在就在新罕布什尔州的 101 号公路上，靠近 I–95 公路。”

蕾切尔打开谷歌一搜，问道：“是靠近埃克塞特的那家太阳加油站吗？”

“是的。有个路牌上面写着埃克塞特。”

“我二十分钟后就到！你能等二十分钟吗？”

“可以的，妈妈。”

“你要是没钱买吃的，就喝点水吧。”

“不，他们给我钱了。我去买个甜甜圈，再买罐可乐。我让他们把我的手机还我，但他们说不在他们手里。”

“你的手机我们找到了。”蕾切尔边说边朝汽车奔去。

“你能帮我带过来吗？”

“再说吧。我现在在车里。”

“你是怎么跟斯图尔特说的？”凯莉问。

“我跟斯图尔特说你病了，跟你爸说你去纽约了。哦，上帝！凯莉，真的是你吗？你真的回来了吗？”

“真的是我啊，妈妈。我饿了，我要去买个甜甜圈，要不然还是买两个吧。妈妈，我挂了。”凯莉说。

“别挂！我马上就到！”没等蕾切尔说完，凯莉已经挂了。

I–95 号公路只有几分钟的路程，蕾切尔却把车飚到每小时 130 公里，几乎达到沃尔沃的最高速度。

她按照谷歌地图的指示来到 101 号出口，正前方就是那家太阳加油站。

凯莉独自一人坐在邓肯甜甜圈靠窗的座位上。棕色的头发，点缀着雀斑的小脸，银色的小发箍，真的是她！

刺眼的灯光下，她显得那么瘦小，脆弱！

“凯莉！”蕾切尔尖叫一声，胡乱把车停到一个车位上，打开车门，向店里跑去。

她紧紧抱住凯莉，痛哭起来。

凯莉泣不成声，蕾切尔也一样。

真的。

这一切都是真的。

她的宝贝女儿回来了。《易经》测出的“黄矢”，果然让一切都结束了。

虽然没有实际的黄色箭矢，不过凯莉再一次回到了她的身边。

感谢上帝！感谢上帝！谢谢你！

“妈妈，我以为再也见不到你了。”凯莉说。

蕾切尔还是不敢相信。这个世界哪怕再大，也装不下她心里的轻松和喜悦。“我知道会再见到你的！我知道你会回来的！”蕾切尔边说边紧紧地搂住她。

她的宝贝姑娘闻起来还是那个熟悉的味道。她的身上冷冰冰的，一直抖个不停，她一定饿坏了，一定吓坏了。

她们就这样任凭眼泪尽情地流淌。

那是解脱和幸福汇聚而成的泪河。

是一种奇怪的、不相称的、离谱的喜悦。

“你饿不饿？”蕾切尔问。

“不饿。我刚吃了个甜甜圈，我在那边的时候，那些人也给我吃的。”

“他们给你吃什么啦？”

“都是普通的食物，麦片，全麦饼干之类的。”

“走吧，我们离开这儿吧。我带你回家。皮特叔叔也在。”

“皮特叔叔？”

“是啊，他一直在帮助我。”

“你没告诉爸爸吗？”

“没有。”

“因为塔米吗？”

蕾切尔摇了摇头。

“他们说，如果我泄露一个字的话，我们就都有危险。”凯莉说。

“他们也是这么跟我说的。走吧，我们回家。”

“我要上厕所。”凯莉说。

“我跟你一起去。”

“不用，妈妈，不用了。我没事。”

“我不会再让你离开我的视线的。”

“妈妈，我不想让你跟我一起上厕所。我马上就回来。”

蕾切尔跟她一起走到店里的厕所旁，在门外等着她。厕所是那种男女通用的单人洗手间，绝对不可能有人把凯莉从窗户里拖出去，绝对不会有这种事情发生，不过即便这样，蕾切尔还是坚决不让她离开自己的视线，哪怕几秒钟都不行。

一位中年收银员进入她的眼帘。

“她是你的孩子吗？”那个女人问。

“是的。”

“我刚才差点就报警了。我还以为她是离家出走的呢。”

蕾切尔笑了笑，给皮特发信息，告诉他凯莉现在很安全。

“等他们到了十几岁的这个年龄，你可一定要盯住了。”收银员又说，“这个年龄段真难搞。我太有体会了。四个女儿。”

“她就是我的命根子。”蕾切尔回道。

那个女人点点头：“你可不能让他们离开你的视线。”

“说得没错啊。”

凯莉从厕所出来后，蕾切尔立刻上前抱住她，两人手牵着手离开了加油站。

“到家后，我要洗一个长长的热水澡。”凯莉边上车边说。

“没问题，你想要什么都可以。”

“我觉得好脏啊。”

“你没事吧？他们有没有碰你？有没有伤害你？”

“没有……有吧。昨天那个男人……今天星期几？”

“现在是星期天清晨，要是没记错的话。”

“我试着逃跑，他打了我耳光。”凯莉一五一十地说。

“我的天哪！他打你了？”蕾切尔问。

“是的。可笑的是，他并不是那个坏人。她才是。她真的好吓人。”凯莉说着又开始哭了起来。

蕾切尔紧紧地搂住她。

“好了，我们走吧，我想回家。我想看看我的猫，还有皮特叔叔。”凯莉说。

蕾切尔发动汽车，打开车灯，向南开去。

“妈妈，还有些别的事情。”凯莉又说。

“什么事？”蕾切尔的心提了起来，一边做着最坏的打算。

“我也不是非常确定，不过我想，他们可能开枪打死了一个警察。我们被一个州警察拦了下来，我想，他们朝他开枪了。”

蕾切尔点了点头：“我记得新闻报道说，星期四早上新罕布什尔州有人朝一位州警察开枪。”

凯莉倒吸一口凉气道：“他死了吗？”

“我也不太清楚。”蕾切尔扯了个谎。

“我们得去警局报案。”凯莉说。

“不！太危险了。他们会把我们全都杀掉。他们会四处追捕我们。你，我，皮特，还有你爸爸，全都得死。凯莉，我们什么都不能做，也不能说。”

“那我们怎么办呢？”

“什么都不要做。我们只能保持沉默，让这件事悄悄地过去。”

“不！”

“凯莉，我们必须这么做。对不起，但这是唯一的一条路。”

十分钟后，她们到达普拉姆岛，皮特正等着她们。凯莉刚一下车，皮特就搂住她，把她抱了起来，转了一圈又一圈。

“小可爱，你终于安全回来了！”他边说边把她带到屋里。

伊莱跳到她旁边的沙发上，凯莉一把抱起它来，亲了又亲。

“那个……”蕾切尔轻声问皮特。

“在睡呢。过五分钟我再去看看。我只想亲眼看看你们俩。”皮特回答。

“皮特叔叔！”凯莉说着伸出手臂，又抱了抱他。

蕾切尔坐在她一旁，皮特坐在她的另一旁。伊莱窝在她的腿上。**真是个奇迹啊，绝对的奇迹！**蕾切尔心想。丢失的孩子有时候也会回来，但大部分时候都会一去不返，尤其是女孩。

“这件事你从头到尾都知道吗？”凯莉问皮特。

“是的，我一直在帮你妈妈。”

“让我们抱一抱吧。”凯莉又哭了起来。

皮特伸出手抱住她们俩。

“我还是不敢相信。”凯莉说，“我还以为会在那里困上一百万年呢。”

三个人就这样静坐了几分钟，凯莉终于抬起头，朝他们俩挤了挤眼睛道：“我饿了。”

“想吃什么，尽管说。”蕾切尔说。

“比萨。”

“我这就用微波炉给你热一个。”

蕾切尔说着站起身要去厨房，凯莉却不让她走。

“你没事吧，凯莉？”皮特问，“他们伤着你没有？”

“我准备逃跑的时候，打了那个男人，然后他也打了我。真疼。”凯莉说。

皮特咒骂一声，两只拳头紧紧地攥了起来。

“你肯定吓坏了。”蕾切尔说。

凯莉坐了下来，把这两天所有的经过，一五一十地说了出来，皮特和蕾切尔坐在一旁仔细地听着。

让她一吐为快最好，只要她想说，他们就让说下去。凯莉不是那种事事都藏在心里的孩子，这一点让蕾切尔很是欣慰。她摩挲着女儿的头发，倾听着她的英勇行为，不禁笑了起来。

她这边在加热比萨，皮特赶回阿彭策尔家去看阿梅莉亚。

凯莉回到自己的卧室，看着自己的东西说：

“妈妈，我现在能给斯图尔特和其他朋友发信息吗？”

“可以，不过你必须说自己是生了胃病。明白吗？”

“好吧。还有，我怎么跟爸爸说呢？”

“唉，真是的！这可是另一回事啊。你得告诉你爸爸，你去纽约了。”蕾切尔于是把前夫和塔米还有外婆之间的情形解释了一遍。

“我需要手机！”

蕾切尔把她的手机拿了过来：“我不知道你的密码，所以没能冒充你发消息。”

“不是很明显嘛：2-1-9-4。”

“这是什么啊？”

“哈里·斯泰尔斯[①]的生日！我的天哪，我有一亿条信息。”

“你必须跟别人说你病了。”

“好的。但我想星期一就去学校。”

“这个主意可不好。我希望你先去医生那里检查一下。”

“我没事，我想去上学！我想见见大家。”

“你确定吗？”

“我再也不想被困在屋里了。”

“唉，不能再坐校车了，再也不要坐了。我也不知道当时是怎么想的。”

---

① 哈里·斯泰尔斯（Harry Styles），1994年2月1日出生，美国男歌手，One Direction组合成员。——编者注

“喂，我的毛绒兔子呢？我的‘棉花糖’哪里去了？”凯莉问。

“我今晚就把‘棉花糖’给你带回来。”

“不会是丢了吧？”

“没有。”

凯莉给她的朋友一一发了信息，这个时候他们估计都还在睡觉呢。蕾切尔陪她躺在床上看了好几段她喜欢的视频。凯莉洗了个澡，说想自己单独待一会儿，半个小时后，蕾切尔过去看她，见她已经沉沉地睡去了。蕾切尔禁不住瘫倒在沙发上，失声痛哭起来。

早上六点钟，皮特回来了，往壁炉里添了两根柴。“那边都还好吧？”蕾切尔问。

“阿梅莉亚还在睡呢。”

皮特煮了一壶咖啡，两人在炉火前坐了下来。

一切好像又回到了从前。一条条渔船向着梅里马克河驶去。电台传来伯恩斯坦的音乐。裹在塑料袋里的《波士顿环球报》如期投递到屋前。

“我真不敢相信她回家了。”蕾切尔说，“有好几次，我以为自己已经永远失去了她。”

他们怔怔地盯着那几块木头，看着它们渐渐地变白，化为灰烬。正在这时，蕾切尔的手机响了起来。**未知联系人**。她打开扬声器接通了电话。

又是那个经过处理的声音，是“链条”直接跟她通话：

“我知道你在想些什么。一旦心爱的人回到了身边，个个都会那么想。你以为你可以放了人质，结束这一切。但事实是，你不能违反传统。蕾切尔，你知道传统是什么吗？”

“你什么意思？”

“传统就是一个永不停息的论点。这个论点所支撑的实践，早在很久以前就开始了。而且它特别适用于我们的特殊传统。你要是跟‘链条’要手段，它必定会死咬住你和你的家人。到时候你就得离开这个国家，不管你去沙特阿拉伯，去日本，哪怕去到天涯海角，哪怕改名换姓，彻底换个身份，我们也总有办法找到你。”

“我懂了。”

“你懂了？但愿你真的懂了。因为这一切还没完。要等你的下家完成该做的事，不出任何纰漏，要等他们的下家也完成该做的事，不出任何纰漏，这一切才能结束。我们的‘链条’已经好几年没有出过叛徒了，不过以前也并不是没有出过。有些人总以为自己可以打败整个系统，他们错了。没有人可以办到，你也一样。”

“威廉姆斯一家。”

“其他人也尝试过。从来没有一个人成功。”

“我会守口如瓶。”

“你要说到做到。我们今天早上在你的银行账户里存了一万美元，这是邓利维家赎金的十分之一。这笔钱是从他们汇款的比特币账户里直接转给你的。我不知道你会怎么跟联邦当局解释。就算你能逃脱我们的追杀——当然目前还没有人能办到，我们也会放出所有的消息，把你送进大牢。我们手里的证据足以说明你是策划这起复杂绑架案的天才。你很聪明，你能看到大局，对不对？”

“对，我能。”

“那就好。”那个声音又说，“我们可能再也不会通话了。再见，蕾切尔，很高兴跟你合作一场。”

“这话我可说不出口。”

“这事儿本来可能更糟糕，可能比现在糟糕得多呢。”

电话挂了，蕾切尔浑身发抖，皮特伸出手拥住她。她是那么苍白、瘦弱、不堪一击，她的心跳得飞快。她就像一只受伤的小鸟，被人放进鞋盒里细心照顾，获得重生，期望有一天可以再度飞翔。

第36章

星期天，下午4：00

凯莉终于下楼了。一只手拿着平板电脑，另一只手拿着手机，小猫伊莱在她肩膀上挂着。

“我的脸书，照片墙和推特上加起来有一百五十多条消息。”凯莉竭力表现得轻松愉悦。

蕾切尔笑了笑。她可一心想要屏蔽所有的社交媒体呢，真是讽刺。凯莉也回了妈妈一个微笑。**我们俩都在演戏给对方看呢。**蕾切尔心中这么想，嘴上却说：“你是个受欢迎的女孩呀。”

“我跟斯图尔特打过电话了。大家好像都对我生病的事信以为真。我给外婆也发了信息。她很好。爸爸那边我发了邮件。”

“对不起，都是我不好。”

凯莉点点头，但那句“没关系”终究没有说出口，迫使女儿对亲朋好友撒谎，怎么可能真的没关系呢？

“你的那些话说得都够小心吧？”

“是的。”

“你要是在社交媒体上走漏任何风声，立刻就会传得世人皆知。”

“我知道了，妈妈。我永远都不能对任何人说，是不是？”

“不是……你还好吧，亲爱的？”蕾切尔抚摸着凯莉的脸问道。

“不好。”凯莉说，“我被关在那里的时候，真的好害怕。有好几次我都在想，我是不是要——我也说不清——彻底消失了？你知道的，就是那种感觉，好像一旦别人离开房间，自己就不再存在了一样。”

“唯我论？”

“我被关在地下室的时候，就是这么想的。因为没有人会想着我，我就开始变得不存在了。”

蕾切尔紧紧地搂住她：“我一直都在想着你！每一天，每一分，每一秒！”

“有时候我甚至想，那两个人会不会把我留在那里自生自灭。一旦他们认为自己暴露了，一定会逃走，到时候吃的东西会吃光，水也会喝光，我只能等死了。”

“我绝不会让这种事发生的。”蕾切尔说，“绝不。我会想尽一切办法找到你。”

凯莉点了点头，但蕾切尔看得出她并不相信自己这番话。她怎么能够找到她呢？她不可能找到她的。她的女儿将永远被困在那里。

凯莉走到纱门前，望向外面。

“你的人字拖‘啪嗒啪嗒’响个不停啊。”蕾切尔试图打破眼下这种尴尬的氛围。

凯莉转过脸看着她说：“妈妈？”

“怎么啦？”

“他们跟我解释说，要等你把‘链条’的运转继续下去，才能放了我。”

蕾切尔低下头看着地板。

“妈妈？”

蕾切尔狠狠地咽了口口水。这件事她不能撒慌——撒谎的话，只会让一切变得更糟。“没错。”她说。

“什么？等一等，你……你已经……”凯莉一脸惊恐。

“对不起。我，我，我不得不这么做。”

“你也绑架人了？”

“我也是被逼无奈。”

“人还在你手里吗？”

“在。我也要等‘链条’运转下去才能放人。”

“我的天啊！”凯莉的眼睛一下瞪得大大的，几乎要喷出火来，“在哪里？”

“我们找到一个……在盆地的另一侧找到一座空房子。一座带地下室的房子。”

“他们现在在那里吗？就他们几个吗？”

“皮特也在。”

“男孩还是女孩？”

“你知道得越少越好。”

“我必须知道！”

“是个女孩。”蕾切尔话音一落，只觉得一股羞耻感穿身而过。

那种羞耻感像大河一样汹涌，又像屎尿一样污浊不堪。

“你现在就放了她不行吗？”

蕾切尔硬生生压制住反胃的感觉，压制住内心的逃跑反应，逼迫自己去面对眼下的现实。她盯着凯莉的眼睛，摇了摇头。

“我们……我们为什么不去联系联邦调查局，让他们把我们藏起来，给我们一个新身份之类的？”凯莉问。

“事情没那么简单。我们——我其实已经把人给绑了。他们会送我坐牢的。而且你也会不安全。他们说‘链条’从来没有被打破过，我相信他们的话。不管我们躲到哪里，他们都能找到。我不能冒这个险。”

“我能见见那个女孩吗？能跟她说说话吗？”

一想到让凯莉也深陷其中，蕾切尔就不寒而栗。“不，你还是上学去吧。我们会处理的。我和皮特。”

“她叫什么？”

“你还是不知道这些为好。”

“我的‘棉花糖’在她手里吗？”

“是的。”蕾切尔伸手想抱凯莉，被她一把给推开了。

“别碰我！”凯莉喊道。

“我可以把‘棉花糖’拿回来。我——”

“不是这个问题！跟‘棉花糖’没有关系。是你自己干下的那些事！妈妈，你怎么能绑架一个孩子呢？你怎么做得出呢？”

“我也不知道。我必须这么做。”

“你打她没有？”

“没有。我没打她。”蕾切尔嘴上这么说，心里却又一次被谎言和羞耻感堵得透不过气来。

“妈妈，你怎么做得出这种事？”

“我也不知道。”

凯莉往后退了一步，又退了一步，整个人直接撞到了门上。

蕾切尔盯着自己肮脏的指甲，突然从玻璃杯里瞥见了自己。她现在就像一个形容枯槁、精神错乱的巫婆一样，试图把先前曾追随自己，如今突然醒悟的人重新拉回到过去。不，不是这样的。她的恶远不止这些。她是个恶魔，正在把女儿往自己的魔窟里拖去。她跟善良美好的德墨忒尔女神正好相反。她迫使凯莉撒谎。她亲手把女儿变成了犯罪分子中的一员。她们之间的那条裂缝，终将越来越大，变成一条鸿沟。一切都不可能再回到从前了。

蕾切尔凝视着凯莉的泪眼，只见她一脸遭到背叛的表情。

空气里弥漫着一股硫黄的恶臭。不！她们并没有从地狱中逃脱。这段逃亡之路，也许要花上几个月，甚至几年的时间。

凯莉呜呜地哭了起来：“你必须这么做才能把我救回来吗？”

“是的。”

“你跟皮特叔叔两个人？”

“是的。”

凯莉猛地拉开纱门，一股寒风从盆地上刮了进来。

“我们去外面走走好吗？”她问。

“太冷了。”

“我们可以裹条毯子。我不想待在屋里。”

她们一同来到凉台上。

“让妈妈抱抱你可以吗？”蕾切尔试探着问道。

“嗯。”凯莉轻轻地回答。

蕾切尔坐在那张靠椅上，凯莉坐在她膝头，一起裹在一条毯子里，蕾切尔浴袍上那根长长的带子像是脐带一样，把两人绑在一起。她们都没有说话，只是安静地坐着。

天色将晚，梅里马克山谷中只剩下一条赤橙色的光线。天暗了下来，等星辰遍布的时候，这对母女就将被无边的黑夜吞噬。一个漫长而可怕的深夜，正向她们走来。

第37章

星期天，晚上10:45

她的直觉是对的。“链条”绞乱了。或者应该说，她的直觉是对的，对了一部分。只是，问题不是出在蕾切尔·克莱恩身上，也不是出在海伦·邓利维身上，而是出在西莫斯·霍格身上。

她利用标准间谍软件技术把霍格家的电话进行镜像，并且读取了西莫斯的电子邮件。西莫斯给他的叔叔发过邮件，这个家伙名叫托马斯·安德森·霍格，住在康涅狄格州的斯坦福德市，西莫斯约他明天早上十点在斯坦福德的一家星巴克碰头。

这可是个大问题，因为托马斯·安德森·霍格退休前是一名联邦法警。而且还不是一般的警察，而是在该死的美国法警署[1]

① 美国法警署（U. S. Marshals Service），隶属于司法部，负责调查多种违犯联邦法律的犯罪行为或严重威胁国家安全的犯罪行为，是联邦警察体系中最重要的部门。——编者注

供职。

西莫斯这是要背叛“链条”了。

她又看了一眼蕾切尔的数据。到目前为止，她这节链条虽然无趣，但任务完成得很出色，简直出人意料。她每一件事都做得很好。赎金付得很及时，额外的赎金也很及时，绑架下一家进行得也很顺利。

她能力不错，人也很善良。前夫的哥哥也一直在帮她。

这也是一个有意思的家伙。从海军陆战队光荣退役，但因为2012年九月份那起“堡垒营”事件受到牵连，领不到退休金，只能得到最基本的退伍军人补贴。2017年曾因藏有一克黑焦油海洛因在马萨诸塞州伍斯特市被捕。后来受到从轻处罚。从嫌犯照片来看，这人就是一个鬼魅一样阴郁而早衰的中年人。

前夫是不是也在帮忙呢？

她在网上找到了蕾切尔前夫的资料，马蒂·奥尼尔。

哇，这人长得真帅，的确是个大帅哥。

她很奇怪自己之前竟然没碰到过他。波士顿的钻石王老五可是少之又少。哈佛毕业，律师，正在跟一个金发碧眼的小白妞约会。生于伍斯特，住在波士顿，是一家顶级律师事务所的合伙人。没错，他才是全家人的智囊。

好吧，看看他们究竟会怎样携手处理这起突发事件。她登录Wickr，给蕾切尔发了条信息：

西莫斯·霍格正在叛变。他一定会给我们捅娄子的。他给他叔叔发了邮件，那人是前联邦法警，他们明天早上10点钟在康涅狄格州的斯坦福市会面。很显然，我们绝不能让这次会面成行。邓利维一家现在算是搞砸了，他们选了一个不可靠的目标。蕾切尔，他们搞砸了，就等于你搞砸了。杀了你的人质，再选下一个目标，或者阻止这场会面，提醒邓利维一家和霍格一家，他们都是“链条”上的一环。两条路任你选，你要是什么都不做，你和你的家人也会受到打击——这是“链条”的后坐力。我们知道你的住址。不管你们逃到哪里，我们都能找得到。

第38章

星期天，晚上 10:59

黑漆漆的大西洋，黑漆漆的天空，夜幕上散落着黯淡的星星。蕾切尔坐在凉台上吸着烟，手机上 Wickr 发来一条提示。信息是专门发给她的。

她读完信息，弄清了其中的意思，慌乱了好一会儿才强制自己冷静下来，她找出一部一次性手机，给仍在阿彭策尔家的皮特打电话，把这个信息告诉了他。

“这种事不应该由邓利维一家来管吗？”皮特问。

“‘链条’那帮畜生联系的人是**我**。皮特，这就是他们所说的后坐力。如果霍格把一切搞砸了，那就意味着邓利维也搞砸了，这样我就得杀了阿梅莉亚，再寻找新的目标，否则他们就会要了我的命。”

“你等一下，我马上就过去。”皮特说，“阿梅莉亚睡着了。”

蕾切尔拨打海伦·邓利维的号码，电话响了又响，最后转入了语音信箱。她又拨了一遍，还是没人接。她耐着性子等了一分钟，又拨了第三次，仍然无人接听——那个蠢婆娘要么就是死了，要么就是关机了。

他们家的电脑也关机了。所有的电子设备都没有一点踪迹可循。究竟出什么事了？见鬼了？

她登录 Wickr，给 2348383hudykdy2 发了条信息："邓利维家没人接电话。"

立刻就有信息回复过来："蕾切尔，那可不是我们的问题。那是你自己的问题。"

一分钟后，皮特到了。"邓利维家人怎么说？"他问。

"没人接电话。一家子都是蠢货，把电话给关机了。"

"那我们怎么办呢？"

"我不会去杀害阿梅莉亚，再重新开始的。"

"当然不能。"

皮特双目炯炯有神，散发着异样的神采，但愿蕾切尔没有注意到。十五分钟前，他刚刚吸过毒。他本以为今晚应该可以风平浪静了，他的身体渴望毒品，他不得不屈服于肉体的折磨，在阿彭策尔家的厨房里给自己打了一针。

"皮特？"蕾切尔说。

"我也没有主意。"他淡淡地回道。

"我们今晚就去邓利维家，现在就去，跟他们说，他们的儿子必须服从命令。"

"给他们打电话。"

"我打过了，他们不接！你没听到我的话吗？"

"谁家女儿被绑架了，还能把电话给关机呢？"皮特不禁开始怀疑。

“也许他们已经死了。也许那所谓的后坐力已经要了他们的命，我们就是下一个。”蕾切尔说。

“他们现在说不定正向我们赶来。”

“我们带凯莉去阿彭策尔家。除了我们，没人知道那个地方。”蕾切尔说。

“我去准备一下。”

蕾切尔来到凯莉的房间，发现她还没睡，正在玩平板电脑。

“亲爱的，对不起，你今晚在这里不安全。‘链条’出事了。”

凯莉吓了一跳：“什么？他们要杀我们吗？”

“不是，还没有。我有些事情需要处理。我带你去阿彭策尔家，你在那里很安全。”

“他们是来抓我的，对不对？”

“不是。你很安全，没事的。不过还是小心为好。我跟你皮特叔叔会把一切都摆平的。快点，收拾下行李。”

蕾切尔跟凯莉开车来到阿彭策尔家，从后门溜了进去。皮特正拿着他的柯尔特手枪和蕾切尔的那把枪在厨房里等着。

凯莉盯着那些武器，倒吸一口气，接着上前抱了抱皮特。

“那个小姑娘在这里吗？”凯莉问。

蕾切尔点点头。

“在哪呢？”

“地下室。睡着了。”皮特回答。

“我跟皮特要出门。阿梅莉亚估计不会睡醒，不过你如果需要到下面去，记得把这个戴上。”蕾切尔说着递给她一个黑面罩。

“这样她就认不出我了吗？”凯莉既好奇又震惊。

“我一直祈祷不要让你陷得更深，不过，一旦阿梅莉亚开始哭，我看你还是得下去安慰她一下。”蕾切尔说，“她要是太吵，我们可吃不消。”

“哦，我看她能睡到明天早上。我让她跳绳跳了一个小时。”皮特说。

“你们俩要去哪儿呢？”凯莉问妈妈。

“我跟皮特有件急事要处理。”

“什么样的急事？”

“没事儿，亲爱的，没什么大不了的，但是我们俩必须一起去，你得留下来照看阿梅莉亚。”

“你得告诉我究竟出了什么事！”

蕾切尔点点头，觉得应该让她知道真相，于是说道：“‘链条’下线上有一家人正在考虑报警。我们必须阻止他们。如果他们报了警，我们就都会有危险。”

“那你们要去哪里？”

“普罗维登斯。”

“你们要到那去通知他们付赎金，让他们把你做过的那些事都做一遍？”

“是的。”

“你们要是……要是回不来了怎么办？”

“如果我们明天早上还没回来的话，就给你父亲打电话，让他来接你。待在这个房子里别出去。不要回家。等他过来后，把一切都告诉他。他来之前你要把手机关机。”

凯莉郑重地点点头。“早上几点？”

“我们中的一个，嗯，如果11:00还没联系你，那基本上可以断定我们出事了。”皮特说。

“死了？”凯莉颤抖着嘴唇问道。

“也不一定。只是出了状况而已。”蕾切尔嘴上这么说，心里却很清楚：**死亡才是最有可能发生的状况。**

凯莉抱了抱妈妈，又抱了抱皮特：“我不会有事的。我会照看她的。”

女儿现在已经被裹挟进了这起绑架案。蕾切尔感到一阵无比的愤恨和恼怒。但她没有时间顾及更多了。时间在流逝。她只能擦干脸上的泪。

“那就让这场游戏开始吧。”蕾切尔对皮特说，“我来开车。”

第39章

星期天，晚上11:27

远光灯照出一条笔直的路，左边是树沼，右边是草沼。四周充满着擦枪油、汗水和不可名状的恐惧气息。两人都没说话。蕾切尔在聚精会神地开车，皮特在聚精会神地抱着手枪。

马萨诸塞州比弗利市。

木制的老房子，大橡树，零星点缀着几座公寓楼，静悄悄的，只有电视机和防盗警报器散发着幽幽的蓝光。

夜晚的郊区很是无聊。不过这样正好。人行道上没几个闲人。

波塞冬街。

邓利维家屋里没有灯光。

“绕着街区开一圈。”皮特说，“别停车。”

蕾切尔依照他的话，开到另一条街上才停下。

这个小镇真安静。一个人都没有。现在只有一个问题：海伦·邓利维为什么不接电话？

蕾切尔的脑海中立刻浮现出这家人被绑在厨房的椅子上，头耷拉着，全部被割喉的恐怖画面。

“我们可以从隔壁那些矮树丛里钻到他家。”皮特说，“然后从后门进屋。”

“怎么进？”蕾切尔问。

皮特举起一把扳手，还有一套开锁的工具说：“只要我们决意去做，总能有办法的。”

“是的。这是我们最后的底牌。”她回答。

“最后的底牌”只是一种礼貌的说法。她现在必须要做那个全力以赴的麦克白夫人。去行动，去相信，去成全。为了皮特，为了她自己，为了凯莉——为了家人危在旦夕的性命！

“如果真有警报系统的话，我这套电磁脉冲套件应该可以对付。进去之后，就用手枪。”说着递给她一把左轮手枪。他自己还有两把手枪，祖传柯尔特和自己的格洛克。

手枪。矮树丛。

皮特从邓利维家北面围墙翻进去，动作却显得非常吃力。蕾切尔不禁怔怔地看着他，他究竟出了什么问题？她又一次怀疑他是不是沾染上了什么东西，或者是受伤了，但没有告诉她？

她需要他百分百地投入。

“皮特，你没事吧？”她声色俱厉地问道。

“哎！我没事。你呢？”

黑暗中她紧紧地盯着他。

“我们还是继续行动吧？”他说。

“好的。”

邓利维家后院。玩具，室外家具，秋千。穿过后门就是厨房。

"快点。"蕾切尔说。

打开手电筒。打开电磁脉冲套件。皮特摆弄着门锁，右手微微有些颤抖。

"你能打开吗？"

"能，以前开过。用不了多久的，放心吧。"他说。

三分钟。四分钟。

"你确定吗？"

门终于打开了。皮特把门把手一转，里面没有安全链，也没有防盗警报器。

"我们这样可以吗？"蕾切尔问。

"可以。"

他们戴上面罩，走进厨房。蕾切尔用手电在房间里逐一扫过。

没有死尸，也没有任何谋杀迹象。

"我们知道往哪走吗？"蕾切尔悄声问。

"知道。"皮特说，"跟着我。"

她跟在皮特后面走上楼。

地上铺着地毯，墙上挂着画，楼梯口是一个巨大的钟。当她猛地从镜子中看到那个拿着枪的人时，不禁吓了一跳。

"左边第一个卧室。"皮特"嘘"了一声。

穿过卧室门，一股体臭混合着酒精的味道扑面而来。床上有个女人鼾声如雷。蕾切尔用手电筒扫过角落，没有其他人。皮特蹑手蹑脚地来到床边，跪在那个女人一旁，猛地捂住她的嘴。她挣扎着刚要叫喊，被皮特给摁了下去。

趁着这工夫，蕾切尔去检查套间里的浴室。

"没问题。"她说。

“你是海伦·邓利维？”皮特问那个女人，“只点头就可以了。”

她点点头。

“你丈夫呢？”皮特又问，“回答一个词就行。说在哪个房间。小声些。你要敢嚷嚷，就死定了。”

“地下室。”海伦嘶哑着回答。

“我给你打过电话。你能认出我的声音吗？”蕾切尔问。

“是你抓了阿梅莉亚。”海伦说着开始哭了起来。

“那个孩子在哪里？亨利·霍格？”蕾切尔又问。

“地下室。”

“跟你丈夫在一起？”

“我们轮流——”

蕾切尔看了皮特一眼，说：“你去把她丈夫带上来。我守着她。”

皮特走下楼去，蕾切尔打开卧室灯，把手枪抵在海伦的头上。

“你的手机放在哪了？”蕾切尔一开口就火冒三丈，“为什么不开机？正常人遇到这种情况，连睡觉都要把手机放在枕头底下，你在做什么？”

“我，我，我也不知道啊。不是放在梳妆台上吗？”海伦说。

她憔悴枯槁的脸上充满了惊惧，血红的眼睛空洞无神。这情形多少也是一种暗示。

蕾切尔看了看梳妆台，发现手机已经没电了：“你忘记充电了！”

“我……我真不知道啊。”

“你女儿现在被人绑架，你竟然能睡得着？”

“我，我只是打个……”话没说完，卧室的门打开了。

迈克·邓利维高举双手走了进来。他跟网上发的那些照片完全不同。现实中的他看起来老多了，白头发也多，更胖，更蠢。他不应该是个聪明多金的人吗？可眼前这个人看起来跟那些愚蠢的爸爸没有两样，轮到自己去接孩子放学时，总会因为不记得而迟到。难怪这帮蠢货把事情给搞砸了。他们这种人也能绑架人质？

说不定他们根本就是在撒谎。

“那个孩子在地下室吗？”蕾切尔问皮特。

“是——呀。”皮特说“是”的时候，口中像在漏气一样，言下之意是地下室里的情景相当不堪入目。

“就是你们把阿梅莉亚绑走的？”迈克带着一丝英国口音。

“她在我们手里。”

“她还好吧？”海伦迫不及待地问。

“她很好。我们一直在照顾她。”

“你们为什么到这来？”迈克问，“你们要求的事情我们都照办了。”

“不，你们搞砸了。我们本来试着给你们打电话，但是你的手机关机了，电脑也关机了。”蕾切尔说。

海伦正用一种奇怪的眼神看着她。**如果她要说“我现在知道你是谁了”，那么我必须一枪打死她。**蕾切尔暗自下定决心。

“是霍格家出了问题，对不对？”海伦说，“一定是他们做了手脚。”

“他们很快就会做手脚。”皮特说。

“天哪！他们要干什么？”海伦问。

“西莫斯有一个叔叔曾经是联邦法警。他们明天要在斯坦福市见面。”蕾切尔说。

“这……这是什么意思？”海伦显然很是震惊。

“理论上说，你必须杀了那个小亨利，然后重新开始，否则我们就必须杀了阿梅莉亚，然后重新开始。就这么简单。我是不会让

‘链条’靠近我和我的家人的。听明白了吗？”蕾切尔向她吼道。

“一定还有其他的——”迈克开口道。

“没错，我们三个可以开车赶到普罗维登斯，亲自向霍格先生解释清楚。”蕾切尔说。

“我们三个？”皮特不解地问。

“对，我们三个。”蕾切尔坚持道，“不能信任这些蠢货。”

她又转过身对海伦说：“你留在这里看着那个孩子。你丈夫跟我们一起去。我们开你的车。是辆宝马，对吧？”

“对的。”迈克说。

“那应该会很快。快点去穿鞋呀！噢，把‘布先生’也带上，阿梅莉亚想要。”蕾切尔说。

海伦去把“布先生”拿了过来。

“我们出去的时候，你如果报警，给霍格通风报信，或者干别的蠢事，阿梅莉亚就死定了。他们会先杀她，再来杀你和托比。你明白吗？”蕾切尔说。

海伦点点头。

他们一起向迈克的车走去。这是一辆黑色的顶配宝马，只有渣打银行的高收入人群才能买得起。

迈克把车钥匙递给蕾切尔。她坐到驾驶座上。

皮特跟迈克坐后座。

她把钥匙一拧，汽车应声响了起来。

她从后视镜里瞥了一眼，皮特依旧怔怔地心不在焉，迈克依旧瑟缩着身体，吓得要死。她可以应付这两个家伙。她必须应付好这两个家伙。

“系上安全带。”她说。

第40章

星期天，晚上11:59

她开车汇入了滚滚的车流。

流光溢彩的高速公路像是在吟唱，在高歌。

这条向南行的车流，宛如一条蝰蛇。

柴油，汽油。

水，光。

钠灯，霓虹灯。

午夜的95号州际公路，是美国的脊椎，它把不同的生命线、不同的命运和看似毫不相关的事件，一一拼接起来。

公路在飘移，在做梦，在审视着自己。

一个个不同的命数，在这个寒冷的午夜，终于交织到了一处。

一路向南，一个个小镇和出口匆匆闪过。皮博迪市，牛顿市，诺伍德市，其他的选择，其他的路，就这样被一一抛开。

谷歌地图在绘制自己的星座十二宫。

波塔基特市。

普罗维登斯市。

布朗大学出口。一条通往东普罗维登斯的老式土路。一座座大房子后面，是一座座更大的房子。

枫树大道。布拉夫街。纳拉甘西特大道。

“到了。”迈克说。

“这个就是吗？”

“对。”

这是一栋丑陋的仿都铎式的巨无霸豪宅，约莫建于 2000 年初期，放眼望去，整条街上都是类似的建筑。

他们从这栋房子门前开过，在不远处停了下来。

“前门还是后门？”蕾切尔问皮特。

“很难说。”皮特支吾着，“我们也不知道有没有狗，或者警报器之类的。”

“嗯，后门吧。”蕾切尔作了决定。

三人一起下车，绕过房屋来到霍格家的后院，翻过屋后的金属栅栏。没有狗跑来撕咬他们，也没有泛光灯照亮他们的踪迹。

漆黑的夜里，也没有呼啸的枪声。

后门看起来很坚固，不过屋子的一侧有一间门厅一样的房间。房门玻璃的另一面只用一根门闩锁着。皮特打开他的电磁脉冲套件，砸碎玻璃。

他们闪到一边，静候着屋里的反应，一声吆喝，或者是有人开灯。

然而什么反应都没有。

皮特把手伸进砸破的窗户，打开外门上的门闩。

走进门厅，才发现这是一间狭小的木制房间，里面摆满了外套和靴子。

打开手电筒。

一路从门厅进入厨房，再进入餐厅。

餐厅的墙上挂着几张照片。

蕾切尔用手电筒一扫，发现一张全家福。照片里有两个男孩，一个男人，还有他的妻子。男人个子很高，头发乌黑油亮。妻子娇小丰满，风情万种，看起来也很和气友善。两个孩子似乎差不多大，大约十岁出头。其中一个男孩坐着轮椅。邓利维为什么要绑架那个坐轮椅的男孩呢？为什么非要选这种高难度的任务？

这都是什么人呀？非要绑架一个有残疾的孩子？

不过话又说回来，她自己就绑架了一个可能会死于坚果过敏的小孩，难道又是什么好人？

绑架孩子？这都是什么人啊！

他们接着走进这家的娱乐室，只见屋里摆着一张全长的台球桌，一个飞镖靶盘，还有一台游戏机。至少霍格家看着很有钱。

“我看你还是把这个拿上吧。”皮特心不在焉地把格洛克手枪递给了迈克。

蕾切尔一脸不解地看着他。他为什么要给——

迈克突然一转身，把手枪对准蕾切尔的脑袋。

“好吧，你这该死的女人！你的报应到了！你今晚就把阿梅莉亚给放了，否则我——”

“否则你要怎样？”蕾切尔厉声问，“你还真以为我们会蠢到给你一把装了子弹的枪？”

迈克疑惑地看着那把枪：“我……”

蕾切尔一把从他手里抢过枪，还给皮特。皮特这才意识到自己犯了一个巨大的错误。

蕾切尔把左轮手枪托抵在迈克的脸颊上。

“你还是不明白‘链条’是怎样运作的，对吧？就算我们把阿梅莉亚还给你们，这一切也不会结束。‘链条’必须要进行下去。它本身就是这么设计的。他们会杀了你，你的妻子，还有托比。他们会杀了你全家，然后再从头开始。当然他们也会杀了我，和我的全家。”

迈克摇摇头道：“但是我……”

蕾切尔把手枪从他的脸上掠过，他浑身一激灵，仰身向身后的鱼缸跌去，她飞快地抓住他的衣领，防止他摔倒。

蕾切尔把他拉近一些道：“你现在明白了吗？”

“好像明白了。”迈克低声道。

她又把枪抵在他颌下逼问：“到底明白不明白？”

“明白！”这家伙大叫一声，竟然开始呜呜地哭了起来。

她拿掉他的面罩，枪滑落到她的身侧。她盯着他，静静地数完一、二、三。

“把眼睛闭上。”她说。

等他闭上眼睛，她把自己的滑雪面罩也拿掉，把他拉近些，额头抵在他的额头上。

“你懂了吧？我这是在救你，迈克。”她柔声说。

“我在救你，和你的家人。”

他点点头。

现在他明白了。额头紧靠着额头。他们互为受害者，又互为同谋。

“一切都会好的。”她轻轻地说。

“你确定吗？”他问。

“是的。”她说，“我敢保证。”

说完她把自己的面罩重新戴上，把迈克的那个也递给他。

她又瞪了皮特一眼，厉声道：“你到底怎么了？快打起精神！”

正在这时突然有条狗从侧门蹿了出来。这是一条棕褐色的大型阿尔萨斯犬，见到他们三人的时候一下子僵住了。“嗨，小家伙！”皮特对它说。这条狗跑过去闻了闻皮特的手，似乎很喜欢他手上的味道。

他拍拍它的头。那条狗又围着蕾切尔和迈克嗅了一圈，这才心满意足地跑去厨房。

房子的前部有一个房间传来电视的声音。

他们循着声音，穿过一条挂着很多照片的过道，来到客厅。

客厅里，一个体型硕大的胖男人正在躺椅上打着盹，电视上在播着福克斯新闻。这个一脸赘肉的男人，曾经无比强大，现在却被突发的事件彻底击溃了。

他正在读《圣经》，书滑到了脚边的地板上，腿上放着一把枪。

蕾切尔向皮特点点头，皮特小心地拿起枪，放进自己的夹克口袋里。

“这人是亨利·霍格吗？”蕾切尔悄声问。

迈克点点头。

蕾切尔捡起那本《圣经》。他读到了《申命记》[1]那一章。蕾切尔心想，**好吧。现在是时候给他灌输一种新的信仰了！**

---

① 《圣经·旧约》中的一卷，记载以色列的子孙的前景、他们在约旦河对岸会遭遇的困难，以及摩西向百姓提出的最终告示。——编者注

第41章

星期一，凌晨4：17

空阔的海滩。冷漠的天空。寒冷而漆黑的海上，浪头一浪叠着一浪拍过来。

蕾切尔登上阿彭策尔家后门的台阶。

从外面看，这间房子似乎空无一人。

穿过厨房。

走到地下室的楼梯口。

“凯莉？”

下面有说话声传来。

蕾切尔心里一紧，视线瞬间模糊起来，又出什么事了？

她取出枪举在胸前，沿着楼梯走下去。

凯莉和阿梅莉亚都在那个圆顶帐篷里。

两人正在玩“扮医生”游戏。凯莉没有戴面罩。

她俩在吃薯片，阿梅莉亚笑得前仰后合。

蕾切尔第一次听见她大笑。

她在地下室楼梯上坐下，把枪收了起来。

凯莉没有遵守他们说好的规则，她很想生她的气。但她不能。凯莉正在照顾这个小姑娘，生而为人，不正应该这样互相照顾吗？

凯莉比她更富有同情心。凯莉也比她更勇敢。

蕾切尔回到楼上，把枪放在厨房的台面上，坐了下来。

她的心中充满了仇恨和憎恶。如果她是一个好妈妈，这一切根本就不会发生。

有那么一瞬间，她甚至想知道把枪管伸进嘴里是一种怎样的感觉。那冰冷的碳钢搁在舌头上，好像原本就属于那里一样。这个念头让她感到恐惧，她最终还是把武器给扔开了。

“这一切什么时候能结束呢？”她轻轻地向着无边的黑暗问道。

黑暗将所有忠告秘而不宣。

第42章

星期一，下午6：00

西莫斯·霍格被彻底地教育了一番。现在他才终于恍然大悟，迅速制订了计划，并立刻付诸行动。对于绑架儿童这个行当，他显然很快就入门了。他开车去了康涅狄格州的恩菲尔德市，在一个橄榄球场外等着一个十四岁的少年，这个男孩名叫加里·毕晓普，在球队中当防守截锋。

蕾切尔并不太懂橄榄球，但她知道防守截锋的人块头都很大。这让她有点担心，不过这个目标人选已经获得了Wickr联系人的批准。他们对这类事情真的会仔细审查吗？就算最后一切都毁于一旦，他们又真的会在乎吗？他们会不会偶尔也希望一切都毁于一旦？恶魔究竟有着怎样的心理？

她看了一眼时钟。6：01。

她走到露台上去等着。

凯莉这时正坐在客厅里做数学题，嘴里还不时咕哝着，看上去一副若无其事的样子。蕾切尔想坐在她身边，但凯莉不让。

蕾切尔隔着玻璃望着她。她说今天在学校过得还不错。

她看上去很憔悴，很容易让人相信她之前确实在生病。

皮特在阿彭策尔家陪着阿梅莉亚。阿梅莉亚此刻正在她的公主帐篷里独自玩“扮医生”的游戏。阿梅莉亚讨厌蕾切尔，她曾经跟皮特说：“不想见那位女士。我讨厌她。”

蕾切尔一点也不怪她。

蕾切尔看了眼手机，一次性手机上显示此刻的时间是 7 : 15。

这次要是再搞砸了，邓利维一家会不会杀掉亨利·霍格，毁尸灭迹？

如果他们办不到，她是否必须赶到阿彭策尔家去杀掉阿梅莉亚？把这个又惊又怕又可爱的小姑娘杀死在帐篷里？

那把左轮手枪就放在她的浴袍口袋里。这事必须由她来做。要是让皮特来做，就是一种逃避。她知道，皮特其实朝人开过枪，甚至可能杀过人。他在阿富汗有过多次交火的经历，在伊拉克时更是数不胜数。但他是被她强行牵扯进来的，这事必须由她来做，没有别的选择。她到时候会让皮特在厨房里等着，自己穿着袜子从地下室楼梯上下去。阿梅莉亚不会听到她走近的声音。她会趁着阿梅莉亚玩得聚精会神的时候，直接从脑后给她一枪。阿梅莉亚永远都不会知道发生了什么。从生到死，就是这么简单。

杀死一个孩子——对任何人来说，都是最恶劣的事情。

但她实在不想让凯莉再次身陷险境了。

巨大的悲痛和愤懑涌上来，蕾切尔忍不住失声痛哭。强迫有良知的人去做最残忍的事情，这样他们才开心吗？

只要在这个地球上行走，即便有着最深沉的信仰和原则，可是一旦受到胁迫，也随时可能会背叛。这难道不可悲吗？

她等到7:25才给邓利维家打电话。“怎么样了？”

“我们刚给西莫斯·霍格打过电话。绑架很成功。那个孩子几乎没有任何麻烦，现在已经在他手上了。”

“那就好。”

“阿梅莉亚怎么样？”

“阿梅莉亚很好，又在玩‘扮医生’游戏。平安无事。”蕾切尔说完挂掉电话。

她走回自己的卧室，在床沿上坐了下来。

她把枪放到梳妆台上，轻轻松开击锤，打开保险拴，解锁转轮，取出子弹，放进抽屉里，这才深深地吸了口气。

一个小时后，手机上响了一声，她的Wickr联系人提醒她说可以释放阿梅莉亚·邓利维了。

经历过一次小小的波折，“链条”又一次欢快地前进了。

蕾切尔拿起一部一次性手机给海伦·邓利维打电话。

“喂？”

“我们三十分钟内释放阿梅莉亚。具体的方法到时候再打给你。”没等回答蕾切尔就挂了电话。

她来到阿彭策尔家，戴上滑雪面罩，跟皮特合力解开阿梅莉亚身上的链条，把她从地下室带了出来。他们俩都戴着手套，蕾切尔给阿梅莉亚换上一条全新的牛仔裤和毛衣，确保上面没有任何指纹。他们在海边等到没人的时候，在她头上盖了条毛巾，把她弄进皮特那辆汽车的后座。

他们载着她来到罗利公园游乐场，把她从车上放下，告诉她要蒙着毛巾数到六十，坐到秋千上玩一会儿，妈妈就来接她啦！蕾切尔把那只洗得干干净净的“布先生”和阿梅莉亚特别喜欢的一只玩具章鱼都留在她身边。

他们把车停在公园对面，皮特用双筒望远镜密切关注着阿梅莉亚，蕾切尔给邓利维家打电话。她又对他们重申了一遍“链条”以及它的后坐力，以及提前释放人质或者泄露秘密可能带来的严重后果。这些话他们已经从“链条”处听说过了，再三跟她保证说他们一定会稳妥行事。

蕾切尔告诉他们阿梅莉亚现在的位置，随即挂断电话。

她和皮特守在车里耐心等待。

这是已经进入二十一世纪的美国，把一个小女孩单独留在秋千上，四周都是无边的黑暗，这是多么恐怖的一件事？

五分钟过去了。

阿梅莉亚有些烦了。

她从秋千上下来，走到1A公路边。路上的汽车唰唰地疾驰而过，时速不低于80公里。

“真该死！”皮特说。

蕾切尔的心也提到了嗓子眼。

公园里的人多了起来，有两个穿连帽衫的少年出现了。“她这样非死在这里不可。”皮特说。

“我来处理。”蕾切尔说着又重新戴上面罩。

她下了车，穿过马路来到阿梅莉亚跟前：“阿梅莉亚，这条路很危险。我跟你说过要在秋千上等着！你爸爸妈妈五分钟就能到这了。”

“我不想玩秋千了。”阿梅莉亚说。

“阿梅莉亚，你要是不回到秋千上去，我就跟你的爸爸妈妈说，你不想让他们来接你了，这样他们就不会来了！”

“你真的会这么说吗？”阿梅莉亚突然害怕起来。

“会的！当然会了。”蕾切尔说，“现在就回到秋千上去吧。”

“你真是个坏蛋！我恨你！”

阿梅莉亚说完转身向游乐场走去。

蕾切尔飞快穿过马路，免得被那两个小伙子看到自己戴着面罩，不然他们一定会起疑心。等她确定他们没有在留意自己时，迅速钻进车里。

阿梅莉亚闷闷不乐地坐在秋千上，那两个人走进了一间小木屋，显然是去抽烟了。

时间一分一秒地过去。

邓利维夫妇终于出现了，停了车，冲向他们的女儿，又是拥抱又是哭泣。

邓利维家这一段就这样结束了。

照在他们身上的聚光灯终于熄灭，如今他们只盼着“链条”下游的那些人不要把事情搞砸，不要再一次把他们拽回到这件事中来。

他们开车回到家，确定凯莉一切安好之后，径直来到阿彭策尔家，清除留在那里的所有痕迹。地下室全部打扫一遍，取下地下室窗户上的木板，把床垫送回楼上的卧室，擦掉所有的印记。后门的锁也修好了，尽量将它恢复原样。等春天一到，阿彭策尔家人回来的时候一定会觉察到异样，不过，春天还远着呢。

他们开车到洛厄尔的垃圾场丢掉垃圾。回到家已经很晚了，但凯莉还没睡。

“都结束了。”蕾切尔说，“那个小姑娘已经回到她爸妈身边了。”

“真的结束了吗？”凯莉问。

蕾切尔小心翼翼地掩藏起所有的不确定，盯着凯莉那双棕色的大眼睛说：

“是的。”

凯莉一下哭了起来，蕾切尔紧紧地抱住了她。

他们点了比萨外卖，吃完后蕾切尔傍着凯莉身边躺下了，一直等到凯莉沉沉睡去，她才给自己的肿瘤医生发了条信息，说早上会给她打电话。她希望自己不会这么快就死去。否则这一切全都没了意义。

她走下楼。皮特身穿一套运动衫，正在外面劈柴。这会儿已经劈了五六堆柴火，每堆都有 2 米高。这么多木柴足够过冬了，已经足够应付一两回僵尸来袭的世界末日了。他把一捆木柴抱进来，生起了炉子。

蕾切尔递给他一罐啤酒，他打开后挨着她在沙发上坐了下来。当她看到皮特在屋外劈柴的时候，心里禁不住有一丝悸动，那是一种愚蠢而原始的情愫，简直荒谬。

她从未对皮特有过深入的了解，所以也谈不上有任何的迷恋。

他一直都在别处生活。不是伊拉克和列尊营，就是冲绳和阿富汗，其他时间则在旅行。他跟马蒂截然不同，他更高，更瘦，肤色更黑，更加情绪化，也更沉默。马蒂的帅，即使隔着五十米，也能感受到；皮特则是第二眼才能看出帅。他们长得不像，为人处事也不一样，皮特内向，马蒂外向。马蒂是聚会上的核心和焦点；皮特则会躲在角落里浏览书架上的书，时不时地还偷瞄一眼自己的手表，琢磨着什么时候能够悄悄地离开。

皮特一口气喝光手里的啤酒，又拿了一罐。她从马蒂应付律师资格考试的紧急烟草箱里拿出一支万宝路帮他点上。“我们还有这个。”说着拿出一瓶十二年陈的波摩威士忌，给两人各倒了两指深。

“真是好东西。”皮特说。他喜欢这种微醺的感觉。他已经很久没有过这种感觉了。这跟吸毒获得的快感完全不同。海洛因就像是给自己裹上的一张保护毯，是这个世界上最美丽的毯子，它可以缓解疼痛，带你进入一个极乐世界。酒精可以让他暂时忘却自我，不过他仍然不太相信这种感觉。

“我还是去检查下门锁。”他清了清喉咙，说完突然站起身，从包里拿出手枪，到外面巡视了一番，把所有的门都给锁上了。

任务完成了，现在他别无选择，只能再坐回到沙发上。他做了个决定，现在是时候告诉蕾切尔真相了。这两个都是大秘密。“我有些事需要跟你说。”他支支吾吾地开口道。

“哦？”

“跟海军陆战队有关。我……我虽然光荣退伍了，不过当时其实打了个擦边球。因为堡垒营那件事，我差一点就上了军事法庭。”

“你在说什么呢？”

“2012 年 9 月 14 号。”他不动声色地说。

“在伊拉克？”

“阿富汗。堡垒营。塔利班穿着美国陆军制服潜入外围围栏，进入基地后开始疯狂扫射所有的飞机和帐篷。我是 22 号机库工程部的执勤官。只不过，唉！只不过我当时撤离职守，在帐篷里吸毒——虽然只是大麻，但也没什么两样。我把任务交给了一个高级中士。”

蕾切尔点了点头。

“等我赶过去的时候，那里活像地狱之门被打开了一样。曳光弹和火箭筒全都四下散落。英国皇家空军守卫向海军陆战队开枪，海军陆战队朝其他部队开枪。幸好那里有一支私人安保队伍，才避免了一场大屠杀。就算想破脑袋，我也不敢相信塔利班的队伍竟然能在基地渗透得这么深。英国的哈里王子那天晚上也在那里。贵宾区距离交火地点还不到两百米。你想想看，这得是多大一场灾难，其中很大一部分责任应该由我承担。”

“皮特，别再想了，那都是六年前的事了。”蕾切尔替他申辩道。

“你不明白。海军陆战队失败了，其中也有我的原因。他们根据第十五条军规对我进行处罚，但是，要不是担心引起公众的注意，我恐怕是要上最高军事法庭的。不管怎么说，我两年后还是请辞了。差六年就满二十年了。没有什么实质性的福利，也没有退休金。真是帮十足的浑蛋！”

她探过身去，轻轻地吻了吻他的嘴唇。

“没事的。”她说。

这个吻让他忘记了呼吸。

你真美。他想这么说，然而他不能。她现在精疲力竭，瘦小孱弱，不过依然很漂亮。这都不是问题。问题在于怎样表达这种感情。他感觉脸颊烫得厉害，只得移开视线。

她把一缕黑色的头发从他紧皱的额头上轻轻撩开。

她又吻了他一次，这一次更加认真。她早就想这么做了。她一直怕这个举动会显得滑稽。

然而并没有。

他的嘴唇很柔软，但他的吻强劲有力。他的味道像咖啡，像烟草，像苏格兰威士忌，像所有美好的东西。

皮特饥渴地吻了回去，但一分钟后，他又犹豫了。

“怎么了？”

“我不知道自己这样做对不对。”他轻声说。

“你什么意思？难道你觉得我不——”

“不是这个。完全不是因为这个。你在我眼里性感极了。”

“我浑身只剩皮包骨了，我——”

“不，你的样子美极了。跟这个没关系。”

“那是因为什么呢？”

“我已经……很久没有……”他说。这其实不是谎言。他脑海里反复思考的是第二个大秘密——海洛因——他不知道自己现在行不行。

而此刻蕾切尔清楚地看见他胳膊上的针孔。她之前就曾有过怀疑，倒也不觉得惊讶。她抚摸着那些痕迹，轻轻地吻了下去。

“你要想留在这里，就必须戒掉这些。”她说。

“是的，我知道。”他答道。

“不，皮特，我是认真的。你给阿梅莉亚吃了可能致命的东西，你还把枪给了迈克·邓利维。你得远离这些玩意儿。”

皮特从她的凝视中感受到了那股坚不可摧的力量，他由衷地感到羞愧。“对不起。真的，真的对不起。你说得没错。为了你，为了凯莉。这事已经不仅仅是我个人的问题。我会去戒掉的。”

“皮特，你得向我发誓。”

“我发誓。”

“虽然化疗跟你这个不是一回事，不过我也经历过几次艰难的阶段。我会帮你的。”

“谢谢你。”

“昨晚在东普罗维登斯到底怎么回事？在西莫斯·霍格家？你

是吸毒过量吗？”

“不，不是，而是……”

“是什么？”

“我把枪给迈克·邓利维的时候，根本没有多想。对不起。我们差点死在他手里。”

“但他没杀我们。”

“是的。”

“要是没有你，我根本走不到现在。我是说真的。”她在他的嘴唇上吻了下去。

“是你呀，亲爱的，是你拯救了自己的家庭。”皮特说，“你成功了。你无论做什么都会成功的。”

“哈！过去这几年里，我感觉自己无比失败。当过服务生，干过其他琐碎的工作，就为了供马蒂学法律。应该说更早就这样了。你知道吗，我在帮马蒂辅导法学院入学考试的时候，模拟题我得了一百七十分，他才得了一百五十九分。我本来有这么多潜力的，皮特。全都浪费了。”

“是你让一切起死回生。你做到了，你把凯莉救了回来，简直太棒了。”皮特说。

她摇摇头。凯莉能够回到他们身边只是一个奇迹，人怎么能因为一个奇迹而恭喜自己呢。

蕾切尔把一只手放在他的胸口，感受着他的心跳。

沉着，缓慢而放松。他的身上有三处文身：一条衔尾蛇，一枚海军陆战队的徽章，还有一个罗马数字V。

“这个V是什么意思？”蕾切尔问。

“五次战斗之旅。”

“那条衔尾蛇呢？”

“用来提醒我自己，太阳底下没有新鲜事。哪怕境况再艰难，有些人也活了下来。”

她叹了口气，吻着他，感觉到他在身下一阵悸动。“要是能永远停留在这一刻多好啊。”蕾切尔说。

“会的。”皮特开心地回道。

而蕾切尔心想，**不。不会的。**

THE MONSTER
IN THE
LABYRINTH

下

迷宫中的怪物

第 43 章

1980 年代末，一个下着细雨的初秋早晨，天灰蒙蒙的。纽约克里特岛，某家肮脏的嬉皮公社。这个公社建在几栋破败的农舍四周。自从 1974 年夏季开始，这里就一直存在着隐患，包括之后招募到的所有人，没有一个在畜牧业、农业甚至基本的社区维护上有出色的才干。

过去十几年来，这个公社的名字改了又改。起先叫作“风云之子”、“欧罗巴之子”，后来又改为“爱之子”，等等。但名字并不重要。重要的是那个特别的早晨发生的特别事件，上了《纽约每日新闻》的头版头条，并配有一个简单而抢眼的标题：“边远地区毒品、性、邪教大屠杀”。

不过此刻，一切都还风平浪静。

有一个两三岁的小男孩，名叫“小月光”，这时候正在屋外跟他的双胞胎妹妹一起玩，妹妹名叫“小蘑菇”，旁边还有些跟他们差不多的小孩，有的两三岁，有的大一些，他们一起在农舍后面的泥地里追鸡撵狗，玩得不亦乐乎，周围没有一个大人看管。孩子们虽然个个浑身又湿又脏，但是看起来非常开心。

谷仓里，十来个年轻人围成一圈，正在“橙色阳光”和“明亮之光”致幻剂的作用下欲仙欲死。七十年代末期，聚集到这里的至少也有三四十人，然而那种另类生活体验的鼎盛时期已经一去不返了。八十年代的氛围已经完全不同，这种公社逐渐开始衰微。

今天要发生的大事件，注定将让这种生活凄惨地落幕。

一辆旅行车在农场的路边停了下来。一老一少两个男人从车上下来。两人互看一眼，各自戴上面罩，他们各持一把左轮手枪，枪管短，外形丑陋，这种枪准度不高但胜在价格便宜。

两人走进谷仓，问那些疯狂的年轻人，艾丽西亚在哪里。

好像没有人知道艾丽西亚在哪里，甚至连艾丽西亚是谁都没人知道。

“去屋里看看。”年长的男人说。

他们离开谷仓，绕过一辆锈迹斑斑的拖拉机，来到一栋庞大的旧农舍里。

这个地方活像一个迷宫，到处都堆满了障碍物。床垫、家具、衣服、玩具，各种棋牌游戏扔得到处都是。两人端着枪，搜索了一楼和二楼的房间。

他们抬头看了看三楼的楼梯，上面不知什么地方传来一阵乐声。

年轻人听出这张专辑是滚石乐队的《小偷小摸》（*Sticky Fingers*），正是艾丽西亚的最爱。越往楼梯上头走，音乐声越大。

他们找到了艾丽西亚。一个年轻的金发女人，全身赤裸着，旁边还有一个年轻女人，一个留着姜红色胡须和长发男人。几个人正躺在一张阔大的老式四柱床上，艾丽西亚和那个大胡子男人正在吸毒，另一个女人好像睡得正酣。

那个年长的男人在艾丽西亚旁边跪下身来，打了她几个耳光，想让她清醒一些。“艾丽西亚，孩子们在哪？”而她没有回答。

年轻的那个用力晃着她，声嘶力竭地又问了一遍，还是没有回答。

最后他终于不抱希望了。

年长的男人拿起一个枕头递给那个年轻男人。

“只有这样才安全。”年长的男人说，“否则律师会把他们还给她的。”

年轻人考虑了一会儿，点点头，可是又显得有些犹豫，不过，随着愤怒的激增，他终于抄起枕头捂住了艾丽西亚。艾丽西亚撕扯他的双手，两条腿乱蹬乱踢，拼命地挣扎。

大胡子终于清醒过来，明白了眼前发生的一切，喊道：“喂！快住手！”

年长的男人举起左轮手枪，瞄准大胡子的脑袋，一枪击中。

年轻人扔下枕头，也掏出枪。

“汤姆？！”艾丽西亚惊叫一声。

年长的男人对着她的头部开了一枪。

现场嘈杂不堪，另一个女人还是没有醒来，或许她只是在装睡吧。那个年长的男人一枪击中了她。

羽毛漫天飞舞，鲜血浸湿了床单。

浴室的门开了，另一个赤裸的年轻男人走进屋来，手里还拿着一卷厕纸。“出什么事了？”他问。

年长的男人瞄准这个目瞪口呆的年轻人，对着他的胸口就是一枪。

“天哪。”汤姆说。

“这里我来处理，你去找那两个孩子。”年长的男人说。

十分钟后，汤姆在谷仓后面的泥地上找到了“小月光”和“小蘑菇”，把他俩带到旅行车上。

年长的男人用一把猎刀从艾丽西亚的左手上切下四根手指——刚才她用这四根手指抓过年轻人，上面留有他的DNA。

他找到一桶汽油，把农舍里里外外浇了个遍。紧接着用手帕把汽油桶擦得干干净净，做完这些，他不慌不忙地走到厨房的水槽边，倒了杯水一口气喝掉，然后把杯子上的指纹也抹了个干净。

就在他跨出纱门的一刹那，他用脚把门撑开，划亮一根火柴，奋力朝厨房地板上扔去。

油毡板上立刻蹿起一串猩红的火焰。

年长的男人回到旅行车上找到汤姆，他们就这样驾车离开了公社。年长的男人开车，汤姆跟两个孩子坐在后座。

从农场那条狭窄的小路离开时，他们没有遇到其他车辆——谢天谢地，这样对谁都好。

透过后窗，汤姆看到农舍在熊熊烈焰中轰然倒塌。

他们往前开了四十分钟，碰到了一个水库。年长的男人停好车，用手帕把两支手枪和猎刀都擦干净，他把猎刀放进装有艾丽西亚手指的纸袋，在袋子上戳个洞，连同两支手枪一齐扔进明净的水中。

东西立刻沉入了水底。

水面上泛起的三个涟漪飞快地交叠、重复，就像新石器时代欧洲石隧墓的三重螺旋入口一样。

涟漪消失了，黑漆漆的湖水又一次恢复了平静。

“好了。”年长的男人说，“我们走吧。”

第44章

刚下过一场暴雪。她的脚边躺着一堆冻僵后从树上掉下来的死鸟。雪刺着她的脸颊，她竟没有多少感觉。她在这，但又不在这，像坐在教堂里一样，审视着自己。

她站在信箱旁边，她只想回屋去。

然而老海岬路上白茫茫一片，什么都看不真切。

她穿着室内拖鞋和浴袍，一旦走上岔道，就会掉进沼泽里，她只能小心翼翼地摸索着。

她为什么穿得这么少呢？为什么这么毫无防备？为什么这么措手不及？

那空荡荡的沼泽正等待着她的到来。**那个空缺，是你欠下的一条命，因为你的女儿回来了。**

水面上的鸭子发出“嘎嘎”的惊叫声。那片潮汐盆地的边缘，好像潜伏着什么。

风卷着雪花撒落在她面前。她为什么要在这样的鬼天气出门呢？

白茫茫的背景中渐渐凸显出一个影子。是个人。外套上那顶帽子的曲线，让他看起来像长了两只角。

或许他真的有角。或许他是一个牛头人身的怪物。

他越来越近了。

是的，的确是个人，穿着件黑色长外套，拿着一把枪。那把枪正对着她的胸口，那人开口道："我要找凯莉·奥尼尔。"

"她不在家——她，她，她去纽约了。"蕾切尔结结巴巴地回答。

那个男人举起枪……

她突然一个激灵醒了过来。

床上空荡荡的。皮特已经走了。屋子里静悄悄的。这个梦她以前就做过。同一个主题，细节略有不同。这样的噩梦，不需要任何天赋就可以解释得清清楚楚：你欠别人的。你永远都欠别人的。你永远都背着债。一旦沾上"链条"，你永远都别想摆脱它。别说去给自己松绑，哪怕只是动一动脑筋，它的后坐力也会立刻找上门来。

就像她的癌症一样。

它永远都会在那，潜伏在角落里，下半生一直跟随她，跟随他们每一个人。

癌症。

是的。

她看了看枕头，没错，上面落着几十根棕黑色头发——真够神奇的——还有好几根白发。

命运在那个星期二的早晨发生了彻底的改变。那天早上，她去看肿瘤科医生，里德医生让她立刻去做磁共振。结果出来后，医生建议她当天下午就进行手术干预。

还是马萨诸塞州综合医院里那间奶白色的病房。

还是那位友好的、带有得克萨斯口音的麻醉师。

还是那位不多说一句废话的匈牙利外科医生。

甚至连背景音乐都还是当初的肖斯塔科维奇交响乐。

“亲爱的，一定会诸事顺遂的。现在我会倒数十个数。”麻醉师说。

真好笑！现在还有谁会说“诸事顺遂”这种话啊。蕾切尔心想。

“十，九，八……”

据他们说，这次手术非常成功。她将“只需一个周期的辅助化疗”，这话从里德医生的嘴里说出来可真容易，毕竟接受辅助化疗的人不是她，往静脉里注射药水的人也不是她。

即便如此，每两周化疗一次，总共坚持四个月的疗程，蕾切尔也还可以接受。现在她的女儿已经回来了，再也没有什么可怕的事情了。

她把那些头发从枕头上抹掉，连同那个噩梦一并抹掉。楼上传来凯莉洗澡的声音。以前她总是边洗澡边唱歌，现在也不唱了。

蕾切尔端起皮特放在床头的那杯咖啡，喝了一口，打开百叶窗，拉开玻璃门，走到外面的露台上。她的卧室面朝东，正对着潮汐盆地，外面寒气凛冽，泥滩上遍地都是涉禽。眼前的清晨是多么美好，刚才那个梦是多么真实，依旧历历在目，可是外面根本就没有下雪，真不可思议。

她看到哈佛坎普博士从门前的小丘上走过，向她挥了挥手，她也挥手回应了一下。不一会儿，哈佛坎普博士就消失在一株高大的海滩李树后面。他们这座普拉姆岛[1]，还有纽约州的那座都因这种李树得名。海滩上的李子现在都熟了。去年秋天他们做了好多李子罐头，拿到农夫市场去卖。

她和凯莉分工合作。凯莉把她们的手工小作坊称作“维京岛果酱工坊”，并把这个名字写在自制的标签上。一想到那些凶险的维京海盗可能一路南下，经过普拉姆岛，凯莉就兴奋不已。在过去那种日子里，人们都喜欢在安全的地方畅想各种危险。

蕾切尔扎紧睡袍上的带子，走进客厅，冲女儿喊道：“亲爱的，要不要我帮你做早餐？”

“好啊，吐司。”凯莉从楼上回道。

蕾切尔来到厨房，把两片吐司放进烤面包机。

“感恩节快乐！”身后突然有个声音喊道。

“啊！”她握着面包刀飞快地扭过身去。

斯图尔特夸张地举起双手。

“是你啊，斯图尔特，实在是抱歉啊，我没想到你会在这。”蕾切尔说。

“奥尼尔太太，您现在可以把刀放下啦。”斯图尔特故意装出受惊的样子。

“抱歉啊，吓我一跳，你要吃吐司吗？”

“不了，谢谢。我就想在你们出门前来跟凯莉打声招呼。”

蕾切尔点点头，还是为斯图尔特烤了几片吐司。这个感恩节她要和凯莉、皮特去波士顿。星期二化疗结束后，再过两天就是感

① 普拉姆岛（Plum Island）名原意为“李子岛”，下文指纽约州有同名岛屿。——编者注

恩节了，所以马蒂这次破例邀请大家去他家过节。

没事，一切都很好。

蕾切尔又烤了两片吐司，放到盘子上。

皮特正好跑步回来，气喘吁吁的，但一脸兴奋。过去半个月来他一直都在跑步，似乎变得强壮了些。伍斯特的退伍军人事务部给他开了美沙酮，可以帮他一点点缓解毒瘾。目前为止效果还不错。

希望能一直保持药效吧，她总是把家人摆在第一位，这一点皮特很清楚。

皮特亲了亲她的嘴唇。

“跑得顺利吗？”她问。

他看了她一眼，感觉她有些异样，轻声问：“做噩梦了？”

她点点头，说：“还是那个梦。”

“你应该去看一下心理医生。”

“你知道我不能去。”

他们透过镜子看到了另外一个世界，在那个世界里所有的噩梦都是真的，但他们不能把这个梦对任何人说起。

皮特给自己倒了杯咖啡，走到客厅，坐在蕾切尔身旁。

他从来没有正式要求搬来跟她同住。只是有一天，他开车去伍斯特把为数不多的行李都拿来了，就这样住下了。

他们三个人当中，大概要数皮特的状态最好。

即便做噩梦，他也从来不说，而且，美沙酮可以把他内心最可怕的欲望消灭。

他们三个人当中，凯莉的状态绝对是最糟糕的。

在阿彭策尔家的那天晚上，凯莉到地下室去陪小阿梅莉亚。

小姑娘醒过来后，凯莉安慰她说一切都会好的。但这不是问题的关键。

关键是，她去了地下室，就变成了囚禁阿梅莉亚的一分子。所以凯莉既是受害者，也是施害者。跟所有人都一样，既是受害者，也是帮凶。这就是“链条”对一个人的改变。它先折磨你，然后再把你变成其同伙，一起去折磨别人。

自从四岁开始，凯莉就再也没有尿过床。然而这一阵子，几乎每天早晨醒来，她的床单都是湿的。

每次一做梦，梦里都是同样的主题——她被扔进一间地牢，独自一人在那里等死。

普拉姆岛上的一切都变了。去学校，去商场，去任何地方，凯莉都不再步行了。

以前他们很少会锁门，而现在随时都上锁。皮特把所有的锁都换新加固，卸掉蕾切尔电子设备上的所有间谍软件，他那位朋友斯坦也来过家里，进行一次专业的全面反窃听核查，同时在凯莉的鞋子里放上硬币大小的定位器。

凯莉每次出门，尤其是跟她爸爸去市区的时候，他们都会随时进行密切监控。

凯莉知道自己不能把那件事告诉父亲，不但不能告诉他，就连斯图尔特、学校辅导员和自己的外婆也不能告诉。谁都不能告诉。但是马蒂很聪明，他看得出事情有些蹊跷。也许是跟哪个男孩子有关？他不会去逼问她。他现在也有自己的问题要处理。塔米突然搬回加州，去照顾近来出事的母亲了。她对分隔东西海岸的远距离恋爱不感兴趣，几封简短冷漠的邮件之后，一段感情就这么结束了。

皮特并不觉得惊讶。马蒂帮塔米解决了破产危机，帮她恢复了声誉，搞定所有的法律难题，却只换来了一句：“非常感谢，但我要回西海岸了。”皮特觉得，她把所有人都算计了一番。以前他也遇到过塔米这样的人，他甚至还跟一个极其像塔米的女人结过婚，当然像塔米这样的男人他也认识不少。

凯莉终于下楼了。她已经脱掉了睡衣，换上了运动服和T恤。

蕾切尔知道，她的睡衣肯定都扔到洗衣篮里去了。

“呃，早啊，斯图尔特。”凯莉说。

她看上去情绪非常低落。希望感恩节能稍微转移下她的注意力。蕾切尔假装在翻阅那些哲学书籍，其实一直在观察着女儿。斯图尔特在跟凯莉说话，但她只是含含糊糊，心不在焉地应付着。

斯图尔特终于离开了；他们吃了早饭，穿戴整齐准备出门。

下午一点，皮特开车带她们去马蒂的新家。新家位于朗伍德，从那里跑步到芬威球场也很近。这是一个高档社区，住户都是律师、医生、会计师之类的，房前都有白色的栅栏，精心维护的草坪。“不管马蒂现在给你多少抚养费，你都应该再多要点。”皮特边停车边对蕾切尔说。

马蒂从不做饭，一直点外卖，这样也没什么不好。他家里几乎没什么家具，现在也没有交新女友，这倒让蕾切尔吃了一惊。马蒂这人一直都有备胎，极少有空窗期。

他们聊到了塔米的突然离开，又聊到马蒂的工作。塔米竟然通过发短信来跟他说分手，让他很是沮丧。回到加州之后，塔米就跟他彻底断绝了联系，不过马蒂毕竟是马蒂，这种事根本不会影响到他。他高谈阔论着那些客户，大谈特谈那些他宣读遗嘱时搞笑的故事和圈内那些好笑的律师笑话。

他没有过问凯莉在学校的事情。他已经知道她成绩有所下降，觉得还是别提为好。

凯莉的思绪飘到了九霄云外，蕾切尔筋疲力尽，什么都不想说，只有皮特破例打开了话匣子，说他想乘皮划艇沿着内河航道旅行，顺带着把科德角和切萨皮克湾的复杂性又滔滔不绝地说了一通。

蕾切尔的妈妈恰好从佛罗里达打来电话，马蒂非要跟她说话。一提到《汉密尔顿》，朱迪丝顿时有些结巴，幸亏她还记得要帮蕾切尔撒谎。

私下谈话时，朱迪丝告诉蕾切尔，自己一定得跟可怕的奥尼尔家人划清界限，蕾切尔一边听她说，一边附和着，祝她感恩节快乐之后，挂断了电话。

“皮特叔叔，你去年感恩节是怎么过的？”

凯莉问。

“我去年正在新加坡旅行呢。没怎么庆祝。买不到火鸡。”

“那你上一次在家认真过感恩节是什么时候？跟家人一起吗？”蕾切尔也不禁好奇。

皮特认真想了一会儿：“那都是好几年前了。上一个印象比较深的感恩节是在冲绳县巴特勒营过的，大堂里乱糟糟的，但有火鸡，还有土豆泥。味道非常不错。”

蕾切尔听他说着，嘴角挂着微笑，一只手从桌子底下握住凯莉的手，另一只手拨动着餐盘上的食物，装作在用餐的样子，其实一直在留意着凯莉的表情——虽然爸爸的笑话让她笑声不断，但她看上去好像随时都会崩溃大哭。蕾切尔又看了看皮特，他看上去依然郁郁寡欢，话不多，但一直在笨拙地引领着话题，避免冷场。她又看了看马蒂，他依然那么英俊，那么热情洋溢，幽默诙谐。塔米真是个傻瓜。

马蒂值得珍惜。

她找了个借口去卫生间。

从过道的镜子里，她看到自己的身影。

她又开始暴瘦了，越来越憔悴。她走进卫生间，把一根讨厌的红色毛球从心爱的红毛衣上拽掉。

她坐在马桶上，双手抱头，索性什么都不去想。

手机上传来一阵提示音。原来是加密的 Wickr 上收到了一条新消息。她在这个应用上只收到过一个人发来的消息，这个人就叫作“未知联系人”。是“链条”。

她打开消息。

> 蕾切尔，你今年应该感谢很多人。我们把你的女儿还给你了。把你的生活还给你了。对于我们的仁慈，你应该心怀感激，不要忘了，一旦你加入了“链条”，就永远挂在了上面。你不是第一个，也不是最后一个。我们一直都在观察你的一言一行，随时都可以找到你。

蕾切尔放下手机，无声地嘶喊起来，泪水不可遏制地涌满眼眶。

这一切永远都不会结束，永远都不会。

她瘫倒在地板上，过了好几秒钟才缓过气来。哭了一会儿，起来洗了把脸，深吸一口气，再次回到家人身边。

大家都在看着她。每个人都知道她刚刚哭过。

她为什么哭，在场只有两个人知道。

第45章

马萨诸塞州波士顿市水果街55号。

她让他们不要跟来。虽然她希望他们都在身边，但她不想让他们跟来。皮特开车送她，所以必须要来，但凯莉和马蒂没必要过来。

作为前夫，马蒂的兴致可算非常高昂。

他们在外面的接待室里等待。

这间接待室还不错，电视里在播着新闻，还有一堆《国家地理》杂志，有些竟然是1960年代的版本。站在这里还可以望见波士顿港，宪法号护卫舰也可以尽收眼底。

护士接入输液港[①]，药水缓缓流进体内，她浑身发抖，无比恶心，感觉整个病房都旋转了起来，她很庆幸，他们都不在这里，所有的痛只有她一个人承担。

化疗就是一次小死，只有小死一次，才能让大限在外面的门

① 指完全植入人体的闭合输液装置。——编者注

廊上等得更久一点。

所有的屈辱和痛苦都结束了，他们用轮椅把她推到了康复室。他们微微笑着，凯莉和皮特紧紧地抱着她，马蒂则在一旁滔滔不绝。

家人和朋友的支持，才是你需要的东西。

里德医生对她的治疗结果很满意。预后恢复也很乐观。

图像上的曲线正向右上方延伸。

然而真正可怕的秘密是，她的状况并不好。

她的身体在走向衰竭。

她的身体在一点点地变差。

而且，她明白，损耗她的并不是癌症，而是另一种东西。

“链条”。

第 46 章

马里兰州贝塞斯达地区刚刚搬进来一户人家。漫长的一天过去了，此刻那些搬家工人已经离开，屋子里堆满了纸箱。

这家人在新家的外面摆好姿势，拍了张全家福。这是一处阳光灿烂的社区和一户和睦美满的家庭。想象一下罗伯特·贝赫特尔的油画《61 年款庞蒂亚克》（'61 Pontiac），不同的是，这是 1990 年代早期，两个孩子的年龄也一样，他们是一对双胞胎。

丈夫叫汤姆·菲茨帕特里克，身材瘦小，黑头发，白衬衫，系一条细窄的黑色领带。他的新一任妻子叫谢丽尔，正怀着身孕，一头又长又直的金发，齐刷刷的刘海下是一双美丽的棕色大眼睛。

那个叫“小月光”的男孩，如今改名叫奥利弗。这个胖胖的小男孩看上去不坏，不过总是目不转睛地盯着别人，看起来有点让人毛骨悚然。那个叫“小蘑菇”的女孩，现在叫玛格丽特。她看人也是一副目不转睛的表情，同样令人毛骨悚然。不过她有一头卷曲的红头发，而且总喜欢一直不停地做着各种滑稽动作，看起来不像哥哥那么吓人。其实如果带孩子们去看医生的话，就会发现玛格丽特可能有多动症，需要服用利他林来治疗，不过汤姆可不会去看医生。他是那种很老套的父亲，“不是所有病都需要吃药”这种话他一直挂在嘴边。

搬进新家两天后，他们举办了一场乔迁派对，邀请了所有的邻居。这条街上住的要么是国会议员，要么是国务院或财政部的职员。

那天晚上，房子里同时进行着三个聚会。其中一个聚会上，邻里的男士们开始互相认识。汤姆应对得还算得体，他留着特种部队的发型，兜里插着钢笔，冰箱里塞满了酷尔斯淡啤酒，看起来就是那种直率而无聊的男人。

另外还有一个女人的聚会。谢丽尔看上去漂亮而乏味，似乎还有一些头脑简单。她是一位典型的贤妻良母，虽然也曾有过自己的梦想，但为了成为一名贤内助，早已放弃了自我。

谢丽尔原本想像她的祖父一样成为一名烘焙师。

放电视的房间里同时进行着的是孩子们的聚会。这场聚会才是最精彩的。男孩子们把这家人收藏的唱片都一一拆开，什么约翰·丹佛、琳达·朗丝黛、裘斯·牛顿，还有卡朋特组合，个个都蹩脚得很。女孩子们正在八卦着各家的秘事。

泰德的父亲是个酒鬼，正在和自己的秘书出轨。玛丽的妈妈两年前出车祸，撞死了一名骑自行车的妇女。珍妮的妈妈觉得这个社区现在搬进了一户印度人，基本等于进了地狱。

孩子们上床的时间早已经过了，但聚会还在继续，有人对奥利弗说喷气机和巨人这两支棒球队都很逊，但是巨人队更逊，因为他们跟红皮队是同一个赛区的。

奥利弗说他根本就不喜欢棒球。一个叫扎卡里的十岁小男孩说奥利弗有点怪异，而且臭烘烘的。

扎卡里还说，奥利弗的妈妈看起来像鸡。

奥利弗冷静地告诉他，自己的妈妈早就死了。她是被谋杀的，尸体被肢解后，放在火里烧了。

扎卡里听完脸色煞白。一分钟后，玛格丽特鼓动他喝掉半罐啤酒，他的脸色越发苍白起来。扎卡里说自己以前就喝过啤酒，说着随手捏扁那个啤酒罐。他也许没有撒谎，但他以前喝的啤酒里肯定没有兑过一勺吐根糖浆[①]。

扎卡里开始呕吐，吐得昏天黑地，聚会也因此宣告结束。

① 一种催吐剂。——编者注

第47章

她盯着电脑屏幕，一页空白的文档，一个闪动的光标。

十二月初，清晨已经有霜冻，还有一个小时就要涨潮了，潮汐盆地里落满了过冬的鹅和绒鸭。

她深吸一口气，在文档上写下：

> 第二讲：存在主义概论
>
> 存在主义者认为，我们的人生就是试图在一个没有意义的存在上施加意义。对他们来说，这个世界就是一条衔尾蛇——一条会吞食自我的蛇。只有模式在不断地重复，没有任何进步。文明就是悬在深渊上方的索桥。

写完后她摇了摇头。语气不对，她点下删除键，辛辛苦苦写下的东西瞬间消失殆尽。

凯莉穿着那件新买的红色大衣走下楼来。她今天看上去很高兴。不过，她跟母亲一样，对于佯装开心，现在已经得心应手。她的嘴角挤出一丝笑意，声音里也透着虚假的雀跃。

她的眼睛里藏着的完全是另一个故事。

这阵子她一直抱怨胃部抽痛。医生检查之后也没发现什么，说可能是压力过大导致的。压力让她的痛苦成倍加剧，频频尿床，夜夜噩梦。

她脸上是一副坚强的表情，然而蕾切尔哪能不知她的心事。

“我们可以走了吗？”凯莉问。

“当然了。反正现在也写不下去了。”蕾切尔说着关掉电脑。

“给我五分钟，我去洗个澡，然后就出发。”皮特说。

“我们最好不要迟到。”凯莉回道。

“他说五分钟，就是五分钟。”蕾切尔说。这个星球上到处都是不靠谱的男人——有抛家弃子的父亲，有跟年轻女人私奔的丈夫——皮特却不会让人失望。即便这样，蕾切尔还是不允许一个瘾君子跟女儿同住一个屋檐下，所以她不得不确保皮特严格地服用美沙酮。他的确很诚恳，为了彰显自己负责任的个人形象，他还找了份临时的保安工作，来付清突然到来的巨额信用卡账单。

正好过了五分钟，他们已经在开往市区的车上了。把车在星巴克停好后，蕾切尔捧着一杯热茶，找一张靠窗的座位坐下，凯莉和皮特出去买东西。

这是一个繁忙的星期六早晨，纽伯里波特到处都是本地人和游客。时间应该不会太长，马蒂就会带着他的新女友来接他们。

他当然已经交到新女友了。B 计划终于出现了。他们没有在普拉姆岛碰头，而是选择了纽伯里波特这家更安全的，处于中间地带的星巴克。

凯莉刚一离开视线，蕾切尔立刻拿出手机，检查凯莉鞋子上定位器显示的位置。没错，找到她了，正走在高街上，向左转，到皮革厂去了。一个孩子拥有怎样的父母，全凭命运的安排，然而并不是每一位家长都清晰地认识到了这一点。

皮特从街对面走过来，手里拎着一大堆购物袋。她朝他挥挥手，他走进星巴克，在她的脸颊上亲了亲。

“都买什么啦？”她问。

“给凯莉买了几样东西。”

“没有花太多钱吧。你为我们花的钱已经够——”

“嘘。”皮特说，“我这辈子最快乐的一件事就是给我的侄女买礼物。”

他们坐下来边聊天边等马蒂。像往常一样，他又迟到了。

“哎呀，这家伙终于来了。”皮特敲了敲手表，站起身来说道，“果不其然，新女友又是个美女。我的天，这么一看，比上一个还要年轻。”

马蒂满面春风地走了进来，身穿一条水洗牛仔裤，灰色 V 领 T 恤，阿玛尼皮夹克，头发剪短了，还挑染了一些棕褐色。

那个女孩留着一头金黄色的爆炸头，比马蒂矮一点，可爱的翘鼻子，深邃的蓝眼睛，小酒窝，看上去像个还没毕业的高中生。她跟塔米不是一种类型，却同样光彩夺目，明艳照人。

介绍完毕之后，互相握了手，蕾切尔没有刻意去记她的名字，因为她知道几周后又会有另一个差不多的女孩子出现。

凯莉走过来抱了抱爸爸，跟新女友握了手。

新女友说凯莉穿的红色羊毛大衣很适合她，很时髦，凯莉听了很高兴。

他们聊了几句闲话，蕾切尔微笑着，渐渐地又一次沦为背景。

当你的体重变轻，当你获得的唯一营养是从血管中输入的药水时，一个人是多么容易消逝啊。

“时间差不多了。”马蒂说着，又是一轮拥抱和吻别，然后两人一起上了马蒂那辆白色的奔驰。

“凯莉一定没事的。”那晚吃饭时，皮特安慰她说，“她很喜欢这个新女友。”

“她不应该这么快接受她，下周说不定就会换成一个更年轻的女友。”蕾切尔语气中不经意带着一丝挖苦的意味，让她自己都吓了一跳。

饭后，他们又查看了凯莉的位置（她现在在马蒂家），愉快地打了会儿视频电话。

一切结束后，皮特去了洗手间，服下了美沙酮。他现在开始把一种墨西哥棕焦油海洛因混入美沙酮里一起吸食，只有这样，才能熬过漫漫长夜。

这一切蕾切尔并不知道，更何况近来她自己也要吃两粒安眠药，再喝两杯苏格兰威士忌才能入睡。她坐到电脑前，重新开始写备课内容，然而依旧什么都写不出。她索性上网找歌听，却都不能让自己振奋起来。

屏幕上依然是空白文档，闪烁的光标。

蕾切尔起身喂完猫，决定还是去收拾下屋子。家里这么脏，怎么静得下心工作呢？

她上楼来到凯莉的房间，掀开床上的被子。

床单湿漉漉的，床垫也是潮的。她今早怎么没换床单呢。这种事情现在每晚都会发生。大家都睡不好，个个都会做噩梦。凯莉在爸爸那边过夜的时候，床上都另外铺上两条沙滩浴巾，防止被爸爸发现她尿床。

蕾切尔坐在凯莉的床沿上，双手抱着头，忽然瞥见脚边放着一个凯莉的笔记本。她捡起本子，忍不住想打开来看，但这可是凯莉神圣的私人空间。

别打开，别打开，别——

她还是打开了笔记本，一页一页往后翻。里面有图画，有日记，有她喜爱的歌曲和电影，还有为可能领养的狗取的各种名字，最早是从今年年初开始记录的。一切都在她被绑架的那天戛然而止。从那天之后，笔记本里开始出现越来越多乱写乱画的痕迹，线条都很粗暴，还有几页全部都被涂成黑色，其中还有一幅图，画的是凯莉被关押的那间地下室，以及绑架她的那些人的信息：**那个男人可能是个老师，女人名叫希瑟。小男孩名叫杰瑞德。**笔记本中还有她提前收到的圣诞节礼物——胡迪尼终极魔术套装，其中还提到几种开手铐的妙计。后面还有更多的黑色纸页，以及各种圆圈，画的时候下笔太重，把纸都划破了。最后那几篇日记是两天前写的，上面记录了一个网站地址，是讨论如何无痛自杀的。

药物？溺水？凯莉在页面空白处潦草地写着这几个字。

蕾切尔惊呼一声。

“这事永远都不会结束的。”她自言自语道。

她走下楼，来到电脑前，给凯莉发信息，问她现在怎么样。半个小时后，凯莉回信息说自己很好。他们三个人正在看《移动迷宫》。

蕾切尔合上电脑，望着窗外黑漆漆的夜。

“我必须得这么做。”她对着夜空轻声说道。

蕾切尔的电脑已经进行过彻底的清理，卸掉了所有的间谍软件，但她还是决定用皮特的电脑，使用前她特意查了查上面的杀毒软件和反恶意软件程序是否正常运行。

一切都很正常。她匿名注册了一个新谷歌账号：TheGirlCalledAriadne@gmail.com，她给自己起了个“阿里阿德涅”的假名字。她找到谷歌的博客平台，用那个新建的账号登录，创建一个简约模板的博客。

她把这个博客命名为：“链条”资讯，网站地址很简单：TheChainInformation.blogspot.com。博客简介她是这样写的：**所有人都可以匿名在本博客下提供跟“链条”这个实体有关的任何提示和信息。**

下方的留言板已开放。请务必小心。只允许匿名留言。

“链条”会不会找到她呢？她觉得不会。他们只会发现她那个虚构的假身份。就算谷歌也不知道她是谁。**现在就开始写博客吗？**谷歌问她。

“**是的。**”她回答。

第48章

又是搬家的一天。时间到了1997年。双胞胎现在多了一个小弟弟，安东尼。这一次他们搬到了阿纳海姆。汤姆升职了，现在负责的工作好像跟毒品有关。这份工作将会相当繁重，不过他好像并不太担心。

奥利弗和玛格丽特长大了，看上去跟正常的孩子并无不同。

玛格丽特一脸的雀斑，橘红色的头发非常显眼，很像她的祖父，但是，也很像她母亲在公社里睡过的一个男人。奥利弗胖乎乎的，肤色苍白，发色深红。他跟小时候一样，还是拿眼睛直勾勾地瞪着别人，看得人毛骨悚然。

他们在阿纳海姆住的这条新街道几乎就是贝塞斯达那条街的原样拷贝。

小安东尼跟一大帮新朋友在人行道上玩耍。

奥利弗和玛格丽特从楼上的窗户往外看。他们不跟那些差不多同龄的小孩一起玩。玛格丽特比奥利弗稍微合群一点，不过她不愿意把双胞胎哥哥丢下不管。

谢丽尔在他们的卧室里找到了这两个孩子。

“喂！快跟弟弟学学，到外面去玩。”她说。

双胞胎一动不动。

谢丽尔想单独留在房子里，吃两粒地西泮安定剂，再喝一杯伏特加。

“不想去外面。”奥利弗说。

“那你还想去迪士尼乐园吗？”她问。

“想。”奥利弗答道。

“那就快点滚到外面去，像个正常孩子一样去玩！”她吼道。

搬来的第一天，新的环境让他们玩得并不开心。

马路对面有个小女孩，名叫珍妮弗·格兰特，是个典型的大姐大，一上来就把玛格丽特欺负哭了。她说玛格丽特长得丑，又嘲笑她不会跳绳。

奥利弗知道自己不应该打女生，但还是忍不住动了手。珍妮弗立刻跑回家，把她的大哥叫了出来。大哥一把抓住奥利弗的脖子，把他拎了起来，一边掐住他的脖子，一边狠命摇晃他的脑袋。奥利弗不能呼吸也无法叫喊。这个大男孩最后把他扔到了柏油路上，珍妮弗这才从屋里出来，叉着双臂站在那儿大笑，其他的几个孩子也在一旁哄堂大笑。就连小安东尼也笑了，不过这也不能怪他，他只是站到了多数人的那一边。

这就跟小孩子放学后打架的场景差不多，感觉虽然不真实，却又真实地发生了。只过了一会儿，孩子们就厌倦了，各自散去。双胞胎溜回家去，藏在车库里，等着他们的父亲回家。

父亲回来得很晚。他在联邦调查局工作，办公地点位于威尔希尔大道，往返非常麻烦。

那晚吃饭的时候，双胞胎没有提白天发生的事情，安东尼似乎也已经忘了。汤姆在饭桌上滔滔不绝地谈论自己的新工作、新机遇。谢丽尔提醒他，有件事要跟孩子们说。汤姆微微一笑，问孩子们想不想这个星期六去迪士尼乐园玩。孩子们都说想。

然而，到了星期六，汤姆却要加班，但他说下个星期六一定会带他们去玩。

“我估计我们永远都去不了了。”那天晚上在卧室里，玛格丽特对奥利弗说。

“我猜也是这样。”奥利弗说。

“你的脖子还疼吗？”玛格丽特问。

“不疼了。”虽然奥利弗说不疼，但她知道他在撒谎。

玛格丽特坐在床上看《小保姆俱乐部》系列中的一本。

书中讲到玛丽·安妮收到一封连环信，让她很是沮丧。她的朋友们都让她把信撕掉，说不会有任何后果的。

玛丽·安妮撕掉那封信，果然没有什么恶果。这就是连环信的问题所在。

玛格丽特由此想到了一个主意。

坏事必须先行。

星期二，珍妮弗·格兰特的兔子从笼子里跑出去，走丢了。

第二天上学的时候，珍妮弗在午餐盒里发现一张纸条：“午饭时把葡萄汁泼到自己身上，否则你的兔子就得死。”

餐厅里，众目睽睽之下，珍妮弗把葡萄汁泼到了自己身上。

而她还在缘缘不断地收到纸条，纸条上的要求在不断增加。

珍妮弗在课堂上站起来没头没脑地说了句“放屁”；一节课上五趟厕所；最让人吃不消的一条命令，是让珍妮弗早晨六点钟全裸走出家门，在屋前站十秒钟……只要她能做到，她的小兔子就会回来。

珍妮弗赤裸着身体在屋外站了十秒，当天她就在小屋上发现了一张纸条，告诉她那只死兔子在哪里。

玛格丽特和奥利弗将珍妮弗的拍立得裸体照片放在房间的抽屉柜下，毫无疑问，将来它一定能派上用场。

生活如常。小安东尼逐渐适应了新学校和新朋友。双胞胎似乎也终于安定下来。

谢丽尔孤独又无聊。她给母亲打电话倾诉，母亲让她忍一忍，因为很多人的状况比她还要糟。谢丽尔只得继续服用地西泮，用伏特加和朗姆酒来进行自我疗愈。

汤姆临时派驻洛杉矶已经两个月了，这天一身酒气回到家，车子也蹭坏了，气得他火冒三丈。谢丽尔跟他大吵一架，汤姆一气之下打了她一耳光，她立刻像一堆砖头一样轰然倒塌了。小安东尼“哇啦”一声大哭起来，奥利弗和玛格丽特在一旁冷冷地看着。

第49章

治疗师的办公室在布鲁克林的一栋新办公楼里，楼下是一家出售定制雨伞的商店。

蕾切尔在奢华的接待区等得心焦，胡乱翻着一沓英国版的《时尚》杂志。

窗户上溅着水花，翻新的古董钟上缓缓流逝着一分一秒。她盯着那幅油画的复制品，画中的女人在照镜子，但看不到她的脸，蕾切尔倒是觉得，像她这样对镜子有恐惧症的人，这幅画很是合适。背景音乐是迈尔斯·戴维斯后期的一张专辑《你被捕了》（*You're Under Arrest*），就她目前的处境来说，也相当具有讽刺意味。

蕾切尔很想知道凯莉都说了些什么。她告诉凯莉不要提“链条”，也不要提她的经历，但她依然希望治疗师能给出一些策略，帮凯莉打消自杀的念头，解决尿床和焦虑的问题。

她和凯莉都知道这种治疗根本没用，但依然想去试试。否则还能怎样呢？

五十分钟后，治疗师走了出来，向蕾切尔点点头，表示鼓励。

治疗师看上去也就二十五六岁。**二十来岁的人，对人心能有多少了解，或者说，对世间的事又能有多少了解呢？**蕾切尔心中这么一想，朝她微微一笑。

回家的路上，凯莉一句话也没说。

她们过了普拉姆岛大桥，沿着收费公路往前走，开上家门口的那条大街。蕾切尔不想对女儿施加压力，但凯莉一直不肯开口。

“怎么样？”蕾切尔终于问道。

“她问我有没有受过性虐待，我说没有。她问我在学校有没有被欺凌，我说没有。她问我是不是男朋友有什么问题，我说没有。她说我的症状很像是遭受过身体创伤。”

“嗯，说的没错。他们确实打了你。”

“是的。但我不能告诉她，对不对？我不能告诉任何人。我只能干坐在那里东拉西扯，什么青少年问题，什么上高中的压力和担忧，扯一堆谎话。我又不能告诉她，有个警察在我面前被杀，那些人还用枪指着我的头，威胁我要杀死我和妈妈。我也不能告诉她，我陪一个小姑娘在地板上玩，这个小姑娘是我妈妈亲手绑架的。我什么都不能说，哪怕吐露一个字，他们也会回来要了我们的命。”凯莉说着说着，终于大哭起来。

雨水噼里啪啦砸到车顶，沿着挡风玻璃汩汩流下，蕾切尔向女儿伸出手去。

“我们掉进陷阱了，是不是啊，妈妈？如果报警，你和皮特就得因为绑架案坐牢。而且他们还会来杀我们，是不是？”

蕾切尔不知道该说什么。

她们走进家门，屋里冷冰冰的，皮特正在修柴炉。“进展怎么样？”他问。

她摇摇头，示意他“**不要问这个问题**”。

一顿晚餐吃得冷冷清清。凯莉不停地搅动盘子里的食物。蕾切尔根本吃不下。皮特所有的心思都在她们身上。

等皮特和凯莉都睡下之后，蕾切尔登录到博客上。

留言区有一条新的提示。来自一位匿名人士。她拖动鼠标往下看。

留言说：“现在就删除博客，别让他们发现。密切关注《波士顿环球报》上的个人专栏。”

她根本不需要多想，立刻登录到博客助手，点击“删除博客”。

“确定要删除博客以及博客中的所有内容吗？”博客助手提示道。

她立刻点击“确定”，退出了登录。

第50章

星期三，凌晨5:00，蕾切尔醒了，再也睡不着。

她索性起身，穿上那件熟悉的红毛衣，披上睡袍，给自己煮了点咖啡。她在漆黑的客厅里坐了好一会儿，愣愣地看着潮汐盆地另一边的房屋里飘缈的灯光。

她走出房门，来到屋子外面等着，边顺手扯掉毛衣上一根线头。小猫伊莱跟着出来东嗅西嗅，蕾切尔拍了拍它的头，它随即飞快地滑进沙地的芦苇丛中。

一丝警惕唰地蹿上脊背上的神经末梢。这是一种来自远古的本能反应。人类本来既是捕食者，也是猎物。

她的心疯狂地跳动，身体也不可思议地颤抖得厉害，根本停不下来。

今天将是一个重要的日子。

第三幕大戏即将拉开帷幕。

地平线上的晨光依旧昏沉，空气凛冽，但并不刺骨。

沼泽的气味四下弥漫。

鸟儿啁啾。

老海岬路上出现了一束昏黄的自行车灯光。

小个子保罗·韦斯顿似乎正朝她家的房子赶来。

现在《波士顿环球报》已经很少送到家门口了。保罗骑着自行车越来越近。她从站立的地方向他挥了挥手，怕他赶到跟前时吓着他，这一挥手倒真把他给吓住了。

“天啊！奥尼尔太太！你可吓了我一跳！”他说。

“对不起，保罗。我失眠了，索性在这里等报纸。”

平常他都把报纸往房门前一扔，但这次他把车骑到她跟前，直接把报纸放到她的手里。

“祝你开心。”他打了个招呼，骑着自行车走了。

她疾步走回屋内，在餐桌上摊开报纸，拧亮主灯。

跳开那些主要新闻，她直接翻到个人专栏和小广告的页面。尽管网上发布的广告早已铺天盖地，但《波士顿环球报》每天仍然会发布数十个小型广告。

她匆匆扫过讣告、征婚和汽车广告，最后终于在杂项的标题下找到自己想要的内容：**链条收购与销售：1-202-965-9970**。

她叫醒皮特，让他一起来看这则广告。他摇了摇头说：“我不明白。”

“我们就得这么干。”蕾切尔的语气很坚定。

“为什么啊？”

“因为我们要是不做点什么，这事就永远不会结束。凯莉现在备受折磨，它现在就在那里，跟踪我们，记着我们，而且正在摧残更多的家庭，更多的母亲和孩子。”

“你说得好像‘链条’是一个有生命的东西一样。”

“它的确就是有生命的东西。它是个时不时需要用人命来献祭的怪物。”

“蕾切尔，我真的不知道。就让它过去吧。”

“但是它过不去啊。这就是问题所在。我要用一次性手机给这个号码打电话。”

“我看还是我来打吧。‘链条’上还没有人能认出我的声音。我的意思是，就怕这是个陷阱。”

“我把我的声音伪装起来，用我外婆的口音。”

皮特从衣橱里拿出一袋一次性手机，随机选了一个，来到露台上，以免吵醒凯莉。“现在给人打电话太早了吧？”

“我想在凯莉起床前打。”

皮特点点头。所有这一切都让他感到厌恶，但这是蕾切尔的主意，而且坚定不移，他只能亦步亦趋。她按下了那个号码。

那头立刻传来一个男性的声音：“喂？”

“我想问问报纸上那个广告的事。”蕾切尔模仿着外婆那种波兰口音说道。

“想问什么？”那个男人说。

“我的链条一直有问题，我想问问你是不是也有同样的问题，或者看看能不能互相帮助？”蕾切尔说。

对方沉默了好一会儿。

“你是写博客的那个人吗？”他用一种深沉的男中音问道，声音中有一丝不易觉察的外国口音。

“是的。”

对方又沉默了好一会儿。

“我不知道是否应该相信你。你也不应该这么轻易地相信我。

千万不要透露任何个人信息，明白吗？”他说。

“好的。”

“他们说不定正在监听。事实上，说不定你就是他们。或者我就是他们。你明白吗？”

“明白。”

“你真的明白吗？危险是切实存在的。”

“我知道。我已经切身体验过了。”蕾切尔现在已经不再用波兰口音了。

过了几秒钟，那人又说：“既然你名叫阿里阿德涅，那就叫我忒修斯吧。看来我们应该一起去迷宫走一遭[①]。”

“没错。”

“阿里阿德涅，希望你不是个笨蛋。你的博客就是个笨主意，这通电话也一样笨。”

“我并不觉得自己笨。我只不过希望这件事能够了结而已。”

“野心可真不小。你为什么觉得自己能阻止这么大一个团体？”

她瞧了瞧皮特，说：“我发现了一些线索。”

“真的吗？那好吧，阿里阿德涅，我希望你能这么做：今天中午赶到洛根机场，买一张从A航站楼出发的国内机票，飞往哪里都可以。过了安检，在候机室等着。我有你这部电话的号码。你要把这个手机随身携带。我可能会给你打电话，但也不一定。不要相信任何人，至少不要相信我。记住，建造一座迷宫，不是为了躲藏，而是为了等待。”

---

① 此处指希腊神话中牛头人与迷宫的故事，王子忒修斯自告奋勇到迷宫中击杀牛头怪，公主阿里阿德涅对其产生情愫，在忒修斯进入迷宫前给了他一团丝线，他靠着这团丝线循路走出迷宫。——编者注

电话挂断了。

“怎么说？”皮特问。

“我要去。”

“不要相信任何人。包括他。”

“这一切必须得到了断。我得去。”她执意道。

“不，你不能去。这太冒险了。”

皮特是真的担心她，只不过这其中有一部分也是他自己的原因。蕾切尔并不知道，美沙酮的效果其实没有想象的那么好。试想一下，他之前吸食的是纯品金棕色墨西哥海洛因，极易让人上瘾，美沙酮这种解决方案，并没有退伍军人服务部的那些戒毒康复咨询师们所笃信的那么有效。

他现在浑身紧张，耳朵嗡嗡作响，根本无法清醒地思考。这种情况下如何担起这么个新任务？况且蕾切尔还在化疗？

这不是作死吗？他们已经解脱出来了，还是放手的好。

“皮特，不要跟我说该干什么不该干什么，我讨厌别人告诉我该怎么做！”蕾切尔说。

“你的生命现在危在旦夕。还有凯莉。”

“我知道！你以为我不知道吗？我这是在救我们的命！”蕾切尔抓起他的手轻声说，“皮特，我们必须这么做。”

皮特望着她。

实际上，蕾切尔每隔一周就要到水果街55号去注射毒药。

她活下来了。她在积极应对。她还能活着。

“好吧。”他说，“但我也得跟着去。”

第51章

蕾切尔从来都不喜欢洛根：这里的人都很边缘化；“9·11”就发生在这里；队伍总是排得老长；氛围差；到处都是红袜队商品。

她跟皮特来到达美航空柜台前，买了去克利夫兰的机票。

过了安检后，开始等待。她戴着墨镜，头上那顶洋基队棒球帽拉得很低，好像这样能起点作用似的。

中午时分到了，中午时分过了。

“现在怎么办？”皮特问。

“我也不知道。”蕾切尔答道。

“你不如再打一次那个电话吧？”

她等了五分钟，才开始打电话。

“对不起，对方已关机。”自动语音提示说。

已经12:30了，她的一次性手机终于响了起来。

“走到达美穿梭巴士闸口附近的那家餐厅，点一杯克苏鲁黑啤，一份浓汤。自己一个人来。”那个声音说道。

“我带了个人，他是我的帮手。这事我们都有份。”她说。

“嗯。好吧，点两份克苏鲁黑啤，两份浓汤。73 号桌好像空着。是左边的餐位。”

“然后呢？”

“然后再说。”

他们一起走进餐厅，点了啤酒和两杯蛤蜊浓汤，感觉好像在被人监视着，是的，当然有人在监视他们。

“你猜哪一个是他？”蕾切尔环视着这里的客人和员工。餐厅里坐满了人，好多人都朝她这边看，根本无法确定哪一个才是他。

她把帽子又拉低一点。

“这真是个馊主意。现在他们在暗处，我们在明处。”皮特咕哝一声。

蕾切尔点点头。直觉告诉她这个人值得信任，然而为什么要信任他呢？皮特的妄想症或许能让他们更安全。

但她实在太担心凯莉了。她的每一个选择都很糟糕。采取行动不好，不采取行动也不好。这就是典型的强制被动局面。就像迫降在一个雷区，四周没有一条安全的出路。也许“链条”就是通过这样的手段来考验人的——派出一个人来做诱饵，看看是否存在潜在的叛徒。这里的每一个人都有可能是“链条”派来的。现在她和皮特必须要……

就在这时，一个戴墨镜的大块头男子挤了过来，在他们的座位旁坐下。“你们今天到这来，有多危险你们知道吗？”他的话语中带有淡淡的东欧口音，说着伸出一只毛茸茸的大手：“这么说，我是大胆的忒修斯，你一定就是超凡卓绝的阿里阿德涅。”

“是的。”蕾切尔说着握了握他的手。

他个头非常高，大概在一米九五到一米九八之间，体型也很庞大，体重估计有一百二十五公斤，年龄大概五十出头，又长又乱的头发很茂盛，不过邋里邋遢的胡子已经黑白参半了，他穿着一条褪色的棕色牛仔裤，上身是一件印有《禅与摩托车维修艺术》封面的T恤，外加一件灯芯绒夹克，最外面裹着件风衣，脚蹬一双运动鞋，看起来不太像是“链条”背后的那个大魔头。但谁又能确定呢？他的手里好像端着一大杯苏格兰威士忌，也可能是波本威士忌。

皮特向他伸出手去，那人握了握，问道：“你跟她一起的？”

皮特点点头。

那人朝他们笑了笑，那个笑容包含了太多难言的意味：怯懦，无力，残忍，惊惧。他喝掉剩下的酒，开口道：“你们既然过了安检，身上就不可能有刀枪或者神经性毒剂，不过，这些东西将来也都不可避免，是不是？如果你们是‘链条’派来的，现在你们已经知道我是谁了，我已经死定了。”接着又道，“话又说回来，如果我是‘链条’派来的，现在我知道你们是谁，你们也就死定了。”

“你真的认识我们吗？你觉得有多少人被‘链条’摆布过？肯定有几百个了。”皮特说。

“没错。几百个，甚至几千个。谁知道呢？我的意思是，现在你们手上已经有了我的照片，可以跟数据库做比对，只要我一离开机场，就可以要了我的命。只要通知‘链条’上执行任务的那个人，把我的名字添加到待办事项清单，他们立刻就会杀了我和我的女儿。任何人都逃脱不了，只要你有足够的动力，管他是总统、国王，还是贵族，几乎任何人都在可杀之列。”

他摘掉墨镜，放到桌上。蕾切尔觉得他那双榛子色的眼睛里充满了敏锐、智慧和悲伤，有一种类似教授或牧师的气质。或许，这样一双榛子般的眼睛是值得信任的吧。

“我们必须得互相信任。”蕾切尔说。

“为什么？”那人问。

“因为我们看起来都像是过来人。”

那人仔细地打量她一番，点点头，对皮特说：“那你呢？”

“我也帮过忙。最后那一步。我是她前夫的哥哥。”

“看样子你是个军人啊。真奇怪，他们竟然允许——或者是你没有告知他们？”

“他已经退役了，他们说允许他加入进来。我真的没有人可以指望了。”蕾切尔解释道。

“‘链条’就是个笼子，专挑那些最弱势的鸟。”那人叫住了路过的服务生，又点了一大杯波本威古忌。

“你们俩有没有做过克里金法，矩阵编程或回归分析？”他问。

“克里金法？”蕾切尔根本不知道他说的都是些什么。

“高斯过程回归。一种统计分析工具。没听说过？”

皮特和蕾切尔摇了摇头。

他敲着桌牌说道：“73 号桌对你们有没有什么特殊意义？”

“爱国者队的进攻前线球员，约翰·汉纳。”皮特急急回道。

“加里·桑切斯第一次加入洋基队时，曾短暂穿过 73 号队服。”蕾切尔说。

那人摇了摇头。

“那你说是什么意思呢？”蕾切尔问。

“它是第 21 个质数。21 这个数字是素数 7 和 3 的乘积。这可是个令人欣喜的巧合。那边的 77 号桌也没人。当然，它不是素数，但它是前八个素数相加的总和，也是铱原子序数。人们最终发现，杀死恐龙的正是铱元素，不过在我小的时候，这还是一个巨大的谜团。铱元素是白垩纪和第三纪界限之间的标记层。原子序数 77 正是恐龙灭绝的信号。这是一个终结数字。每一本书都应该在第 77 章结束。然而，事实并非如此，不过我们恰好要从这里开始动手，不是吗？所以，73 号桌要比 77 号桌更合适，对不对？”

蕾切尔和皮特一脸困惑地看着他。

他叹了口气道：“好吧，看来数学不是你们的强项。不过，这也不重要。故事本身比技巧更重要。多久了？”

“什么多久了？”

“你们离开多久了？”

“大概一个月。”

他的脸上掠过一丝类似饥饿的表情，接着挤出了一个凄惨的笑容。“那就好。”他说，“这也正是我所期望的。我已经离开三年半了，那条路已经不太熟了。我需要的正是气息尚未散去的那种人。”

“为什么呢？”蕾切尔问。

波本威士忌上来了，他端起来一口气喝掉，站起身，把一张五十美元的钞票放在桌子上，对蕾切尔说：“我看你说得没错，我们是得互相信任才行。他嘛，我不喜欢。我看不透他。但是你——你不会撒谎。走吧。”

皮特摇摇头道：“我可不这么认为。这里不是挺好的吗。”

那人双手挠了挠乱蓬蓬的头发，向后拢成一个马尾：“嗯，这样吧，四十五分钟后，我会到剑桥市马萨诸塞大道的四省酒吧，在酒吧的后面开一间私人包厢，我是那里的常客，他们一定会给我开的。我们或许可以在那里见面，不过也不一定。一切全都看你怎么做。”

“这个地方有什么问题吗？”蕾切尔问。

“我想找个私密的地方，跟你们说说我的故事，还有我们接下来的计划。”

“什么计划？”

“就是你来这里的原因。”他说。

“是什么？”皮特问。

“当然就是，砸碎‘链条’。”

第52章

他们又在搬家了。这次搬回波士顿，离家近了一些。他们打包了很多纸箱，有些东西得留着，有一些要捐掉，还有的直接扔了。小小的安东尼和汤姆一定会怀念洛杉矶的生活，但双胞胎和谢丽尔从来都没有适应过这里。

也许波士顿的生活会容易一点。汤姆的爸爸住在附近，对孙子孙女也很宠爱。

不管怎样，这个周末又要搬家了。

谢丽尔在收拾双胞胎房间里的梳妆台时，发现了奥利弗为珍妮弗拍的那张裸照。

那个小姑娘站在自家的房子前，看样子是从奥利弗房间里的上下铺拍的。

她把照片拿到他面前，要求他解释。

奥利弗一声不吭，没有什么好解释的，也没说照片不是他拍的。谢丽尔气得狠狠扇了他几个耳光，骂他是个小流氓。“等你爸回来看他怎么收拾你！”汤姆从超市回来了，买了很多纸箱，身上还带着酒气。奥利弗跟玛格丽特在楼上等着。谢丽尔正在楼下跟汤姆说话，只听汤姆高喝一声："我的天啊！"

他走上楼来，一把抓住奥利弗的T恤衣领，从上铺拽下来，边把他往墙上撞边骂道："你这变态小杂种！你知道吗？我看他们一定是在你的奶粉里放过致幻剂。谁知道呢！你们说不定根本就不是我的种！"

安东尼也跑上楼来看热闹。玛格丽特看到他站在过道里笑着，正是这个笑容，要了安东尼的命。

"这就是个玩笑啊。"奥利弗说。

"我来告诉你什么是玩笑！"汤姆说着把奥利弗从地板上拎起来，拖到浴室，扔到淋浴喷头下，打开冷水。

冰冷的水淋到身上，奥利弗大叫起来。

"好玩吗？好玩吧！"汤姆说。

冷水整整淌了两分钟，汤姆才把水龙头关掉。

奥利弗撕心裂肺地叫着，汤姆摇摇头，搂着安东尼，把他带下了楼。

奥利弗躲在浴室的一角，不停地抽泣。玛格丽特也爬到喷头下，默默地坐在他身旁，握住他的手。眼前的一切都让奥利弗感到羞愧。

"走开！"他说。

这不是他的本意，玛格丽特也知道这不是他的真心话。

他的抽泣声开始变得嘶哑。漫长的一天终于要结束了，太阳从橙子大道上方落了下去，落地的飞机在长滩机场上投下长长的剪影。

"没事的。"玛格丽特紧紧地握住哥哥颤抖的手，"我们会收拾他们的。"

第53章

他们一行三人此刻正坐在剑桥市四省酒吧后面的一间私人包厢里。

蕾切尔和皮特坐在那个大块头的对面。酒吧里气氛欢快，跟这间屋子格格不入。为了避免女服务生过来打扰，他们一次性要了三品脱啤酒，三品脱苏格兰威士忌。蕾切尔摘掉棒球帽，放在啤酒旁，又抬眼看了看皮特，他看起来木木的，似乎也不确定这出戏要怎样开场。

蕾切尔看了眼手表，2:15。凯莉放学后要去斯图尔特家，他妈妈到时候会去接他们。

斯图尔特的妈妈是一个铁腕律师，非常可靠；斯图尔特的爸爸以前在部队待过，现在在家工作，依然隶属于马萨诸塞州国民警卫队。在蕾切尔看来，除了马蒂，斯图尔特的爸爸妈妈是最能保证凯莉安全的人。

时间一分一秒地流逝。蕾切尔想在天黑之前赶回家。

“我们中间必须有一个人先迈出第一步。”她说。

那个满脸悲伤，步履蹒跚的大块头点点头说道：“没错，是我先联系你的。首先，确保安全。不许用博客，电子邮件，不许留书面记录，我们见面的时候，你千万要查清楚有没有被跟踪。选择随机的车站下车，像电影《法国贩毒网》里那样。一遍又一遍地练习，直到确定没有人尾随才可以。”

“好的。”蕾切尔心不在焉地应道。

那人脸一沉，“不，不是‘好的’，‘好的’还不够。你得百分百确定。你的性命就维系在此。你来机场跟我见面就已经非常冒险了，还跟到这来？你有没有想过，我可能是故意把你们引诱到这里，杀掉之后再从后门离开？”

“在机场我手里没有武器，但是现在有了。”皮特说着拍了拍夹克口袋。

“不，不，不！你没听懂我的重点！”

“什么重点？”蕾切尔轻声问道。

“重点是你们必须保持谨慎。最近几周……唉，我也说不清。有人闯进了数学系，洗劫了六个办公室，不只是我的办公室。当然这也许只是个掩饰。尽管我一直相当谨慎，但还是惊起了一些怀疑的涟漪。也许我触到了某些重点，也许我已经被人盯上，被当成目标调查了。我也不知道。更重要的是，你们也不知道。你们跟我原本素不相识。”

蕾切尔点点头。放在几周前，她或者会认为这种谈话就是疯狂的妄想症。但现在不一样了。

那人长长地叹了口气，从雨衣口袋里掏出一本破破烂烂的笔记本。

“这是我第三本关于‘链条’的日志。”他说，“我的真名叫埃里克·伦罗特，我在这上班。”说着用大拇指朝身后指了指。

“厨房？”皮特问。

“麻省理工学院。我是数学家。对我和我的家人来说，搬来剑桥是这辈子最可怕的事情。”

“到底发生了什么？”蕾切尔问。

埃里克喝了一大口啤酒，说：“我还是从头说起吧。我生在莫斯科，十三岁时父母移民美国，基本是在得克萨斯州长大的。得州农工大学毕业，在那儿拿到了数学博士的学位，也在那儿认识了我太太，卡罗琳。她是个画家，擅长画大幅、精美的油画，大部分都是宗教题材。我在斯坦福大学做拓扑学博士后时，我们有了女儿安娜。那段时光是最美好的日子。”

“后来你就来这了。”蕾切尔说。

“我们2004年搬到剑桥。我得到一个终身制副教授的职位，麻省理工开出这样的条件，谁能拒绝？2010年之前，一切都很好，直到……”说到这里，他哽住了，说不下去了，喝了口酒，稍微平复一下心情。

“我太太骑自行车从牛顿市的画室回家，路上被一辆SUV撞倒，当场死亡。”

“我很遗憾。”蕾切尔说。

他无力地笑了笑，点点头又说：“我也想跟她一起死了算了，但我还有个女儿。我们挺过来了。这种事，你可能以为根本挺不过去，然而我们做到了。我们用了五年。整整五年。生活刚刚开始有些转机，紧接着——”

“‘链条’。”皮特说。

“2015年3月4号。安娜从学校走回家的路上，被他们给绑架了。在剑桥，在光天化日之下。离家只有四个街区。”

“我女儿是被他们从校车车站绑走的。”

埃里克拿出钱包，给他们看一张照片，上面是一个漂亮的姑娘，一头卷发，穿着T恤和牛仔裤。

“安娜那年十三岁，看起来要更小，更害羞。也更脆弱。当他们告诉我要想救回她需要干的那些事情时，我简直无法相信自己的耳朵。谁能做得出那种事来？然而我还是按照他们的命令做了。安娜被囚禁在暗无天日的地下室，整整四天才被放出来。”

“上帝啊！”

“那场灾难之后，她再也没有恢复过来。她开始发癫痫，并且出现了幻听。一年后，她试图在浴缸里割腕自杀，现在在佛蒙特州一家精神病院接受治疗。有时候我去看她，她连我都不认识了。我自己的女儿。她的情况时好时坏，坏的时候非常坏。我那聪明漂亮的安娜，如今却戴着围嘴，等人用塑料汤匙给她喂米粉。我的一辈子就这样被‘链条’给毁了，还有我女儿的一辈子，从那之后，我就一直在寻找机会杀了它。”

“有办法杀死它吗？”蕾切尔问。

“也许有。”埃里克回道，“现在轮到你了，说说你的故事吧？”

皮特摇了摇头：“不，这不是互相交换的事。你说得没错，我们跟你素不相识——”

“他们绑走了我的女儿。”蕾切尔说，“我必须去绑架别人的小孩。从那以后，我一直都会做噩梦。我女儿的情况也非常、非常糟糕。”

“而且你还有癌症。”埃里克说。

蕾切尔一笑，下意识地摸了摸稀疏的头发：“你可真是观察入微啊。”

“你是从纽约来的？”埃里克又问。

“也许我只是个洋基队的球迷呢。”蕾切尔说。

“两者都是。你是个勇敢的洋基球迷，这个镇上的每一个人都会向你投来肮脏的目光，但你毫不介意。”

“如果只是目光，那倒好了。”蕾切尔说着挤出了一丝笑容。

“到目前为止，我已经对‘链条’调查一年了。”说着把笔记本递给蕾切尔和皮特。

他们打开笔记本，只见里面写满了各种日期、名称、图表、观测值、数据点、外推法、日记条目和各种论文，全都是苍蝇腿般细小的黑字。比较特别的是，文字记录部分用的都是密码。

“一开始一无所获；恐惧让所有人都保持缄默。后来随着一步步深挖，我在报纸上发现了跟‘链条’有关的匿名广告。我注意到这里或那里不时有一两个模糊的暗示和一些莫名其妙的犯罪报告。于是我对这些信息进行筛图分析，统计回归分析，马尔可夫链建模，时间事件分析。最后对结果进行整理和回归，得出了一些结论。并不多，只有几点。”

“什么结论？”蕾切尔问。

“我确信‘链条’开始于 2012 至 2014 年间。通过回归分析，可以追溯到 2013 年年中。‘链条’背后的人当然希望我们相信它是一个古老的东西，二十年来，甚至几百年来都没有被击败过，但是我认为这是一个谎言。”

“一段古老的历史可以让它显得更加不可战胜。”蕾切尔说。

“的确。但我不觉得它有那么古老。”埃里克说完又喝了口酒。

“我也不觉得。”蕾切尔说。

“你还得出什么结论？”皮特问。

“很显然，‘链条’的构建者非常聪明。接受过大学教育，天才级智商，阅读广泛，年龄估计跟我相仿，可能是个白人男性。”

蕾切尔缓缓地摇了摇头：“我不这么认为。”

“我已经做过研究。像这样的掠食者通常都是在族群内部活动，在选择受害人的时候甚至可以接受伪随机性。他跟我年龄差不多，或者比我稍微大一些。”

蕾切尔皱皱眉头，但没说什么。

“‘链条’是一个可以自我延续的机构，其目的是自我保护，以及为创始人赚钱。”埃里克继续说道，“我相信，‘链条’是由一位白人男性设计的，这人接近五十岁的年纪，创建时间为2010年代早期，也许是由经济衰退和金融危机引起的，可能参考过拉丁美洲出现过的一种替代受害人绑架模式。”

蕾切尔喝了一小口啤酒，说：“你说的成立日期或许没错，但年龄和性别错了。”

埃里克跟皮特都吃了一惊，一起朝她看去。

“她假装年老，其实并不老，也并不像自己想象得那么聪明。她跟我谈哲学的时候，明显就是在吹牛。”蕾切尔继续道，“那可不是她的专业领域。”

“你为什么觉得那是个女人？”

“我也没有确凿的证据，不过我知道我的感觉没错。跟我通话的那个人，虽然用了变声器，但我听得出是个女人。”

埃里克点点头，在笔记本上写了起来。

“他们联系你的时候，用的是一次性手机和Wickr应用程序吗？”他问。

“是的。”

他笑了笑：“‘链条’对自己的保护十分聪明。所有的匿名电话都用一次性手机打，匿名比特币账户只存在几个星期，然后自行消失，匿名加密的 Wickr 上的用户账号会定期更改。所有肮脏的工作都让其他人下手。非常聪明。几乎是万无一失。”

“几乎？”

“其中有些部分是无懈可击的。在我看来，要想回溯到‘链条’所有环节的根源，基本不可能。当然，这是因为在甄选受害者的时候使用了伪随机元素。你可以自由选择一个目标，像我一样，以此类推，一直到最开始。要想循着这条踪迹追溯到它的起源，根本就行不通。这一点我很清楚，我已经试过了。”

“那我们怎么才能找到‘链条’背后的操纵者？”皮特问。

埃里克拿起笔记本翻了翻：“其实，根据我所做的所有研究，几乎没有获得多少解决方案。我——”

“你不会告诉我，这次见面纯粹是在浪费时间吧？”

皮特打断他的话。

“不是。他们的方法都是绝妙的，但是只要跟你打交道的是人，就不可避免地会犯错。不管他们的间谍技术多高明，都不会尽善尽美。至少我是这么想的。”

“‘链条’犯了哪些错误呢？”

“或许他们开始变得沾沾自喜，有点松懈了。我们走着瞧。你最后一次跟他们互动的情况，能告诉我吗？”

蕾切尔刚要开口，却被皮特按住了。“其他事情不要再告诉他了。”

“我们必须互相信任。”蕾切尔说。

“不，蕾切尔不可以。”皮特说。

他自己尚未意识到犯下的错误，但蕾切尔和埃里克都已经知道了。

埃里克拿起笔记本，写下几个字，估计写的是“蕾切尔”。

我们已经走到这一步了。蕾切尔心想，于是她说道：“那是一个月前，十一月的第一个星期。”

“他们给你打电话的？”

“是的。”

“用 Wickr 打来的？”

“是的。这一点为什么这么重要？”

“Wickr 和比特币账户受到最高级别的加密保护，是目前市面上存在的最高级别加密保护，要想破解，至少得花费数万小时的超级计算时间。而且我敢肯定，至少在开始时，他们会定期更改 Wickr 账号，以确保安全性。当然了，他们可能还有各种级别的冗余和虚拟账号。但是即便如此，我相信我还是发现了他们在沟通方式上存在的缺陷。”

“什么缺陷？”

就在这时，一名女服务生打开门，探头进来问道：“你们要不要点些吃的？”一口苏格兰口音。

“不要。”埃里克冷冷地回道。

她刚一关上门，他就开始穿外套。

“她是新来的。”他说，“我不信任新来的人。走吧。”

第54章

波士顿公园一张长椅上，一阵冷风蹿过港口呼啸而来。他们的对面，就是罗伯特·古尔德·萧与第54兵团纪念碑。周围冷冷清清，只有几个跑步的大学生模样的人，还有一对推着婴儿车散步的父母。

蕾切尔盯着埃里克，等着他开口。感觉到足够安全之后，埃里克才终于开口道："一般认为，伪随机加密函数的标准构造可以防止泄密，但我不认同。一旦遇到对间谍工作不够精通的人，我的工作就容易一些。"

"我不明白。"蕾切尔说着看了皮特一眼。他虽然具有软件知识背景，但此刻也是一头雾水。

"他们用两种方式跟我们联系，这两种方式都可以解密。"埃里克说。

"怎么解？"

"一次性手机并没有大家想象的那么安全。即使是装在法拉第笼里的全新一次性手机，用起来也不绝对安全。人们有一种共识，以为用这种方法通话就完全无法追踪。”埃里克说着咧嘴一笑。

“但你已经找到了破解方法，对不对？”皮特问。

埃里克的嘴咧得更大了。

“过去的一整年，我都在研究这个领域。”

“研究出什么诀窍了？”

“从理论上讲，可以在智能手机上安装软件，通过软件来测量功率水平和天线模式。然后手机就可以对来电进行实时分析。”

“你已经试过了吗？”皮特来了兴趣。

“我一直在尝试改善这个功能。”

“一次性手机上打出的电话也可以追踪？”

“不能，但可以追踪到手机的基站——离得最近的那个信号发射塔。”埃里克轻巧地回答。

“你都已经试过了！对不对？”皮特又问了一次。

“跟我们说说吧。”蕾切尔恳求道。

等一个跑步的人经过他们后，埃里克才接着说道：“我正在设计一款猎杀式的应用程序，已经开始收尾了，通过这个应用程序可以查找到手机通话时离得最近的那个基站，即便是用装在法拉第笼子里的一次性手机打的，也可以查到。一旦确定了基站的位置，就可以缩小手机发射信号频率的范围，这样基本上可以给你一个大致的方向，可以把手机的所在位置精确到信号塔的两三百米之内。”

蕾切尔不知自己是否完全听懂了他的话，于是问道：“所以这是什么意思呢？”

“这就是说，我们可以沿着这条线追踪到迷宫的最中心。”埃里克回道。

“那 Wickr 呢？”蕾切尔又问，“Wickr 才是他们的主要沟通渠道。”

“是一种不太相似的技术。我的猎杀式算法无法破解消息的加密程序，也无法查找到发送人，但可以找到距离消息发送地最近的基站。当然了，如果他们是从纽约的时代广场发送的消息，那我们就没辙了，但是，如果他们从私人住宅发送，那就有可能追踪到了。”

“那你为什么还没追踪到呢？”皮特问。

“因为我最后一次跟他们联系是在两年半之前，而且他们跟我通话用的一次性手机也被毁了，跟我沟通用的 Wickr 账号也换过了。这条线索已经断了。但你……”说着看向蕾切尔。

“我什么？”

“如果我对他们的间谍技术估计得没错，他们依然在用同一个账号跟你通话。”

“是的。感恩节的时候他们还给我发过信息。”

“好极了！”埃里克激动地说。

“具体该怎么操作呢？”蕾切尔也有些激动起来。

“你得去激怒他们，威胁他们，把他们的心吊起来，让他们不得不主动来跟你沟通。他们可能会给你发信息，当然，最好是用一次性手机给你打电话。只要你们通话时间够长，我们就可以运行那个软件，或许就能对他们的手机进行基站的三角定位。”

“但是，如果他们就在时代广场，或者在开车，反正是在移动中呢？那我们可就惹毛他们了，根本就没希望再找到他们。这相当于在我们的背上画了个靶子，任由他们追杀。”皮特提出了异议。

“这个计划并非没有风险。”埃里克说。

“当然有风险。所有的风险都是我们的。但对你来说是零风险。”皮特说。

“我到底应该怎么做？”蕾切尔问。

“不！蕾切尔，不要听他的——”皮特说。

“我到底需要怎么做？”蕾切尔又问了一遍。

“你得去跟我们 Wickr 上的未知联系人开展一段对话，能打电话更好，在他们联系你的时候，让我来进行实时跟踪。”

“开展对话，是什么意思？”

“你要尽可能延长通话时间。Wickr 的跟踪不太精确，我还在改进那个软件，但是电话跟踪呢？要是手机通话能保持两三分钟，那可就太棒了。”

“到底怎样操作？”

“我通过猎杀算法来追踪他们，如果运气好的话，最后可以查到那通电话的信号发射塔。”

“座机也可以吗？”皮特问。

“如果他们蠢到用座机给我们打电话，那我两秒钟之内就能找到他们！”

“如果通话时间过长，我怕他们会以为我这人有问题。”蕾切尔说，“到时候就会给我和我的家人带来灾难。”

“没错。”埃里克说，“而且我必须得承认，这个应用程序目前还无法完全正常运行。我现在基本上还处于测试阶段。这通电话可能是从美国的任何一个角落打出的，要想追踪，需要强大的计算能力。”

“你能不能不要管美国的其他地方，就集中在其中一个区域？”蕾切尔问。

“那样可就容易多了。”埃里克说，“但是不可行。他们可能从任何一个地方打来电话。甚至可能从国外打。我——”

“她来自波士顿。而且‘链条’的运作大部分都在新英格兰进行。

离家不远，都在附近。换作是我，为了避免麻烦，也会这么做。”

“你怎么知道是‘她’？而且来自波士顿？”埃里克问，“我没有留意到波士顿口音。”

“使用变声器讲话的时候她一直很刻意地避免有口音。但一个人并不能摆脱所有的语调，对不对？我开始起了疑心，就在一次谈话中进行了试探。我们聊到波士顿警察的时候，我说他们会因为你‘把车拐头’而逮捕你，她一听就笑了，显然是听懂了这句话。我在搬来波士顿之前，从来没有听说过这种表达方式。可能波士顿以外也有很多人能听懂，但直觉告诉我，她就是波士顿人。”

埃里克点点头：“这一点很有用。如果我的软件只需要搜索新英格兰地区，那效率可就大大提高了，提高了好几个数量级。北美有五亿人口，数十亿条电话线，新英格兰只有一千万人口左右。”

“能让你的应用程序快五十倍。”蕾切尔说。

埃里克点点头：“也许吧。”

“但是这事儿一定还有其他办法可以解决，一种不需要暴露我们自己的办法。”皮特说。

“至少我目前还没有想到。你现在依然跟他们有直接联系。虽然有风险，但也并不绝对。我们通过应用程序找到他们的位置，然后向警察匿名举报。后续可能还要再等上一两个月，这样他们才不会把这通电话和被捕联系起来。”

“这事听起来一点都不靠谱。”皮特说。

“时间就是生命。他们很快就会更换账号，我们就再也没法跟他们直接通话了。因为最近的那场入室盗窃，我也不得不暂时停止了行动。”埃里克说完在纸上写了几行字，继续道：“这是我一次性手机的新号码。希望你尽快做决定。”

蕾切尔接过号码，看了看他，目光越过他，停在了他身后的战争纪念碑上。她的脑海中浮现出一行诗，写给在泡沫里驰骋，在胜败之间摇摆的罗伯特·萧上校的诗：

> 等待那神圣的爆裂。

她想，**我们都在各自的泡沫里驰骋。我们都在等待那神圣的爆裂。**

她向埃里克伸出一只手，埃里克紧紧地握了握。

她从长椅上站起身来，说道：“我们必须得好好考虑一下。”

第55章

埃里克回到麻省理工的办公室，一路上心情无比舒畅。

经过了漫长的信息干涸期，现在他终于看到了一些希望。这将是一次机会。游戏现在已经正式开始，那些浑蛋也该吃些苦头了。

他本来以为自己需要在《纽约时报》上刊登一则广告，逼着“链条”给他打电话，否则就揭露他们。但是他们也不一定会理会这样的广告，更糟糕的是，他们迟早会找到发布广告的人，到时候他的生命，还有他女儿的生命，都将受到严重威胁。

跟“链条”对抗，蕾切尔当然应该感到紧张，但紧张的人最好是她，而不是自己。这个念头一出现，他立刻满心内疚。

这是我们跟他们之间的对决。蕾切尔，包括我们所有人。能遇见她实在是上天保佑。蕾切尔真的是一个超聪明的人，见解也非常独特而精妙。没错，他就应该把注意力集中在波士顿。

他的大部分数据点都位于新英格兰，在科罗拉多州和新墨西哥州发现的那些潜在命中点都属于异常值。

对。这才是真正的进展。

他脚步轻快地钻进那辆雪佛兰马里布老爷车，驶出了麻省理工的员工停车场。

他没有留意到，一个满脸倦容的女人正从挡风玻璃后面盯着他，甚至一路跟着他回到了牛顿市。

也许他并不需要过分谨慎，因为被跟踪的人，绝不止他一个。

他现在还没有登上他们的黑名单前列，如果这时候请几天假，出去玩几天，或许还能安全躲过一劫。

然而很不幸，埃里克的心中有一团火在熊熊燃烧，无法停息，而且，他并不知道自己的行动已经被人监视，更重要的是，他的谷歌搜索也已经被监视，并被记录下来传送到“链条”进行分析处理。

第56章

加勒比海一艘邮轮上，汤姆、谢丽尔、奥利弗、玛格丽特和小安东尼正在庆祝汤姆荣升高级特工。

汤姆和整个波士顿办事处的集团犯罪部门都在新闻界引起了积极的关注。帕特里亚尔卡犯罪家族于普罗维登斯起家，曾经在波士顿显赫一时，后来因为各种内讧、窃听和卧底行动陷入瘫痪。“冬山帮”已经散伙，白毛巴尔杰自己也在逃亡。汤姆一跃成为警局炙手可热的金牌特工。没错，他的脾气不太好，但是谁又敢说自己脾气好呢？他工作十分卖力，这次假期是他应得的犒赏。

汤姆为全家人订了一间小型套房，就在海滨长廊旁边。

不知出于什么原因，小安东尼被安排单独睡一张上下铺，而年龄较大的玛格丽特和奥利弗却被迫共用一张上下铺。

玛格丽特和奥利弗并不太在意，对于安东尼的挑衅，他们也悄悄地选择了无视。

邮轮去了巴哈马群岛的首都拿索，黄昏时分，又在一场烟花表演中起锚离开了。

邮轮观光就要接近尾声了，他们现在正朝着迈阿密全速行进。这趟旅行真的非常惬意。

午夜时分，安东尼感觉到有人把手放在自己的胳膊上。是玛格丽特。

“嘘！”她轻声说，“甲板上有个东西非常酷，我带你去看看。”

“什么东西？”安东尼睡眼惺忪地问。

“到时候给你惊喜，这是个秘密，但真的很酷。”

“到底是什么啊？”

“我看你还是继续睡吧。只有大男孩才想看。奥利弗现在已经过去了。”

“有鲸鱼吗？”

“跟我来，我指给你看。”

玛格丽特把安东尼带到船尾，奥利弗果然已经等在那里了。

“是什么呀？”

“在那。”奥利弗说着向黑暗的地方一指，“过来，让我抱着你看。”

“不，我——”安东尼还没来得及抗拒，一切就已经晚了。

为了这一刻，玛格丽特和奥利弗已经计划了好几个月，他们首先确保所乘的这艘船船型较旧，没有摄像头；为了给这件事奠定基础，他们还事先编造了几个谎言，宣称安东尼有过几次幽默的梦游历险记。

他们把安东尼架到护栏上，用力一推，安东尼整个人一下子就淹没在白浪翻滚的尾波中。

第57章

又是纽伯里波特，又到了交接凯莉的时候。这次还是同一个女朋友，那个小巧的金发姑娘。蕾切尔决定这次要认真一些，至少也要记住她的名字。凯莉正在点一份制作工序非常烦琐的星巴克饮品。

“蕾切尔现在在大学里教书。”马蒂对那个女孩说。

“哇，太棒了。”金发姑娘说。

“真是太尴尬了，实在抱歉，你叫什么名字来着？我记得你告诉过我几次，我最近有些不在状态，希望你能理解。”蕾切尔说。

马蒂一听立刻开始忧心起来。不是出于生气，而是真的为蕾切尔的精神状态担心，因为化疗可能产生各种不同的副作用。“她叫金洁。”马蒂轻声说。

“对了，你是做什么工作的？”蕾切尔问。

“说出来你可能不信，金洁在为联邦政府工作。”马蒂又一次替她回答。

皮特和蕾切尔对看一眼，同时瞪大了眼睛。这个消息之前从来没有听说过，她从皮特的神情看得出他也同样的震惊。凯莉一次都没提过，这也不算奇怪。因为她深知他们不能跟执法部门有任何瓜葛。

“FBI？”蕾切尔问。

“F-B-I。”金洁慢吞吞地说着，故意模仿电影里那种深沉而嘶哑的腔调。

“不过，她可不仅仅是一名特工，她还在波士顿大学攻读犯罪心理学博士学位，真是个风风火火的女神。”马蒂说。

“那可不是我的主意，都是调查局逼着我去学的。”金洁谦虚地说，一口迷人的波士顿口音。

“博士？你看着才多大啊——”蕾切尔不禁想到，眼前这个女人该不会是《天才小医生》里杜奇那样的怪异人物吧。

“她已经三十了。”马蒂说。

蕾切尔不知道他的话音里是一种惋惜，还是洋洋自得。一个年龄跟他相仿的女人？一个真正的成年人，而且做着一份体面的工作？她觉得他这是在自鸣得意。“你看起来真像十八岁呢。”蕾切尔随口说道。

“只不过坚持比较健康的皮肤护理和养生吧。”金洁说。

“你们这对有情人到底是在哪遇到的？”皮特现在也对金洁兴趣大增。

“我们俩在公园里慢跑，可以说是擦肩而过吧。”马蒂说。

“他以前就干过这种事。”皮特说，“老弟，这可是肢体骚扰啊。总有一天这招不灵了，你可就得进监狱了。”

金洁哈哈大笑起来。她觉得这兄弟俩简直太幽默了。

她又年轻又漂亮，有幽默感，还聪明；如果她的家庭也很富

有的话，那马蒂这次应该会安定下来了。蕾切尔心里想着，问道：“金洁，你是本地人吗？”

“哦，天哪！我的口音这么重吗？”

“不是，我不是这个意思，就是想知道你高中是在哪里读的，会不会跟马蒂读同一所学校。我不是这一带的人。”

马蒂摇摇头：“不是，她读的是印斯茅斯高中。”

“我觉得我就是个十足的乡下孩子。”金洁说，“能走出来算是幸运的了。”

蕾切尔心想，**呵呵，真正的乡下孩子能在波士顿大学读博士？**然而，天哪，这种话她怎能说得出口，哈佛！她自己还有什么好说的。

只拿到部分奖学金，没错，但是，又能怎样呢？

“那你在联邦调查局都做些什么工作？”蕾切尔说着又飞快地看了皮特一眼。

“搜集资料？对不对？”皮特猜测道。

金洁大笑着道：“哈，你真这么想吗？我一直垂涎行为分析小组，好多年了，但是调查局的智商实在令我无语，非要把我塞进犯罪事务部做事务工作。”

“工作有趣吗？”蕾切尔问。

他们又聊了一大堆无聊的银行家的故事，稍一停顿，马蒂问凯莉在学校怎么样。蕾切尔摇了摇头：“她压力一直很大。”

“老师发的那些邮件你都看了没有？”

“看了。”蕾切尔说，“呃，不过，在这种地方，还是不要谈这些了吧。”

“噢，这样啊，好的。”马蒂说，“不过，嗯，如果凯莉有什么需要的话，金洁认识很多心理学家和心理咨询师。”

“我们已经试过心理咨询师了。情况比较复杂。”蕾切尔回道。

“我的确认识不少高人。”金洁很愿意提供帮助，“有调查局的，也有外部的。”

“别说了。她过来了。”皮特说。

尽管家人不无担心，但凯莉依然春风满面。她在星巴克点了一杯夸张的饮品，上面堆满了鲜奶油和巧克力。

“我们得走了。”马蒂说。

“真的吗？大家不能再坐一会儿吗？”凯莉恳求道。

于是他们在靠窗的座位上又坐了下来，聊起了天。外面眼看就要下雪了。

马蒂说新英格兰的圣诞气氛比其他地方都要浓厚。

蕾切尔勉强挤出笑容，想要搭话，但皮特看得出她已经非常疲倦。等大家道别之后，皮特把她送了回去。

那天晚上，她一点东西都吃不下，想睡也睡不成，于是就坐在床上，捧着一杯冷茶。

她又一次用那个念头来折磨自己：如果一年前就因为癌症死掉，后来的一切就不会发生了。

第58章

一切都没有止境。那些梦境，雪地里的那个男人，恐惧，尿床，腹痛。时间一天天地流逝，凯莉也一天天地虚弱起来，她努力装出一副坚强的样子，蕾切尔看在眼里，痛在心里。蕾切尔的身体也一天比一天差，整个人渐渐形销骨立。化疗的时间越长，恢复的过程也就越长。

他们必须现在出击！

皮特并不看好这个计划。他已有了他自己缠斗不休的心魔。那种痛，那种欲望又一次回归，他也处在溃败的边缘。

凯莉的噩梦。蕾切尔的噩梦。凯莉躲在浴室门后哭泣。皮特偷偷溜到车里，独自一个人待着。

蕾切尔开始大把大把地掉头发。凯莉再也不去朋友家过夜了，她怕别人发现自己尿床的丑事。他们都喝了爱丽丝的那瓶“喝我”药水。他们都跌进了那面镜子里。

蕾切尔和皮特坐在屋后冷冰冰的露台上。

大西洋上的巨浪。镰刀一样的月亮。寒冷冬夜里辽远而冷漠的星辰。

皮特在等着她做决定。

她喝掉手里的苏格兰威士忌，双手交叉环抱。“这事我们必须得做。”

皮特摇了摇头：“我们什么事都不需要做！”

“埃里克他——”

“他干他的。他可以承担风险。”

“他自己干不成事的，他需要我们，他需要我——你知道的。”

“我们命悬一线，但是运气好逃出来了，这东西差点就把我们都给毁了。”皮特说。

她看了他一眼，实在难以想象这话是他说的，他可是曾经的海军陆战队军官，曾经五次参加战斗。疑虑让他变得缩手缩脚，或许因为他现在有了不能割舍的东西——家人——于是开始变得谨慎了。只是他没有意识到，如果不采取任何行动，家人根本就保不住。

“‘链条’不是一样东西。皮特，它不是一个神话，它并不是永远存在的，它是由人组成的。它也会犯错，它也有弱点，就像我们一样。我们要做的，就是找到核心里的那个人，把他的心脏戳碎。”

皮特沉思了好一会儿，终于点点头，轻声说了句“好吧”。

“那就好。”

蕾切尔立刻拨通埃里克的电话，说：“我们决定入伙。”

“什么时候？”埃里克说。

“我要我女儿离这件事远远的。确保她的安全。”

“到底什么时候？一定要尽快，赶在他们更改协议之前行动。”

蕾切尔心想，**马蒂和他女朋友这周末或许可以照看凯莉**。于是她回道：“周六。”

“我周六早上十点整给你打电话。你要故意去挑衅，让他们给你回电话。”

“我知道。”

“会很危险。”

“我知道。”

“成败就在这周六。”

第 59 章

马蒂爽朗一笑：“我巴不得凯莉过来呢。说真的，这个安排太完美了。金洁让我这周末跟她一起去她爷爷家。我可以带凯莉一起去。”

蕾切尔努力让自己保持幽默愉快的心情，然而内心根本幽默不起来。马蒂永远都不可能娶塔米那样的女人，但是这个聪明机警的特工可不一样，她还足够年轻，完全可以为他生两个儿子，他不是一直都想要两个儿子吗？

“不是你想的那样。我不会向她求婚的。而且我们是去见她的爷爷，又不是她爸。没那么严肃的，就是见个面打个招呼而已。她的双胞胎哥哥到时候也会去。但我希望凯莉也能去。你要来的话也欢迎，还有皮特。他们在河边有一栋老房子，还有片树林。”

“听上去真吸引人啊，但我这个周末打算休息一下。”

蕾切尔挂了电话，上楼去把计划告诉凯莉。

“妈，你忘了吗？斯图尔特这周末要来。他父母要去亚利桑那州参加他姐姐的毕业典礼。”凯莉说。

“哦，我的天！我忘了。”

蕾切尔赶紧又给马蒂打电话：“我们去不了了。我真迷糊，对不起啊。斯图尔特这周末要来跟我们住。他妈妈要去凤凰城。”

“斯图尔特？就是那个一脸雀斑的小怪胎？他也可以一起来，金洁不会介意的。”

“那你得去问问斯图尔特的妈妈。我看她不会同意的。她连我都不怎么信任，应该也不会信任你。”

“不，正好相反。她会觉得我是值得信赖的那一个。把她的号码给我，我给她打电话。”

蕾切尔把她的号码发给马蒂，不知道马蒂施展的什么独特魅力，竟然把斯图尔特的妈妈给说服了。蕾切尔这个周末自由了。

换作其他的患病之人，肯定会趁机放松一下。但蕾切尔要做的，是要找到那只怪物的老巢！

她下楼去，对皮特说：“我觉得，这是很明智的，你说对不对？如果能用埃里克的程序找到他们，我们的行踪是不会被发现的，对吧？”她心里还是有点不踏实。

“要我说，你只要不把他们给惹毛，我们应该就没事。我们要做的，也就相当于一种电话跟踪。他们甚至都没意识到我们在追查他们的位置。能不能找到他们我表示怀疑，一旦找到，我们就把一切交给当局来处理。到时候给联邦调查局打个匿名电话就搞定了。”

“所以我们一定会安全无事？”蕾切尔又问一遍。其实她关心的是凯莉，不是她自己。

皮特点点头。

“好。”蕾切尔敲敲木餐桌，祈求这次行动一切顺利。

第 60 章

1990 年代后期，马萨诸塞州沃特敦一所房子里。一切正如斯皮尔伯格的电影画面一般，街区里到处都是孩子，射铁环，骑自行车，打曲棍球，有的孩子在互相取笑嬉闹，有的孩子在唱着跳绳歌，笑声不绝……

只有盛夏街 17 号沉浸在一片哀戚中，没有一丝喜气。

“公主号”邮轮的拿索之旅已经过去六个月了，谢丽尔依然没有走出来。发生这种事情，谁又能轻易走出来呢？

她一直在接受心理治疗，而且同时服用好几种不同的抗焦虑药物，然而一点起色都没有。

唯一有用的，就是麻醉自己。

每天早晨，等汤姆和双胞胎一走，她就给自己倒上一杯伏特加汤力水，而里面几乎全部都是伏特加。然后打开电视，吞下两粒药片，之后沉沉睡去。

早晨就这样挨过去了。

十一点半，邮差该来了。小时候，邮差每天要往家中送两次邮件，如今只有一次。

她知道邮递员会送什么。

几张账单，几份广告宣传册，还有一封信。

她闭上眼，再一睁开，太阳已经穿透天际，是时候去拿邮件了。

她把垃圾邮件和账单都扔到一边，直接拆开那封寄给她的信，信的开头写着“亲爱的妓女”，接下来满篇都是控诉她的恶行，说她是个荡妇，是个可怕的母亲，儿子的死全都该由她负责。

这样的信，她已经收了十三封。每一封都用黑色圆珠笔写成，全都是大写字母。她把这封信跟其他的信收好，放在一个鞋盒子里，藏进壁橱。

她又给自己倒了杯伏特加汤力水，这次还找到一把鸡尾酒迷你伞，搁到酒杯里。她呆坐着看了一会儿《我们的日子》，上楼去。

她坐在浴室地板上，打开一瓶“耐波他”①。

倒出一粒，放进嘴里，喝口酒。又倒出一粒，放进嘴里，再喝一口酒。

她吞下整瓶药片，在浴室地板上躺了下来。

四点钟，玛格丽特和奥利弗回家了。

他们现在已经习惯了自己从学校步行回家。

奥利弗打开电视。玛格丽特上楼去看书。她是个阅读爱好者，阅读水平比同年级的学生高了两级。她正在读的这本书是《地海古墓》，故事非常引人入胜，可是她这会儿忽然想上厕所，刚走到浴室门口，就发现谢丽尔正直挺挺地躺在那里。

她的嘴角都是白沫，瞳孔放大，一动不动，呼吸非常微弱。

---

① 一种镇静催眠药，现多用于安乐死。——译者注

玛格丽特喊了奥利弗上楼，两人盯着谢丽尔都没有作声。

“那些信。”玛格丽特说。

“是的，那些信。”奥利弗回道。

他们就这样盯着谢丽尔看了一会儿，直到她的脸色像汤姆书房里的墙纸一样蜡黄。

七点半，汤姆终于回到家，见两个孩子正坐在电视前吃着用微波炉热的比萨，就问道：“妈妈呢？”

“她出门了吧。”玛格丽特说，“我们回家的时候她不在。”

“她的车还停在马路对面啊。”汤姆说。

“哦，是吗？”玛格丽特咕哝一声，又转过头去看电视。

“谢丽尔！”汤姆朝楼上大声喊道，没人回答。他径直走进厨房，从冰箱里拿出一罐啤酒，又猛地咬了一口比萨。

等他终于来到楼上，一切都已经晚了。谢丽尔已经彻底停止了呼吸。是耐波他诱发的呼吸衰竭。

他跪下身去，握着妻子冰冷的手，失声痛哭：“我到底做错了什么，要受到这样的惩罚！”

他好像渐渐地想起来了。

第61章

埃里克挑灯夜战，咖啡一杯接一杯，整整五杯下了肚，那些匿名和伪造的身份，像俄罗斯套娃一样，一层又一层，里里外外包裹了六层。

他已经清理掉所有的痕迹，现在使用一台全新的笔记本电脑，伪造的 IP 地址位于遥远的澳大利亚墨尔本。他现在身处迷宫的深处，但依然很安全，至少他是这么想的。

他对自己的搜索结果很满意，现在所有的积木都已经就位。

其实它们一直都在。

卡罗需 - 库恩 - 塔克（Karush–Kuhn–Tucker）条件是最优化条件。所有的信息就在那里，只要你知道到哪里去找，怎么去找。所有的提示，所有的私人广告，所有的忏悔都是。“链条”上每增加一个新人，它的不稳定性就会以几何倍数增长。长期以来，那个东西一直在崩溃的边缘徘徊，现在终于有了一个契机，将所有的数据点整合成一个形状。

他喝了口咖啡，读着玛丽亚·舒尔德、伊利亚·西奈斯基和弗朗切斯科·彼得鲁乔内合著的一篇有趣的论文，文章探讨了使用量子计算机通过线性回归进行预测的内容，他们的算法非常令人着迷。

但他知道，这东西只能暂时转移注意力，个中内涵其实还要做进一步的分析。

音响里正在播放齐柏林飞船的专辑《身体涂鸦》(*Physical Graffiti*)，今晚已经播了三遍了。他停下手里的工作，用心去听《踩在脚下》(Trampled under Foot)开头部分的反复乐节。

那张全家福就在眼前，是在纽约现代艺术博物馆前面拍的。那是妻子最喜欢的地方，照片上妻子和女儿都在大笑，只有他满脸愁容。

他摇摇头，把眼泪憋了回去，盯着屏幕上的要点看着，这些要点稍后都要提炼一下，写进“链条”笔记本里。

一切都进展得很顺利。虽然他还没有彻底测试过程序，但他觉得应该都可行，而且只对蕾切尔有效。

他把屏幕上的列表又重新排序了一下。这些信息都是他目前有确切把握的：

1. 至少有两人。两种不同的人格特征，两种不同的行事模式（一家人？兄妹？）；

2. 驻地在波士顿；

3. 并非有组织的犯罪团伙；

4. 似乎有些执法部门的背景。

《踩在脚下》的乐声结束了，下一首曲子《克什米尔》(Kashmir)

响了起来。

那个女人已经盯了他一分半钟了。

她接到的指令很明确：杀掉埃里克，带走他的笔记本。

她知道“链条”为什么选中她——因为她以前有过两次入室盗窃的案底，所以认为她一定是这方面的专家。其实并不是，那两次都是十几岁时年少轻狂犯下的错误，她现在是一个受人尊敬的五年级老师。她很幸运，埃里克家的后门是那种很旧的老式锁，几乎不需要任何技巧就能打开。

她交了好运。

埃里克却倒了人生最大的霉运。

她的手上以前也沾过血。那一次在鳕鱼角，路上有条狗被她撞了，最后她不得不用一把雪铲让它从痛苦中解脱出来。

对于埃里克，也许是同一回事——他的爱妻死了，女儿在精神病院。

“是的。”一旦在心里坚定了这个想法，她立刻就把枪对准他的后脑。

第62章

一到五点，皮特的闹铃就响了，他怕吵醒蕾切尔，立刻把它关掉，匆匆下了床。

他身上的每一寸皮肤，眼睛，内脏，所有的器官，都在渴望着那一针。已经整整一天了，这是他迄今为止坚持得最久的一次。他正在尝试一种戒毒项目中的一些人推荐的方法，尽可能延伸两次毒瘾之间的时间间隔——起先是一整天，然后是一天半，接下来是两天。

他看了眼时钟。二十五小时零五分钟。还能坚持，快要接近自己的纪录了。到目前为止，整体感觉良好。

他煮好咖啡，做了几组俯卧撑之后，走进浴室，锁上了门。如果只用平时的一半会怎样？这样能戒掉吗？能行得通吗？一半也太过分了。三分之二吧。

注射之后，他回到客厅，躺在沙发上，任由一个个美梦将自己包围。

整整一个小时后，他才再次醒来。

他本可以再睡一会儿，现在感觉太棒了。

起来后他又煮了些咖啡，冲了个澡，准备好做煎饼用的面糊。

他想到了那些枪，于是来到皮卡上查看它们是否依旧安然无恙，这已经是第三次了。霰弹枪和三把手枪，他全部又都检查一遍。

昨天他把这四把枪都带到靶场去试了一遍。他曾经是军队里的一名工程官，不过不管工种如何，每一个海军陆战队的成员首先都是一名步兵。

蕾切尔也醒了。其实她一直都没有睡着，半夜还吐了几次。距离上一次化疗已经十一天了，这种情况也时有发生。不过，也许一切都是源自恐惧。

那个叫忒修斯的男孩将会在今天十点钟给那个叫阿里阿德涅的女孩打电话。

她走出卧室，在客厅的桌子旁坐下。

皮特在她的头顶亲了亲："你没睡吗？"

"睡了一小会儿。又做了个梦。"

皮特根本不需要问是什么梦。

肯定又是一个噩梦。

又是对未来的一瞥。

八点钟，凯莉终于醒了。八点半的时候，斯图尔特也匆匆忙忙赶来了。

"有人要吃煎饼吗？"皮特问。他刚把面糊倒进煎锅，马蒂和金洁就开着那辆白色巨轮一样的奔驰赶到了。皮特把灶火调低，跟蕾切尔和凯莉一起出去迎接他们。

马蒂绝对是继承了家族优秀基因的那个孩子。

他们俩真是一对璧人。蕾切尔心想。金洁的头发长长了一些，之前染的颜色都褪掉了，现在呈现出一种好看的红铜色，更加适合她。马蒂的眼睛不知为何更绿了。

“皮特做了煎饼，我等下煎些培根。”蕾切尔说。

他们坐在客厅的桌子上一起吃了早餐。

“味道真不错，大哥——用的是提前拌好的面粉吗？”马蒂问。

皮特摇摇头道：“我是美食家马克·比特曼的粉丝。预拌的煎饼面粉简直就是对人类文明的亵渎。”

“我的整个童年都是这样过来的。”马蒂对金洁和蕾切尔说道，“你明明只问了一个简单的问题，他们非要给你来上一场演讲，把世界上所有的问题都申斥一遍。”

“他在说谎。他才是被家里人惯坏了的那个。”皮特说。

“金洁，你的童年是怎么过的？”蕾切尔不禁好奇。

“很疯狂。我简直不知该从何说起。我都不大记得在公社生活的那几年了。搬回波士顿之前，我们四海为家。”金洁说。

“所以你才对联邦调查局这么感兴趣？比较稳定？”蕾切尔问道。

“其实也不是。我爸爸以前是个特工，我爷爷是波士顿警察，所以，我觉得算是家族传统吧。”金洁说。

“我们把两个孩子甩给你，你真的没意见吗？”吃过早餐后，蕾切尔私下里问马蒂。

“我跟金洁商量过了。她很高兴带凯莉和她的小伙伴去她爷爷家。那是一栋古老的大房子，很有意思，在因河边上。孩子们去了还不得开心疯了。真的很棒！”

“马萨诸塞州那一带，尤其是那片洪泛平原，有许多旧房子都很危险。请你一定要小心些，知道吗？”

“不要担心啦，那栋房子非常高档——他们花了很多钱整修的。”

“这么说，金洁果然是有钱人家的孩子了？你可真走运。”蕾切尔说。

“是啊，肯定是家里有钱，要不然一个联邦调查局特工哪来那么多钱呢。”马蒂回道。

“除非她是那种贪污受贿的警察。”蕾切尔开玩笑道。

“你看看她——她简直就像是《法律与秩序》剧中那种典型的人物啊。”

斯图尔特和凯莉终于收拾好了，皮特跟蕾切尔陪他们走到车上。“照顾好孩子们。”蕾切尔说。

金洁抱了抱她，安慰她道：“别担心啦，他们跟我们在一起很安全的。”

是啊，家里的确有钱。蕾切尔盯着金洁那只小巧漂亮的爱马仕铂金包，内心思忖道。

道别之后，他们一行四人就离开了。

回到屋里后，皮特把一张新英格兰地图摊在桌子上，说道：“在这附近。”

“现在我们只要等到埃里克的电话就好了。我看看她鞋子里装的定位器好不好用。”

她打开手机，果然，凯莉正在朝南行驶。

他们又查看一下天气，毛毛雨，兴许还会下雪。

还不算太糟。

他们耐心等着埃里克的电话。

十点到了，十点过了。

十五分钟。

半小时。

已经十一点。

出事了。

“怎么办？”皮特问。

“还是再等等吧。”蕾切尔说。但是她也清楚，一定发生了十分可怕的事情。

皮特的心里当然也清楚。那种感觉，就像再过一分钟警报即将拉响，枪炮即将开火一样。

十一点十五分。

十一点半。

大西洋上弥漫着浓重的海雾，根据拟人谬化的理论，这种天气预示着不祥。

十一点四十五分，蕾切尔的一次性手机上收到一条短信。

如果你收到这条短信，就说明我已经遇险，或者丧失了行为能力，极有可能已经死了。我会给你发一个链接，到时候你可以根据这个链接匿名下载猎杀程序，追踪手机通话和短信。

友情提示：直接沟通的时间越长，就越容易找到对方，所以，如果你打算使用这个程序，就要尽可能跟他们拖延时间。这个程序在 Wickr 等加密应用程序上还不能正常运行。如果他们用这几种方式跟你交流的话，这个程序是无法使用的。

如果我还活着，或许可以开发一个 2.0 版本。祝你好运！

下一条短信里果然有一个网站链接，可以下载埃里克的应用程序。

她把这条信息给皮特也看了，然后打开电视调到新闻频道。

大约过了四十五分钟，波士顿WBZ电台播出了一则新闻：“今天早晨，麻省理工学院一名教授被人谋杀。埃里克·伦罗特被发现死在家中，身上中了三枪……”

新闻接下来说这起事件没有目击证人，警察分析说这起谋杀案是由入室抢劫而起，根据现场发现，这所房子被洗劫一空，若干物品已丢失。

“他把我的名字写进笔记本里了。”蕾切尔说。

第63章

谢丽尔已经离世几个星期了，汤姆跟孩子们保证，自己现在已经洗心革面，一定会打起精神开始新生活。他说要减少工作量，把孩子们当成生活的重心，带孩子们去迪士尼乐园玩。

这个男人的“脱胎换骨”大概只坚持了十天，就因为工作上出现烦心事，在回家的路上顺道去了酒吧。

后来渐渐地，酒吧就成了他下班回家的必经之地。

有一天晚上，他遇到了一个人，干脆一整晚都不回家。

奥利弗和玛格丽特倒也并不在意。

他们本来就能够自力更生。奥利弗把大部分时间都花在电脑上。玛格丽特还是热爱阅读，侦探小说和浪漫小说都是她的最爱。她自己也写东西。写匿名信。

她过去喜欢的一个男孩邀请了别的女孩去参加学校舞会，于是那个女孩在收到一封信之后，拒绝了男孩的邀请。那位没让她及格的老师也收到了一封信，信里威胁他说要曝光他所有的秘密。这是她从马克·吐温的书里学到的古老诡计，然而那个老师第二天出现的时候精神恹煎，脸色煞白，活像撞见了鬼一样。

玛格丽特苦苦训练的另一件事，就是模仿父亲的笔迹。她花了很多的时间来练习，力争做到跟父亲的笔迹一模一样。

谢丽尔一周年忌日那天，汤姆喝得醉醺醺地回到家。

孩子们听到他在楼下大喊大叫，不知道为了一件什么事情发火。

他们躲在卧室里瑟瑟发抖，等待着汤姆冲上楼来。

汤姆并没有让他们等太久。

“砰！砰！砰！砰！”

卧室的门被踢开了。

“肉饼在哪里？”这句话简直愚蠢得可笑，玛格丽特笑出声来。

汤姆一开灯，笑声立刻烟消云散，他已经把皮带给解了下来。

他交代过玛格丽特给他留些肉饼，但她和奥利弗全都给吃掉了。这也不能怪她，冰箱里实在没有别的食物了。

“你这个蠢货，我看你什么时候能听我的话！”汤姆说着一把把她从床上扯了下来，用力太猛，玛格丽特的胳膊直接给拽脱臼了。

他把皮带对折，唰唰抽了她两下，向她大吼：“不许哭，连你一根手指头都没碰哭什么！”边说边怒气冲冲地跑下了楼。

玛格丽特痛得整夜都没睡着，第二天还是学校的护士把她送去了医院。汤姆也很内疚，很后悔。他不再酗酒，开始去教堂，参加“守约者”[①]运动。

---

① 守约者（Promise Keepers）是近年来美国的男性基督徒发起的一场全美国范围内的运动。它通过大型集会、组织小型团体、媒体传播方式，鼓励男人过敬虔的生活，谨守对上帝、对家庭、对属灵伙伴的七个承诺，并特别要求男人对家庭负起全责。——译者注

玛格丽特和奥利弗在安静地等待时机。

去教堂根本没坚持几天，而到了两个月后他又开始酗酒，烂醉的程度前所未有。

这天晚上，汤姆又一次醉得不省人事，歪倒在沙发上沉沉睡去，玛格丽特把他的左轮手枪从皮套里掏出来，奥利弗轻轻地撬开他的嘴，把枪管插到他嘴里，两人一起使劲，扣动了扳机，他们不慌不忙地擦掉枪上的指纹，把它放进汤姆的右手里。

一份早就写好的自杀遗书被放在咖啡桌上。

二人努力挤出几滴眼泪，这才开始拨打 911。

他俩先是被送去别的家庭寄养，后来又被丢给了他们的爷爷丹尼尔，爷爷住在马萨诸塞州沼泽地那一带，有一栋摇摇欲坠的房子，苍蝇乱飞，就在因河边上。

爷爷丹尼尔退休前是波士顿警察。

他们没怎么见过他，但他对他们俩可永生难忘，双胞胎小时候住在纽约州北部一个公社里，那时他就见过他们了。

丹尼尔已经不大进城了。他现在靠打鱼、捕猎为生，房子里装饰着各种不同的动物头骨。

和女社工见面的时候，丹尼尔的肩膀上还扛着一把从中折开的猎枪，玛格丽特和奥利弗上前抱了抱爷爷。

看到孩子们的确认识这个老人，而且好像还挺喜欢他，社工这才松一口气。

“他们的继母不太待见我，也不喜欢这个地方，不过这俩孩子我见过两次。”丹尼尔解释道。

女社工走后，丹尼尔把他们带到厨房，每人给了一罐啤酒，两个孩子惊慌失措地接了过来。厨房里有一个宽大的水槽，水槽上方倒挂着一口屠宰好的猪，惨白的猪皮上黑压压地盖满了苍蝇。

丹尼尔教他们怎么打开啤酒盖，其实跟可乐也没什么区别。他告诉他们说，可以叫他“阿红”，也可以叫“爷爷”。他问他俩长大后想干什么，奥利弗说他想赚很多很多钱，也许从事电脑方面的工作；玛格丽特说她想像爸爸那样，做一名联邦调查局特工。

丹尼尔想了一下说：“再说吧。首先，我们得改一下名字。”他看了下那个男孩：“你就叫奥利弗。喜欢吗？”

“报告警官，喜欢！”奥利弗说。

他又打量了一下那个女孩：“你嘛，就简单多啦。看你的头发，像拖把一样，就叫你‘金洁’[1]吧。”

---

① 金洁（Ginger）一词又有“姜红色”之意。——编者注

第64章

怪物就在那里，穿过迷雾中的玻璃，就在前方。

它杀了埃里克，一旦发现笔记本上有蕾切尔的名字，也会毫不犹豫地杀了她。她，凯莉，皮特，马蒂，金洁，以及跟她有关的每一个人。

已经没有别的选择。选择永远都只是一种幻觉。

如今只有一件事可以做。

她的手抖个不停。

皮特看着她，脸上带着期待。

她知道下一步该怎么做。

最重要的当然是先打电话给马蒂，确保凯莉安然无恙。

凯莉跟平时一样，并没有接她的电话，定位器显示他们正在科普利广场的购物中心。

马蒂那边接电话很快：“对，她很好，我们马上就离开购物中心了。”

“她一直都没离开你的视线吧？”

“当然啦。她现在跟斯图尔特在阿迪达斯店里。”

“你们接下来就要去金洁爸爸家？”

“爷爷家。蕾切尔，你怎么啦？我感觉你有点不对劲啊。”

“我就是想知道凯莉到底安不安全。”

“她很安全。金洁的双胞胎哥哥也会去，金洁可是个实实在在的正牌联邦调查局特工啊，她爷爷是前波士顿警察。还有比那里更安全的地方吗？”

“那就好，马蒂。一定要确保她的安全，记住了吗？”

“我会的，亲爱的，你自己要注意身体。你这个周末一定要好好放松一下，你现在需要保持体力，明白吗？”

“我知道。”

他们道了声再见，蕾切尔随即挂断了电话。

“现在怎么办？”皮特问，“报警？”

蕾切尔顺手把头发扎成马尾：“凯莉很安全，但他们一定会来找我们的。我们得离开这间房子。”

“你打算怎么办？”皮特问。

“我们先下载应用程序，看看能不能用。如果能找到他们，我们就可以定位他们的住所，然后报警。”

“如果找不到呢？”

“那就打电话给金洁，把一切都告诉她，让她为凯莉提供保护性监护。接下来嘛，我们就去自首。”

皮特盯着她问：“你觉得我们还剩多少时间？”

“我也不知道。几个小时？现在就开始吧。”蕾切尔说。

她打开埃里克的应用程序。现在已经成功下载，但是打开的时候，有条信息在手机主屏上不停地闪烁：“要使该应用正常工作，您需要按以下顺序输入下一个数字：8、9、10、15、16、20……如果输入的数字错误，手机将被锁定，并且与账户关联的所有设备都将被禁用二十四小时。”

蕾切尔把这条信息拿给皮特看。

“这可需要很强大的技术。这个数字必须准确，否则就死定了。”皮特咕哝道。

“这些数字都有什么规律？你能看得出吗？”

他摇了摇头。“它不是个素数，也不是前几个数字的总和。我想象不出它属于哪个数列。”

“我们只有一次机会。如果搞砸的话，就得等到明天才能再尝试。”

“到了明天，一切都太晚了。”

“我来搜索一下。”在网上搜了半天也只搜到几个链接，而且全都是教小孩数数的视频。

蕾切尔闭上眼睛苦苦思索起来。这究竟是什么顺序呢？

以前好像在什么地方见过。

“皮特，到了这种阶段，再附加额外的安全协议也没有意义啊，你说是不是？”一个念头忽然闪过脑海，蕾切尔提高了声音，“我的意思是，埃里克也知道，下载应用程序的只有我一个人。对不对？”

“没错。”皮特说。

“‘链条’也有可能。如果‘链条’拿到他的笔记本，并且开始解密的话。所以他在这里设置的密码，既要能拖住他们，又要能让我们自由通过？”

“不知道。”皮特说。

蕾切尔放下手机，在客厅里踱来踱去。窗外大雨滂沱，海岸警卫队的舰船发出一阵长长的雾号。

“也许跟你的哲学背景有关？”皮特猜测着。

“他只知道我有癌症，我是个妈妈，我支持的球队是纽约——啊！我知道了！”

她拿起手机，输入数字 33。

屏幕上闪烁着一条信息：数字正确。输入用户名后，即可启动应用程序。

“23？”皮特说，“我还是不明白。确实是个素数，但 20 不是啊。”

“这些都是洋基队退役队员的号码。波士顿人是不会知道的，但洋基队的粉丝都知道。”蕾切尔说。

这个应用程序开始在美国东海岸的地图上打开。应用界面看起来很简单，很好用，上面有一个绿色的“开始追踪”按钮，还有一个红色的“结束追踪”按钮。虽然看着简单，但其实涵盖了相当聪明的数学和统计分析知识。

“用户名是什么？”皮特问。

蕾切尔在上面输入“蕾切尔”。

她连输了两次，屏幕上出现的都是：用户名无法识别。

她又输入“埃里克”。

依然是“用户名无法识别”。

她输入了“阿里阿德涅”。

这时屏幕上弹出了一大段文字：

欢迎您！阿里阿德涅。这个应用对于文本信息和手机通话都适用。测试版本在某种程度上也可以用于给通信应用程序加密。2.0 版可以应用于绝大多数加密通信应用程序。打开手机后，只需单击红色按钮，程序就可以开始寻找离呼叫源最近的手机信号发射塔。您与对话者通话的时间越长，这个应用程序将定位得越准确。

她把信息拿给皮特看。

皮特快速读完，点了点头。“如果他们只在 Wickr 上回复你的信息，那可能就起不了作用了。”

“是的。”

“如果不是因为时间有限，我觉得我们可以等到明天早上。星期天早上一大早，大部分人一般都在家。星期六下午……”

“要么不做，要么现在就做，我们必须得赌一把。”

“既然你这么说，那好吧。”

“开始吧。”蕾切尔说。

她打开手机上的 Wickr，输入信息。“我一直在思考你感恩节发的那条信息。我想知道，有没有什么办法可以永远跟‘链条’划清界限。我一直噩梦缠身，我女儿经常腹痛不止。我们是否可以付一笔钱，永远脱离‘链条’的阴影？谢谢。”

她写完把信息给皮特看了一遍，然后按下了发送键，信息直接飞向 2348383hudykdy2。

大约十分钟，手机上显示：对方正在回复。她立刻点开“开始追踪”按钮，埃里克的猎杀迷宫立即启动起来。

“收到你的信息真让人高兴。如果这算是圣诞礼物的话，你不觉得有点早吗？我不得不遗憾地告诉你，你所要求的服务，恕我们难以提供。”

地图在蕾切尔的手机上亮了一下，随即又沉寂下去。地图冻结了，应用程序崩溃了，她在屏幕上连点几下，没有任何反应。

“完了，运行不了！”

“他知道这个应用不能在加密程序上运行。他提醒过我们手机跟踪效果会更好。”

“如果我说‘请给我打电话’，肯定会引起他们的怀疑。”蕾切尔说。

“我也不知道。”

一个念头突然涌入蕾切尔的脑海：“你说有没有可能，埃里克本身就是个疯子，整个程序说不定根本就不会有任何作用。”

“麻省理工可不会聘用傻瓜。”

“但他仍然有可能是个疯子。也许痛苦让他得了失心疯？”

“你觉得要是再跟他们沟通一次，会不会把他们惹毛？”

“惹毛了又怎样？一旦他们从笔记本里找到我的名字，还不是一样会来追杀我们。”

“我们现在并不知道他们有没有弄到那个笔记本。他也许把它藏在一个很安全的地方了，也说不定。”

蕾切尔透过窗子向外望去：“他们已经拿到了，现在就在看呢。迟早都会得出结论的。”

“都是我的错。都是我引起的。”皮特说。

“皮特，如果没有你，我是不可能救出凯莉的。”

蕾切尔再次打开了 Wickr，回复道：“一定有办法可以永远脱离‘链条’的掌控。我可以为你们办事，或者付给你们一笔钱也行，总能找到一种办法，让我们彻底结束这一切，这样我们才能有安全感。求你了，我都是为了我女儿，告诉我该怎么做。”

写下这些话，蕾切尔迅速按下了发送键。

只过了两分钟，对方就回话了。这次还是没有用手机，还是Wickr回复。蕾切尔立刻把猎杀应用程序打开。

“你究竟有多蠢！我们跟你说的第一句话是什么？这不是钱的问题，关键在于‘链条’。它必须永无止境地运行下去。‘链条’上只要缺了一环，就会整个分崩离析。听懂了吗，傻瓜？”

猎杀算法开始搜索，重新校准，埃里克的定位器亮了一下，紧接着再一次陷入了沉寂，没有搜索到任何结果。

蕾切尔的手机卡住了，只能关机重启。

“一无所获。”

“该死！”

“我再发一次。”蕾切尔说。

“求你了！求求你们了！为了我的家人，求你们告诉我有没有什么办法可以离开‘链条’？”她在手机上打出这段话，递给了皮特。皮特看了一眼，说：“发吧。”

信息发了出去。对方没有回复。

五分钟过去了。

十分钟过去了。

“看来没戏了。”蕾切尔说。

就在这时，手机忽然响了起来。

蕾切尔激动得一把抓了过来，但是没拿稳。手机侧面着地，屏幕立刻摔得粉碎。

“该死！”蕾切尔尖叫一声，捡起手机，打开埃里克的应用程序，说道：“喂？”

又是那个未知联系人，声音还是像往常一样进行了处理。

“蕾切尔，有一件事你可以帮我们去做。那就是杀了你自己，你这个蠢货！”那个声音狠狠地说。

猎杀算法突然活跃起来，马萨诸塞州的一块区域图像不断波动，位于波士顿以北。

“求你了，我——”

“再见了，蕾切尔！”那个未知联系人说。

“让她继续说下去。”皮特用口形对她说。

“等等，先别挂。我知道你们的一些事情。我查到了一些信息。”蕾切尔说。

那头停顿了一下，问道：“什么事情？”

蕾切尔的大脑飞快地运转起来。她不想说出埃里克，万一他们根本就没有拿到那个笔记本呢！那么关于“链条”，还有哪些事情是她能够独立查到的？

“绑架我女儿的那个女人叫希瑟。她丈夫无意中告诉凯莉她的儿子叫杰瑞德。要想找到一个妈妈叫希瑟，儿子叫杰瑞德的一家，并不是难事。”

“你守着这些信息想干什么？”那头问。

“我们可以沿路往回追查，找到‘链条’的源头。”

“那可就是签署自己的死刑令了，蕾切尔。你真是个十足的蠢货，你这是在拿自己的性命，还有你女儿的性命来赌博。”那个声音又说。

就在她们谈话的同时，那个应用程序开始逐渐缩小马萨诸塞州的追踪范围，最后逐渐缩小成一个圆圈，聚焦在伊普斯威奇以南，波士顿以北的某个地方。

“我也不想惹麻烦。我……我只想有些安全感。”蕾切尔说。

“你要是再敢联系我们，就再也见不到明天的太阳！”那头恶狠狠地说了一句，挂掉了电话。

但那个应用程序真的奏效了。电话是在埃塞克斯郡沼泽地的乔特岛地区打来的。离呼叫者最近的手机信号塔就在乔特岛上。

蕾切尔把地图截图下来给皮特看。

“就是这里！”他激动地喊道。

“出发吧！”蕾切尔说。

他们飞奔到门口，跳上皮卡，发动了引擎。

沿着 1A 号公路向南行驶，穿过罗利和伊普斯威奇。

进入伊普斯威奇之后，拐上了 133 号公路，这条狭窄的公路横穿伊普斯威奇的大沼泽地。

他们尽量往乔特岛的近前开去，然而那个满地沼泽的荒岛上根本就没有路，要想找到那个手机信号塔，就必须靠步行。这里的雾还不算太大，但是带着海洋冷气的大雨劈头盖脸直砸下来，冷彻心骨。

他们停好车，穿上外套和登山靴。皮特今天全副武装，带了霰弹枪，两把手枪都带着，还有两颗震爆弹，他觉得这些东西有可能都会派上用场。

蕾切尔握着自己的左轮手枪，浑身颤抖，对未知的巨大恐惧紧紧包围了她，她感觉呼吸都困难了。

“蕾切尔，别怕。今天不会有多少危险的。这次只是侦察任务。我们收集好信息，就给警察打电话。”

他们沿着一条小路走进乔特岛附近的一片沼泽地。

尽管寒气逼人，又下着冻雨，这里的昆虫却出奇地多。小路两旁挨挨挤挤地长满了茂盛的植物，昏暗幽闭，让人不寒而栗。他们时不时可以看到那条因河，河面上覆盖着一层浓密黏稠的棕色水藻。因河是米斯卡通尼克河的支流，蜿蜒穿过北部的泥泞地带。沼泽的中央似乎隐藏着一种魔力，整个河面都向内倾斜，树上垂挂着西班牙苔藓一类的东西；鸟儿在树梢上尖声叫着，冬季已然到来，然而并没有像往常一样赶走厩螯蝇。

蕾切尔心里发怵。她能感觉得到，他们越来越接近了。

那些歌曲，那些噩梦把她一路领到这里。

他们已经接到警告，不许对“链条”进行调查，但是他们已经走到这里，阿里阿德涅的丝线把他们一步步朝“链条”的源头领去。

然而那个迷宫里的秘密哪里可能会轻易外泄。

接下来的三个小时，他们在乔特岛冰冷刺骨，肮脏不堪的沼泽和水塘里苦苦寻找，却是一无所获。

没有手机信号发射塔。

没有手机信号中继站。

甚至没有任何文明的迹象。

他们在一片空地上停了下来，从随身带的水壶里喝了几口水，接着继续出发。就这样又沮丧地找了很久，到了黄昏时分，他们已经浑身湿透，筋疲力尽，身上生生被虫子咬了一遍。蕾切尔已经辨识不清，他们现在是在乔特岛上，还是已经回到陆地，或者已经到了另一条水系中一个完全不同的岛上。他们穿越了成百条小溪和小径。她累了。一个正在接受化疗的患者，是不应该在十二月的天气到沼泽地里跋涉的。

她重重地喘着粗气，上气不接下气。

她快死了，此时，此刻，死在这片沼泽地里。皮特肯定不知道这一切。

抬头望着低沉的天空，铅黑色的乌云笼罩在西边的沼泽上空。“天气预报说要下雪的吧？”蕾切尔问。

“是的，有可能。一旦下雪，我们可万万不能再留在这里。”

“如果是你，要建手机信号塔的话，你会建在哪里？”蕾切尔问，“你是个工程师。”

“建在高处。”皮特说。

“这里有高地吗？”

“你看那边的小山丘？”皮特说。

那是一座非常小的小山丘，大概只高出海平面 9 米。穿过灌木丛，不到五百米的距离。

“可不是吗？”

走出大概三分之二的路程，就可以清楚地看到那个信号塔了。塔已经倒塌，也有可能是一部分塌了，陷入地下。

他们爬到山顶，感觉呼吸越来越困难。

站在山顶可以看到整个因河向西奔流。那片冲积平原肥沃辽阔，邪恶的深绿色看得人作呕，活像下面掩藏着一个迷失的海盗船，在等待着被人从下水道中挖掘出来。

蕾切尔的心沉了下去。

埃里克这个计划究竟想干什么？找到距离“链条”呼叫电话最近的手机信号塔之后，接下来怎么办？

“现在怎么办？”她转向皮特。

皮特看了看天上的乌云，又看了看手表。五点钟。他们在这里已经跋涉一整天了，又湿又冷，他可不希望蕾切尔在这片沼泽地里过夜。至少现在没有合适的装备，而且暴风雪眼看就要来了。

更何况，他还有其他的问题。今天早上那三分之二的剂量，可让他吃尽了苦头。这会儿他的皮肤上像有东西在蠕蠕地爬，眼睛也干涩无比，身上的冷汗一阵接一阵，现在毒瘾还没达到巅峰，不过已经不远了。

他需要来一针。

等不了了。

“我们今天就到这吧？”他建议道。

蕾切尔摇了摇头。已经离得很近了。在他们回过头来找她之前，她必须先找到他们。像这样的机会，他们不会再有第二次了。现在就是唯一的时机。

“就到这吧？”皮特又问了一遍。

“然后呢？”蕾切尔反问道。

“然后找警察？把一切都告诉他们。让他们去找那所房子。”

“我们会坐牢的。”

“邓利维一家未必会跟警察合作。”皮特说。

蕾切尔又一次摇摇头：“只有等‘链条’彻底毁灭，他们才会帮我们。”

皮特点点头。

“河北岸那边是什么东西？”蕾切尔拿起皮特的双筒望远镜，“是间小屋吗？”

她仔仔细细地观察起来。

那栋破旧的房子离这里大概一公里，房子外面围了一圈露台，有一根线缆直接连到手机信号塔上。

“这地方绝对值得凑近看看。”皮特说，“但是我们得再蹚一两条河，我觉得那房子其实是在大陆上。”

他们直接从一条结冰的小溪里蹚过，溪水直没到大腿。上岸后穿过一片稀疏的小树林，离屋子就只有几百米的距离了。

这是一栋庞大的住宅，傍河而建，几根粗劣的柱子支撑着房梁，旁边紧邻着几座废弃的农舍，农舍东侧已经沉进旁边的沼泽地里。房子北边的走廊下停着几辆车。

蕾切尔感觉寒毛直竖，后背冰凉。

不知为何，这个地方给人一种“终局之战”的感觉。

“蕾切尔，你打算怎么做？”皮特问。

“我们再靠近一些。如果能看清那些车牌……”

“那我们得紧贴地面，匍匐前进。这里的树丛不太密，我们有可能被人发现。”皮特说。

蕾切尔把霰弹枪背在背上，喝掉最后一口水，跟在皮特身后向那个小屋爬去。

这里地势崎岖，地面潮湿，到处都长满了荆棘、野蓟和海滩李树。

不一会儿，他们就已经被划得遍体鳞伤，鲜血直流。

天开始下雪了。

现在他们离房子只有一百米远了。

这栋房子看上去十分丑陋。那些拐角和露台应该是不同时期搭建的，用料不同，新旧不一。楼上的两间卧室看样子也是最近才扩建的。

皮特拿出望远镜，想看清屋檐下停着的汽车牌照，然而距离有些远，看得不是特别清楚。

“蕾切尔，你视力好，要不你来看看？”

她拿起望远镜，仔细打量那些汽车，一辆奔驰，两辆皮卡，还有一辆丰田。

就在这时，她看到有一个人走到外面的环绕式阳台上。

“凯莉！上帝啊！是凯莉！”她尖叫道，趔趄着站起身来，朝那栋房子跑去。

“天哪！”皮特惊呼一声，一时间惊得不知所措。

她已经跑到他前面将近二十米远的地方，皮特鱼跃而起，一把拖住了她，倒在了一根老树桩下。

“你想干什么？”皮特扳过她的脸吼道。

她激烈地挣脱他的束缚，气喘吁吁地说：“他们抓走了凯莉！他们抓走了凯莉！我看到她在阳台上。”

皮特把头探过树桩，朝房子望去。那里一个人都没有。“你看错了吧。”

“就是她，我看到她了！”

皮特摇了摇头，他们根本不可能带走凯莉。她现在跟马蒂在一起，他们一直都很小心。

蕾切尔这是紧张过头了。

“不是凯莉。”皮特小声说，“我可以证明给你看。你记得吗？我们在她的鞋子里装了定位器，我可以告诉你她现在在哪里，我敢保证她现在不在这里。”

“给我看看。”蕾切尔命令道，“我只相信自己的眼睛。”

皮特拿出手机，向蕾切尔确认凯莉根本就不在附近。“她在波士顿呢。”

蕾切尔看着手机，没错，凯莉的定位点还在波士顿市区，根本不可能在这里。“我敢肯定那个人确实是她。”蕾切尔感到非常困惑。

“别傻了，我们还是赶紧藏到树丛里，别让他们给发现了。”皮特说。

第 65 章

印斯茅斯高中。这一天是十年级的职业介绍日。

“玛格丽特，你以后想从事什么职业？”

“我想像我的父亲一样，成为一名 FBI 特工。”

“乖孩子，这个理想非常值得表扬，不过你需要再提高一下成绩。”

“哪些需要提高？”

“你的英文很棒，不过数学和科学需要再加把劲。你哥哥一定可以帮你。”

“是的，他就喜欢这些科目。”

于是，奥利弗开始在因河畔那栋摇摇欲坠的老屋子里帮玛格丽特补习功课。蚂蚁和嗡嗡乱叫的小虫伴他们度过了夏季；柴火炉和煤油取暖器为他们送走了冬天。

丹尼尔带着双胞胎兄妹到米斯卡通尼克山谷中最幽深的地方，教他们打猎、给猎物剥皮、熏烤、腌制腊肉。

丹尼尔给孩子们讲了一个又一个古老的警察故事、战争故事。

金洁和奥利弗通过努力学习，双双考入波士顿大学，这让丹尼尔很是自豪。奥利弗攻读软件工程，金洁学习心理学。两个人的表现都十分出色。美中不足的是，两人为了念书借了一大笔学生贷款。

丹尼尔并不是有钱人，他们从小到大一直都很穷。

不过刚一毕业，就有六家硅谷初创公司向奥利弗抛出橄榄枝，金洁也被 FBI，CIA（中央情报局）和 ATF（司法部的烟酒、火器与爆炸物管理局）的猎头相中。

金洁最后选择加入了调查局。

FBI 中有很多人都对金洁的父亲怀有好感。

“你父亲的遭遇真是可惜，太可惜了……”

金洁工作非常卖力，晋升得也很快，不久就建立起了强大的关系网。

“我认识你父亲。那家伙是个真正的特工。他和我，我们曾经——”

金洁开始加班加点，不舍昼夜地工作。

金洁渐渐地升到了食物链的顶端。

有时候她也想知道，她这么做究竟是为了自己，还是为了取悦她祖父，又或者是为了超越父亲。

她到匡提科去参加行为分析小组的课程，那里有各种各样的精神科医生和调查人员，只要她愿意，她可以随便调用这些资源来解答自己的问题。她的一位讲师曾经引用过德国诗人诺瓦利斯的一句话：“向内而行，处处都是神秘感。”她喜欢这句话，希望有一天也能踏上一次内向之旅，走到源头去，了解自己为什么会成为今天的自己，但是这趟旅程她只能一个人走。关于她的过去，和她脑子里的各种想法，没有一个精神科医生值得她敞开心扉。

奥利弗搬到加州去工作，先是苹果公司，后来又去了优步，再后来又加入过几家高风险的初创公司，都给他一定的股份。

“只要有一家公司爆发，我们就可以一夜暴富。”

只要有一家公司爆发……可惜他工作过的公司，已经接连有两家破产了。

这也没有关系。

因为金洁想出了另一条发家致富的路子。

真真正正的大钱。真真正正的大权。

一个偶然的机会，她听到了2010年代早期那些哈利斯科[①]男孩的事。

哈利斯科男孩从墨西哥带来了一种全新的海洛因销售模式。对于美国中产阶级来说，贩毒集团和黑帮都太暴力，太恐怖。哈利斯科男孩们看到了商机，他们意识到，只要以正确的方式接近客户，他们的产品将有广阔的市场。

他们在退伍军人诊所、美沙酮诊所和药房外面免费发放海洛因，以此建立自己的客户群。临床医生滥开奥施康定，由此形成了一个庞大的鸦片和止痛药成瘾者用户群，现在缉毒局终于开始打击毒品，这些人一下子全都陷入了恐慌。

褐焦油海洛因恰好填补了这一空白。它比奥施康定和美沙酮的效果都好，而且免费（至少一开始是免费的）。更何况，负责发放的人看上去并不凶神恶煞，交易的人也没有携带枪支，而且一直笑嘻嘻的。

---

① 墨西哥城市名。下文的提华纳也是墨西哥城市。——编者注

不到两年的时间，哈利斯科贩毒集团就网罗了上百万名用户，他们同时还涉足其他的犯罪业务。

金洁就是在这个时候加入了哈利斯科特遣组。她正在调查哈利斯科贩毒集团和波士顿暴民之间的联系。由于卧底和联邦调查局的渗透，帕特里亚卡犯罪家族正在消亡，但哈利斯科贩毒集团却在慢慢做大。

金洁无意中见识到了哈利斯科绑架劫持计划，欠钱的人会被绑架，等到他们的家人还清债务就可以放人，但这项计划中也有人道的一面：另一个家庭成员可以代替被绑架的受害者。

哈利斯科男孩的人质模式基本只采用最弱的暴力手段，但金洁觉得它的潜力还远远没有发挥出来，或许可以稍加修改，为己所用。

她依然清晰地记得童年时期的连锁信件是多么高效。

她把自己的想法跟奥利弗深入地讨论了一番。

在这个编程天才的帮助下，“链条”于 2013 年在波士顿诞生了。

诞生之初并没有一鸣惊人，它像一个正在长牙的婴孩，流血事件时有发生。

为了不让自己再沾血，他们开始利用迫切需要钱的哈利斯科和提华纳的杀手。这些人根本不知道自己的雇主是谁。这一切的背后藏着一个神秘的女人，人称“红色妖姬”或“血色死神”。传言说她是贩毒集团霸主的妻子，也有人说她是信奉“死亡圣神夫人”的美国人。

哈利斯科和提华纳的杀手们都是些好勇斗狠的角色。对于在美国开展业务所需要的技巧，他们其实并不了解。早期的杀人事件确实有点过多，整个“链条”几乎到了崩溃的边缘。于是金洁甩掉墨西哥杀手，开始起用正在垂死挣扎的帕特里亚卡犯罪家族中的联络人。他们的基地就在新英格兰，而且干这行已经几十年了，可谓轻车熟路。

终于，“链条”像一架刚上了机油的机器一样运转起来。

帕特里亚卡的那些蠢货也已经弃之不用，“链条”已经可以进行自我调节了。

金洁负责往外寄信、打电话还负责搞暗杀。

它渐渐地成长为一个集勒索、绑架和恐怖主义活动于一身的家族生意，由奥利弗和金洁联合掌管。

“这该死的东西简直就是——”奥利弗说，“简直就是绑架这一行的优步嘛，只不过大部分的工作都由客户自己去做。”

如果可以上市，它的价值至少也有数千万美元。不过即便这样，他们也已经赚得盆满钵满。

他们早就还清了学生贷款，摇身一变成了有钱人，还在瑞士和开曼群岛开设银行账户。

“链条”现在运转得很顺利，而且万无一失。奥利弗已经对“链条”做了几轮“红组”[①]失校分析，认为只有三个地方存在隐忧，将来或许会产生麻烦。

首先，金洁在谍报技术方面经常偷懒。他跟她说过无数次了，“链条”每次进入一个新阶段，Wickr 地址、一次性手机、比特币账户都要换成新的。但她并不是次次都能照办。她嫌麻烦，通常一

① 红组（Red Team）指一种安全服务，旨在通过“真实”的攻击来考验企业实际的安全防护水平，并发现其防护体系的缺陷。——编者注

个月才更换一次地址和账户。他还特别叮嘱过她，打“链条”匿名电话的时候，绝对不要在工作的地方打，不要在后湾的家里打，也不要在因河畔的爷爷家打。她答应他会认真对待谍报工作，然而既要做好调查局的工作，又要攻读博士学位，同时还要经营这个非常复杂的犯罪组织，又谈何容易。尽管如此，“链条”毕竟经过层层加密：法拉第笼，冗余信息等……要想通过“链条”找到他们，还有很远的路要走。

第二个值得注意的大问题，就是金洁利用“链条”来解决个人恩怨。就奥利弗所知，她已经有过三次先例了。理想情况下，企业和个人不应该混为一谈，但是人性使然，两者之间的界线总是有些模糊。描述系统的那一套数学规则，始终都带着系统创立者的影子，这些规则也只适用于创立者本人。

解决个人恩怨这件事不可避免地又牵扯到第三个值得关注的领域——金洁的个人情感。

奥利弗也已经意识到，就感情关系来说，自己可以算一个怪胎。他从来没有认真谈过一个女朋友，对浪漫的爱情也没有一丝一毫的憧憬。他性格内向，不喜欢聚会，不喜欢身体接触。

也许那些嬉皮士真的把他的大脑构造搞乱了？

金洁则不然，她已经彻底沉浸到世俗生活中来。如果有人对双胞胎心理学研究感兴趣，他俩应该是很好的例子。自从上了高中和大学，她身边的男朋友就一直没断过，加入调查局之后，她已经先后约会过十几个不同的男人，其中有两个还是已婚。

权力会导致腐败，绝对的权力导致绝对的腐败。当你把权力跟情感混为一体的时候，就会像金洁那样，时不时地置“链条”于危险之境。她把 FBI 数据库中得来的信息用在跟“链条”无关的事务上，已经被奥利弗发现过好几次了。他怀疑还有其他的事件自己尚未发现。

这可不好。他必须提醒她立刻停止这种操作。

奥利弗坐在爷爷的书房里，手里拿着埃里克·伦罗特的笔记本。壁炉里的火烧得正旺，透过窗户望去，外面的雪花正纷纷扬扬地落下。

奥利弗认真地阅读着这本笔记。笔记大致上原封不动地复制了以前的内容，甚至可能是好几本笔记的整合。看得出埃里克在这上面花费了不少的时间。奥利弗之前已经觉察到有人在窥探“链条”，也曾怀疑埃里克就是这个人。埃里克曾经甩掉了好多尾巴，使自己看起来完全像一个无辜的人，然而好多搜索历史和分析全都指向麻省理工的电脑。

他们至今还没找到埃里克的电脑和手机，但是这个笔记本就在他身上。

埃里克费力地把所有的内容都写成密文。这对奥利弗来说不是问题，只要是人类设计出的密码，就没有完全不可破解的。可怜的老埃里克，在生命的最后几周显然过于激动，之前所有的内容都精心地用密文写成，但最后几周他竟然简单地用俄文或希伯来文书写，好像这么写就能起到掩盖作用一样。可怜的傻瓜！

奥利弗看着他最后记下的这些内容，冷笑一声。埃里克尚未研究出什么重要的内容。他还没有找到任何嫌疑人，也没有把“链条”跟哈利斯科男孩联系上，他的推理全都非常松散。

最后的内容只是随机的单词和名字。

其中提到了他正在设计的一个应用程序，但没有说明这个应用程序该怎么使用。

本子里的最后一条笔记显然是最近刚写的——

也许就在几天前。

只有简单的一个词：רחל。

在希伯来语中，这个词意为“母羊”。在英语中，这个词的发音是“蕾切尔”。

奥利弗长叹一声，望向窗外。金洁的新男友马蒂，不正好有一个前妻，名字叫“蕾切尔”吗？

这次小小的家庭聚会将比他最初预期的更加有趣。他拿起手机，给妹妹发了条短信：“金洁，帮我个忙，有空的话过来跟我聊聊吧？”

第 66 章

蕾切尔给凯莉拨了一个电话，没人接。“没有信号。”她说，“不过谢天谢地，至少她是安全的。”

皮特看上去却一脸忧虑：“不一定！”

“怎么啦？”

“她运动鞋里的定位器，你看上面的时间戳。”

“上帝啊！她已经在阿迪达斯店里九个小时了！”蕾切尔说，“我知道了！她买了新鞋，把旧的扔了，定位器也随着扔了。”

“光天化日之下，他们究竟是怎么把她从购物中心带走的呢？实在不合理呀。”皮特说。

蕾切尔突然紧张到极点。

她的世界瞬间就从脚下抽离了。

第二次了！

这一次百分之百是她的错。他们已经警告过她了。

他们告诉她不要多管闲事，她却因为这个愚蠢的计划犯下了大错。

她感到恶心。

眩晕。

想吐。

不停地干呕。

你这个蠢货！你这个愚蠢的贱胚！你怎么没早点死掉？你死了大家都会过得更好！这个念头又一次浮现出来。

多么漂亮、天真的好姑娘，被他们给掳走了。

她的错。

愚蠢，愚蠢，愚蠢，愚蠢！

蠢到家了！

她解下背上的霰弹枪。她打算走到阳台上，从后门进去。如果有必要，她就用枪把锁给崩开，她要把屋里的人全都杀掉，救出她的女儿。

她擦掉脸上的雪花，朝那栋房子走去。

“你要去哪？”皮特问。

“去救凯莉！”

“你根本不知道那里都有些什么人。”他说。

“我不管！你可以留在这里，我非去不可。”蕾切尔说。

皮特抓住她的胳膊道：“不，我们一起去。你先在这里等两分钟，我去前面侦察一下。”

“我跟你去。”

皮特摇摇头：“蕾切尔，我参加过海军陆战队的侦察课程。这种事我做过很多很多次。”

“我跟你去。”

“你就在这里待两分钟好不好？我先去看一下。”

"两分钟？"

"两分钟。我会在露台下面给你发信号。在这等着。"

皮特已经意识到，本来今天这件事应该由他一个人来完成。他到底在想什么？怎么能带一个癌症患者一起来呢？

他沿着那片开阔地朝房子下面的车棚爬去。那里停着五辆车：一辆白色奔驰，一辆红色野马，两辆皮卡和一辆卡罗拉。这里应该有很多人。他俯身从车旁慢慢爬过。一盏警示灯突然亮了起来，他浑身僵硬，呆立当场，但是并没有人出来查看，于是他又继续缓缓地前进。车棚旁边是一个驶入式车库，再往前应该就是前门，旁边是下层客厅的大窗户。从这里爬过去太危险，皮特沿着原路又返了回来。他试了下车库旁边的那扇门。锁上了。不过，车库的门并没有锁严实。车库门底边和地面之间大约有一两厘米的缝隙。他趴在地上，把手伸到底下。

如果铝制门上只有搭扣，那起不到多少作用，不过，如果是个坏了的扭力弹簧……

他用两只手把门用力向上一提，那扇门开始一点一点地升了起来。

这就是海军陆战队的城市作战风格。

他打算先进去，一层一层搜索，排除危险，直到整座房子都保证安全。对方的人数尚未可知，不过他和蕾切尔也有惊喜等着他们。他站起身来，突然一阵颤抖。

糟了！

眼前忽然一阵眩晕。皮肤像火烧一样。

毒瘾犯了。

皮特，你怎么能陡然一下改变剂量呢，你应该知道的呀！

很快就会有几百万只蚂蚁爬满他的双腿，他的胳膊，爬进他的嘴里，顺着喉咙爬下去……

他告诫自己，**够了！现在就停下吧！**

傲慢容易让人逞英雄。在这种情况下，派蕾切尔去做侦察工作才更合适。**得回去了。**他心里想着，转身刚一抬脚，迎面撞上一个扛着霰弹枪的男人。

“我就说我听到有动静嘛。”那个男人说。

皮特心想应该采取行动，可事实证明光想是不够的，他此刻本应行动起来了。用手电筒砸那人的脑袋，用靴子踢他的膝盖，用枪托砸他的脸，这名保镖基本就得横着出去了。但他什么都没做。太慢了。不是因为他太老，也不是因为他的肌肉丧失了记忆；一切都因为他已经用毒品把自己毁了。

此刻皮特跟蕾切尔的那个念头不谋而合：**愚蠢，愚蠢，愚蠢，愚蠢！愚蠢而且虚弱！**

那人退后一步，用枪对准皮特的脸，说道：“放下手电筒，放下枪。”

皮特把手电筒和手枪全都放下。

“听着，用两根手指，把腰上的枪也解下来，一起放到地上。”

皮特取下那把珍贵的柯尔特手枪，任由它坠落到脚边那堆雪堆里。他感觉自己现在就像浑身赤裸着站在人跟前一样。这把枪曾经跟过他的祖父，祖父曾在美国海军服役，在冲绳战役中，一支日军敢死队猛撞他的军舰，满腔怒火的他就是用这把手枪开的火。不管是在伊拉克，还是阿富汗，这把枪都一直是皮特的护身符，给他带来无数次好运。

“见鬼！”皮特说。

“没错，老兄，你有麻烦了。丹尼尔可不能容忍别人侵犯他的领地。我说的‘不能容忍’、可不是指他会把你交给当地警察。把手放头上。”

皮特依言把两只手放在脑后。“这一切都是误会。我迷路了。”他刚一出口，那个人就让他闭嘴。“我们等着看丹尼尔怎么说吧。他的孙子今天都在。他要是知道了，肯定不开心。跪到地上，手放在头上不要动！”

保镖朝他后背就是一脚，皮特应声跪了下去。

泥浆，碎石，雪。

皮特的大脑飞快地转动着，他尝试着去思考，然而一片空白。

“喂！你现在就给我老实躺着，小子，躺在那别动，我现在就去按门铃，让大家来瞧瞧。”

第67章

金洁走进那间新近装修过的大主卧，心里无比得意舒畅。“链条”消除了埃里克·伦罗特这一威胁，她的新男友跟爷爷丹尼尔也是一见如故。他俩都是红袜队的狂热粉丝，马蒂对泰德·威廉姆斯、卡尔·亚斯切姆斯基和罗杰·克莱门斯这些名字如数家珍，个个都讲得头头是道。丹尼尔告诉马蒂，他如果愿意的话，可以叫他“阿红”。这可是难得的殊荣。

带他到这来可是一项重大的决定。并不是每一个男友都有资格来这里见她的爷爷和哥哥。但马蒂·奥尼尔不一样。他很幽默，也很聪明——哈佛法学院硕士，长得也非常帅气。

他有一个女儿，一个有些叛逆的十三岁女儿，但是近来的磨难显然让她变得胆小安静，而她对马蒂和新女友所做的一切非常感激，毕竟这个新女友有一份超棒的工作，并且经常出入最酷的潮人圈子。

如果奥利弗发现她是在利用“链条”跟踪时跟马蒂认识的，一定会火冒三丈，但是马蒂严格来讲也不算受害者，应该说完全没有任何关系。他的前妻并没有把他牵扯进来。

或者应该这么说，她是在调查蕾切尔的时候，无意中发现了他的脸书页面。

没错，是她安排“链条”把马蒂的前女友塔米排挤出局的，不过她也没有赶尽杀绝。

这次没有。

如果奥利弗知道她一次次利用“链条”的内部资料来玩自己的冒险小游戏，一定会大为光火。可是，她的手中握有这么大的权力，却要将它束之高阁，那还有什么意义呢？不时地试试水，没什么关系的。不这么做的人才是真的冥顽不灵。

无论如何，“链条”是她发明的。奥利弗滔滔不绝地谈论融资，谈论靠着互联网行业暴富，说到底也只是空谈。是“链条”给奥利弗挣下了旧金山的房子，波士顿的房子还有第五大道上的公寓。“链条”。她的主意。

所以，如果她想跟马蒂·奥尼尔玩玩，又有什么不可以？马蒂英俊、机智又有趣。奥利弗不需要担心。一切都在她的掌握之中。

她是一只蜘蛛。那个讨厌的苍蝇，当然就是蕾切尔。今天在 Wickr 上真是被她气坏了。人们一旦脱离“链条”，就再也不会去碰 Wickr 了。他们通常都会怀着感激心理，既感激又畏惧。

必须让这位前妻彻底消失。她需要做的，就是打个电话，或者发条信息：“要想让你的孩子安全归来，我们新加了一个条件。马萨诸塞州普拉姆岛上一位名叫蕾切尔·克莱恩·奥尼尔的女人——本周内必须把她除掉。尸体不要被人找到。”

蕾切尔随时随地都可能从这个世界上消失。

“孩子们都很开心。我刚才看到凯莉在露台上。”马蒂说着走到金洁背后，在她的后脖颈上亲了一下。

金洁转过身来看着他，马蒂伸手把她抱在怀里。

“太好了。看得出她最近几个星期好像过得非常艰难。”

“是啊，我已经给蕾切尔推荐了一位我们的心理咨询师了。”

“唉，蕾切尔也并不知道详情，这也可以理解。”马蒂说。

金洁的手机响了起来，来了一条短信。

“什么事？”马蒂随口问道。

“哦，没什么，是奥利弗。估计是晚饭的事。爷爷肯定要烧烤，又得把房子给点了。我过去看看。”

金洁沿着二楼的平台走到爷爷的书房前，走进去关上门，坐了下来。

“什么事？”

“你一直在利用‘链条’办自己的私事，对不对？”

“我没有。”

“你有。”

“那都是为了我们。”

“你知道我是什么意思。你一直都在管闲事，你对诺亚·利普曼所做的一切就是个例子。”

“没有。”

“还有几年前的那个女孩子，叫劳拉还是什么。可怜的劳拉就因为拒绝了你，就犯下了致命的错误，好端端一个人，三个月后竟然消失得无影无踪。你整整等了三个月才让‘链条’上的人去干掉她，可真会玩弄策略啊。”

“诺亚还活着。”

“不要把‘链条’用在私人恩怨上，金洁，我说过很多次了。”

“我没有。”

“或者用来结识年轻的帅哥。”

金洁咕哝一声，知道他在调查自己。“你知道在这个城市里想认识人有多难吗？”她抗议道。

“一点都不难。光是约会软件就有上亿个。”

“这么说，只要是跟‘链条’有过接触的男人，哪怕只是外围，我都必须视而不见？”

“没错！协议你是知道的！”

“协议是谁定的？‘链条’是谁创建的？”

“这是安全问题，亲爱的。”

“全都是我辛辛苦苦创下的。不是你，是我！我想怎么干就怎么干！”

奥利弗闭上眼，深深叹了口气。所有美好的事物都有终结的一天，事实上，它能运转这么长时间，已经让他感到惊讶。根据所有的模型数据来看，“链条”最多也只能坚持三年，三年之后或许就会土崩瓦解。要想恐吓这么多的人，只能坚持这么长的时间。涉案的人数一直都在成倍增长，没有哪一种计谋能做到这样。这是一种典型的随机快慢系统，一旦到达临界点，就会立刻崩溃。

奥利弗手捻着这几个月刚刚蓄起来的山羊胡子，胡须虽经过精心打理，然而依然不太有模样。“我们几年前就应该停掉‘链条’，钱早就搞够了。”他喃喃道。

“为什么要停掉它？你就是妒忌我，因为它是我创立的。”

“‘链条’创立的目的，不就是为挣够一辈子的钱吗？它已经完成了使命。”

“这就是目的吗？”她冷笑一声。

奥利弗双眉紧锁，摇了摇头。

奥利弗不是草场上空飞翔的猎鹰，而金洁却是真正的肉食动物。一个真正的肉食动物，有时候即使不饿，也照样要杀戮。“我们要对抗这个世界，你还记得吗？”她说。

奥利弗的眉头锁得更紧了。

“好吧，究竟出什么状况了？”金洁问。

“肯定跟那个笔记本有关。”奥利弗说。

“已经被你破解了，对不对？”

“还没有。”

“那是为什么？”

“到了最后，埃里克那个疯子并没有全部都用密文记录。”

“所以呢？”

“你说你新男友的前妻叫什么名字？”

“呃……”

“上周某个时间，这个埃里克很显然跟一个叫蕾切尔的女人见过面。”

“奥利弗，你知道自己的问题在哪吗？你就是个彻头彻尾的冷血动物！我觉得你应该去看看医生。你这样可不正常。”

“金洁，这件事很严重。稍不留神，我们就得立即带上末日装备和假身份，逃到国外去。我一直觉得，如果我们最后失败，一定是因为你把感情和生意搅和在一起，纠缠不清。”

她笑了笑。“每个人最后都得这样失败。你难道不知道吗？你不能违背生物学常识呀。”

第68章

马蒂正站在主卧的玻璃窗前望着外面的一根橡树桩，树桩正好位于房屋和一片长满荆棘的沼泽地之间。大片大片的雪花像面粉一样洒落在河面上，岸边枯死的橡树上，宛如罗伯特·弗罗斯特的诗句。

这里真是太美了。金洁开出的售价太低了。它可不是什么沼泽地中的破旧小木屋，这是一件瑰宝，是栋十分美好的房子。

房子里的墙壁上挂着各种艺术品。都是些值钱货。那个老头，丹尼尔，兜里肯定很有些钞票。就像广告上说的那样，他的确很有个性。

孩子们都很喜欢这里，金洁也乐于显摆一下。他觉得，金洁就是那个对的人。蕾切尔只是一个错误。他们俩当时都还太年轻。

其实是因为，他们真的没有多少共同话题。

人一旦过了三十岁，判断力就会逐渐增强。寻欢作乐的话，塔米勉强够格，但金洁不同。她很特别。有了她，他终于开始想安定下来，住在都市里，再生两个——

“我正在想着你呢。”金洁拿着手袋走进屋来，马蒂对她说道。

一缕红发弯曲着垂在她的乳沟中间。

他体内忽然产生一股冲动。“金洁，这些门能锁上吗？我知道孩子们在附近晃悠，所以我……”话音未落，忽然一个似曾相识的身影映入了他的眼帘。

他伸过头去仔细看了看。

“那是什么？”他问金洁。

“什么呀？”

“有人正往这里走来？”

“在哪？”

“我好像看到有人在雪地里走着。没错，你看……我的天啊！我说了你也不会相信，好像是我的前妻。”

话音未落，金洁已经用一把史密斯威森手枪抵住了他的脑袋：“我相信！”

第69章

蕾切尔把枪架在肩上，瞄准保镖。

“站住别动！”她说。

保镖迅速转过身看着她：“这位女士，放松点。我看你并不知道怎么用这个东西。”

“等我把你崩成两截，你就不这么看了。”蕾切尔回道。

皮特趁机捡起自己的柯尔特手枪，说道：“老兄，放下枪！”

保镖立刻把枪放在地上，双手抱头。皮特命令他脸朝下趴到地上，那人乖乖地照做，皮特把他的枪一脚踢得远远的。

“屋里一共有几个携带武器的？”皮特问。

“就我一个人——”保镖说。

“一个都不准动！”突然一声枪响，一个声音厉声喝道。

一盏灯亮了起来。金洁和另一个跟她年龄相仿的男人站在前门——蕾切尔心想这应该就是她的双胞胎哥哥了。两人手里都拿着手枪。

“蕾切尔，是你吗？这里究竟出了什么事？”金洁一脸无辜。

金洁？怎么可能？蕾切尔心里顿时疑云四起。难道埃里克的追踪器跟凯莉鞋子里的定位器出现了信号交叉？凯莉的定位器究竟有没有起作用？难道在沼泽地里没头没脑地搜索半天，完全是一个巨大的错误？

上帝啊！没错。如果是个错误，那么凯莉就是安全的。没错！蕾切尔必须在有人受伤之前解释清楚。

“实在对不起，金洁。这一切真的完全是个误会。我刚才跟这位先生说——”

正在这时，车库门打开了，一个满头白发的老人扛着一把突击步枪一样的武器大声喝道：“你们到我的地盘上来要干什么？”

“爷爷，我们能搞定！”金洁的哥哥说。

“阿红，奥利弗说的没错。局面已经在我们的控制之下。”金洁说，“蕾切尔，你和你的朋友应该放下武器。”

“听我说，我们犯了一个致命错误。对不起。我在凯莉的鞋里装了定位器。我还以为她被人绑架了。”蕾切尔说。

“蕾切尔，麻烦你放下枪。你到底为什么会以为她被绑架了呢？”金洁问。

“这事说来话长。”蕾切尔回答。

金洁就站在车库门上方那盏泛光灯下，她的脸蕾切尔看得一清二楚。

这是她第一次这么清楚地看到她。

那红铜色的头发，那双蓝眼睛，那双漂亮的蓝眼睛。

冰冷的蓝色。像最深的深渊一样冰冷幽蓝。此刻这双蓝眼睛正轻蔑地注视着眼前的一切。

下一秒，金洁的目光跟蕾切尔的目光相遇了，两个女人对视着，仿佛一个世纪那么久，其实可能只有一秒钟。

但一秒钟已经足够。

她们认出了对方。

是你！

是你！

蕾切尔明白了，金洁也明白了。金洁也知道蕾切尔已经明白了一切。

埃里克的应用程序并没有出错。

“链条”一路把她带到这里，金洁是不会让他们中的任何一个活着离开的。他们已经发现了这个秘密，为了保护自己，金洁必须把他们全都杀死。蕾切尔、皮特、马蒂、斯图尔特还有凯莉。

蕾切尔原本想告诉皮特放下武器，举起手来。然而一旦这样做了，金洁一定会当场杀了他们。

蕾切尔转身面对皮特，抬头看了看头顶的泛光灯。皮特跟随她的视线也看了一眼。

“她就是‘链条’，她会杀了我们。”蕾切尔说。

双胞胎躲在矮墙后面，要想射中他们非常困难。皮特点点头，举枪打灭了那盏灯。

第70章

四下里立刻陷入一片黑暗的混乱。丹尼尔怒吼一声，端起长枪扫射，一道亮黄色火焰从车库射出，直冲天际。

“到露台上去！”皮特高声喊道。

蕾切尔飞快地伏到地上。

曳光弹从枪管里飞出，射向蕾切尔十分之七秒前所处的位置。

子弹没有击中目标，继续沿着轴线向前飞旋，暗夜中射出了上千米的距离。

紧接着所有的枪都一通乱射，那支巨大的突击步枪也再次上膛。枪火从不同的角度朝蕾切尔头顶上方一起发射，形成了一个密不透风的V形火线。

蕾切尔把脸埋在雪地里，空气中弥漫着腥甜的火药味，她统统都没有注意到，唯一重要的是凯莉。她就在这座房子的某个角落里，蕾切尔必须要找到她。皮特正在默默地数着十个数。车库里那支自动突击步枪的弹匣十秒钟就会打光。

十秒钟后，他抬头查看。在阳台上射击的人已经溜进屋了。

那个老头儿的子弹已经打光，正在重新装子弹。

皮特朝车库的方向开了三枪，试图转移那个老头儿的注意力，自己趁机翻滚到一个新位置准备射击。射击——转移。射击——转移。在缺少有效掩护的战斗中，只有这样才能保命。在这样的射程范围内，很容易就被彻底放倒，甚至一命呜呼。

他滚到右边的雪地里，趴到一丛灌木后面，准备再次射击。此刻他浑身剧痛，强烈的毒瘾让他几乎难以自制，但他必须得战胜它，战胜他们。“蕾切尔？你还好吗？”

没有回答。

此刻，皮特必须得想出一个计划。任何一个计划都行。在步兵训练的时候，他们的长官说，即使是立即执行一个草率的计划，也比一个宏伟计划拖延一小时执行更有效。这话没错。待在这里只有死路一条。他必须进屋去。

从第一声枪响，到现在大概只有十五秒钟。

行动吧。他想。

“急什么，你这个自作聪明的家伙！”突然有人伸手抓住了他。他一低头，躲过对方挥上来的拳头，顺手一把推开那把插向他肋骨的刀子。

是那个最先发现他的保镖。他竟然把这个浑蛋给忘了。那人紧紧地抓住他拿枪的手腕，一把大猎刀狠狠地挥了过去。刀片从他的面颊上“唰”地一下划过，皮特向后一缩，刀子划破了他的左脸颊。他在黑暗中朝着那人的身体猛地一踢，踢中了。那只拿枪的手获得了自由，他接连开了好几枪。

一阵空洞而令人作呕的倒地声过后，接着是一阵沉默。

“皮特？”旁边传来一个声音。

“蕾切尔？”

“我要进屋去。”蕾切尔悄声说，“从车库进去，这是唯一的入口。”

“你有什么打算？”

“我们去救出孩子们，除了凯莉，马蒂和斯图尔特，其他人格杀勿论。”蕾切尔说。

“正合我意。”

第71章

他们进入车库。开枪的人已经不见踪影，几个装着易燃品的箱子已经起火，旁边几十桶油漆正在熊熊燃烧。他们不能待在这。

“那儿有一扇门，可以进屋。”蕾切尔说。

她已经蓄势待发了。她这辈子都在潜意识里为这一刻做准备：辐射、化疗，危地马拉的艰苦岁月，在饭店当服务生时漫长的轮班，午夜开着优步载客去洛根市，一切都是为眼前埋下的暗语。她现在已经准备好了。

这一切都是为了家人，不是吗？每一件事都是为了家人。就算是再愚蠢的人也知道，把灰熊妈妈和熊崽隔开，只有死路一条。

皮特从外套口袋里掏出一个震爆弹。“你闭上眼，捂住耳朵。”他在蕾切尔耳边小声嘱咐，然后猛一推开门，把震爆弹扔了进去。一秒钟后，一声震耳欲聋的巨响，浓浓的白烟腾空而起。这其实是一种对人体没什么伤害的武器，人闻到后会在短时间内陷入昏迷。它不会伤害到孩子们，但是对于不明就里的人来讲，可能会被吓得屁滚尿流。

“在这儿等着。”皮特话音未落，立即闪身进屋。

十几个烟雾探测器一齐响了起来。这栋老房子经过改建，安装了一套消防系统，用来保护双胞胎收藏的那些艺术品。喷水装置把冷水当头浇下时，蕾切尔着实吓了一跳。

皮特探出头，迅速在过道里扫视一圈：“现在没人。我们得赶紧走。再过一分钟这些油漆桶就要开始爆炸了。”

“往哪儿走？”蕾切尔边咳边问。

皮特也不知道：“一间一间搜吧。你躲在我身后，帮我留意盲点。”

皮特顾不了太多了，他只管一个劲儿地往前冲，但他也不确定自己还能坚持多久。他这会儿觉得呼吸越来越艰难。肾上腺素让他暂时还没有精神崩溃，然而也不可能永远有效。他告诫自己，**坚持住啊，皮特！救不出凯莉，你绝不能倒下。**

这座房子改建得非常随意，里面的每一间房间、门廊和壁龛错综复杂，就像迷宫一样。

穿过过道，进入一间房间。

房间里有尺寸巨大的电视、沙发，和各种狩猎战利品。

又是一扇门。餐桌，椅子，艺术品。

远处传来一阵尖叫声。

“凯莉！”蕾切尔大喊起来。没有人应声。

他们又回到过道上。皮特踢开一扇门，握紧武器紧盯着厨房的每一个角落。

“凯莉！斯图尔特！”

仍然一无所获。

车库里浓烟滚滚，弥漫了整个底层的房间，屋里的灯忽明忽灭。屋里的气味辛辣刺鼻，灭火喷头里的水依旧滴滴答答，在他们的脚下聚成一摊。

蕾切尔在楼下的一间卧室里发现了凯莉的外套，但是凯莉本人却不知去向。

昏黄的灯光熄了又亮，明明灭灭，活像随时有怪物出没。

这间卧室的尽头连接着另一个房间。皮特轻轻推开门，向内望去。

房间里空荡荡的，隐隐听到外面的过道里有脚步声。蕾切尔指了指房门，把手指放在嘴上“嘘”了一声。皮特从外套里掏出另一枚震爆弹，猛力拉开卧室门，往过道里一扔。

巨大的爆炸声响起，浓烟弥漫，只听得一阵接一阵机枪扫射的声音。枪声一停，皮特跟蕾切尔一左一右，一个箭步越出门外。

就在这时，他们看到走廊的尽头有个男人正在装子弹。他头发花白，一脸凶悍地站在那儿，透露出强硬和自信。没错，正是那个奥利弗称为爷爷，金洁喊他“阿红”的老头儿。双胞胎没在这里。

蕾切尔举起了枪。她还记得在靶场练习的经历：要等目标靠近，否则他们就会溜掉。只是眼前这个男人并没有跑过来，也没打算离开，他此刻就站在走廊的尽头，端着那杆黑洞洞的长枪，瞄准了蕾切尔。

蕾切尔这才扣动扳机。

可惜瞄得不准。

子弹打到了右边的墙上，火星四溅。后坐力撞得她肩膀生疼。那人吼叫一声，撂下枪，踉踉跄跄地闪进了旁边的屋里。皮特转身看到蕾切尔没有受伤，随即沿着过道追了过去，可惜对方已经不见了踪影。

皮特捡起他丢下的MP5冲锋枪，这把枪可是近距离射击的理想武器。他把枪退了膛，背到肩上。

“我好像没子弹了。”蕾切尔说。皮特把自己的格洛克手枪给了她。蕾切尔随手扔掉了霰弹枪。无论如何，这把枪正如“契诃夫的枪”一样，完成了应有的使命。

屋子里的灯终于全灭了，这一次没有再亮起来。

天几乎全黑了。

黑暗。浓烟。肮脏的小水洼。除了手机闪光灯的灯光，还有其他办法让他们继续前进吗？

他们误打误撞进入了一间宽敞的开放式客厅。客厅墙壁上挂着几十件狩猎战利品，不仅有本地的动物，还有羚羊、猎豹、狮子、金钱豹等各式动物。捕食者和猎物一视同仁。

恐惧在蕾切尔的胸中翻涌，然而恐惧未尝不是一种释放。恐惧可以激发能量，是行动的驱动力。

皮特浑身都被汗浸透了。“你没事儿吧？”蕾切尔问。

“没事儿。”其实他的感觉完全相反，只是现在肩上扛着的冲锋枪像给他吃下了定心丸，弹夹里还有九发子弹，自己那把无往不胜的柯尔特手枪也在身边。一切都好。

“妈妈！”一阵遥远的喊声忽然从外面某个地方传来。

他们拉开玻璃门，奔到了外面的雪地里。凛冽的北风直刺到骨头里。

“好像在那儿。”蕾切尔说着指向一排废弃的农舍。雪地里有一串脚印，一直伸向最近的那间屋子。

他们沿着脚印走到一间破旧的屠宰场门口。这间屠宰场之前或许还能用，如今已经变成破壁残垣，墙壁和屋顶上到处都是窟窿，爬满了藤蔓。

他们关掉手机上的灯，走进屋里，立刻就被血腥、腐烂的气味熏得透不过气来。地板上到处都是碎玻璃碴儿，踩在脚下嘎吱作响。屋里几乎什么都看不见，唯一的照明来自身后房子里闪烁不定的灯光。那房子依旧在熊熊燃烧。

冷风从破损的墙壁和屋顶嗖嗖地钻进来。

蕾切尔差点撞到了挂在天花板横梁上的一口猪，吓得蹦出三尺高。那头母猪死气沉沉的眼睛正好跟她的视线齐平。

眼睛逐渐适应了黑暗之后，她才看清钩子上还挂着其他动物——野鸡、乌鸦、一只獾，还有一头鹿。

屠宰场一共两层，中间有一段小小的台阶。

“他们一定在楼上。”皮特悄声说，“他们很可能利用楼梯打埋伏。一定要小心。”

蕾切尔点点头，竭力不让自己的靴子发出太大的响声。

他们一步一步，缓慢地前进。

碎玻璃碴儿，半湿的雪，污浊的空气。斑斑锈迹，风干的血迹，死亡。

刚走到水泥台阶的一半，嗖嗖嗖几声枪响，他们立刻停下脚步，隐蔽起来。

“手枪，三点钟方向！”皮特大喊一声，跑上台阶，反手扣动冲锋枪的扳机。他连开了三枪，对方才躲到一台机器背后，消失不见了。

他冷笑了一声。这帮混蛋白白浪费了好机会。

他瞅了瞅自己的弹夹，九颗子弹已经打光，只好扔掉。现在该轮到百战百胜的柯尔特上场了。

“打中了吗？”蕾切尔悄声问。

“没有。”

“注意别伤着孩子们。”蕾切尔跟在他身后走上台阶。

她的两只手都在颤抖，只好强迫自己握紧手枪。她现在可不能丢了枪，这个时候他们的境况非常——

头顶的一盏弧光灯突然亮了起来。

蕾切尔身子僵了一下，原地环顾了一圈。这间屠宰场是一处肮脏的水泥废墟，各种破旧的农机零部件和垃圾堆得到处都是。离她不远处，屋顶的钩子上还吊着两头猪。有一头看样子是刚刚宰杀完，血还在一滴一滴地往下滴。

而十米开外，金洁和她的双胞胎哥哥奥利弗双手持枪站在屠宰场二楼的尽头，枪口正对准凯莉和斯图尔特。

凯莉和斯图尔特的双手都被铐在身前，两人面色惨白，惊恐的眼睛透露着绝望。马蒂躺在离他们不远的地方，头上流血，意识模糊，呼吸非常急促，嘴里不停发出痛苦的低吟。金洁抓着凯莉的衣领，把枪抵在她头上，奥利弗勒住斯图尔特的脖子，枪管直插他的耳朵。

皮特跟蕾切尔全都僵住了。

“妈！”凯莉哭喊起来。

“放开她！”蕾切尔朝金洁歇斯底里地吼起来。

“现在不太可能吧，你说呢？”金洁回道。

蕾切尔举起枪对准金洁的面颊：“我现在就杀了你！”

“这个距离想击中我，谁给你这么的大自信？蕾切尔，你一共才开过几次枪呢？”金洁揶揄道，“放下枪，否则我干掉这俩孩子。”

“你休想。”皮特说，“事情不是这么个解决法。你们放了孩子，让我们离开，你们会有足够的时间来准备避难行李和假护照。这样我们双赢，怎么样？”

他的身体打了一晃，定了定神，这才勉强保持平衡。

“哟嗬，站稳了啊，水手大哥。干脆坐下来减轻点负担不好吗？”金洁说着，意味深长地看了奥利弗一眼。

“你们应该听我的。”皮特嘀咕了一声，又向前挪了几步。

他俩真是自信，简直自信过头了。再往前走几米，他就能干净利索地射杀奥利弗。斯图尔特的个头只到奥利弗的胸口，只要瞄准奥利弗的头顶，强大的 ACP 子弹足以让奥利弗当场毙命。必须得尽快动手。他体内的肾上腺素现在已经趋于稳定，身体机能却正在走下坡路。

“这时候了还跟我讨价还价？”金洁说，“你难道真这么蠢，非要我来点视觉效果才能明白？要是再不放下枪，我就杀了这个小姑娘。”

“那你自己也就死定了。”皮特说。他现在离他们大概有六米远，快速射击一定可以命中。

“快把枪放下，你这混蛋！”奥利弗冰冷的语调里透着一股焦急。

皮特瞄准了奥利弗的头顶。他应该立刻采取行动，但浑身像有无数只蚂蚁在噬咬，说不出是疼还是痒，两只手就像筛糠一样，抖个不停。

“现在就把枪放下，否则——”奥利弗说。

话音未落，“砰”的一声巨响，金洁一枪击中皮特的身体，皮特应声倒地。

蕾切尔头一低，一个箭步躲到盛猪血的水泥槽后面，一枚子弹跟她擦肩而过。

“你射中他了。”奥利弗对金洁说。

“这场戏唱得我浑身冒汗！”金洁回道。

“好吧，蕾切尔，现在轮到你了。放下枪，双手抱头出来，否则我杀了凯莉。奥利弗，你一只胳膊勒住那小子的脖子，但枪要对准小凯莉的脑袋！”

奥利弗把枪管抵在凯莉的右侧脸颊上。“妈妈！”凯莉撕心裂肺地喊起来。

一阵肠胃绞痛突如其来，蕾切尔再也忍不住了，失声哭了出来。皮特受伤了；马蒂也倒下了。她自己也已经筋疲力尽。一天天，一年年都在筋疲力尽。

自从麻省总医院肿瘤专家发布第一份报告之后，一切都不对劲了。

她注定要厄运当头，此刻她恨不得立刻躺到肮脏的地板上，闭上眼睛，长眠不醒。

但她看到了凯莉的脸，凯莉就是她的整个世界。她蹲在血槽后，把手枪架在血槽的边缘，瞄准金洁。

“放下枪，举起双手！”金洁在漫天飞舞的雪花中尖声叫喊。

“不！是你给我放下枪！”蕾切尔大喊，眼泪沿着脸颊滚滚落下。

“举起手来，我们一定会让你和孩子们离开，就像你朋友刚才说的那样。我们都心知肚明，游戏已经结束了。”奥利弗说，“我们会放了你们，你们也要放了我们。我们可以达成交易，给我们二十四小时，我们会逃到南美洲。”

蕾切尔的心扑通直跳。这次新的机会，是逃命的一线生机。

“你发誓！发誓你会让我们离开这儿！”蕾切尔说，“如果……如果你们想要脱身，就没必要再杀人了啊。”

“举起双手，放下枪，我向你保证，你和孩子们都不会受到伤害。”奥利弗说。

“你会让我带着孩子们离开？”蕾切尔问。

等她把孩子们带到一个安全的地方，再报警，然后再回来救马蒂和皮特。

奥利弗点头道：“我又不是野兽。你可以跟家人一起离开。作为回报，你要在报警之前给我们留一天的时间。你现在只要放下枪，举起双手就可以了。来吧，奥尼尔太太，为了我们大家，一起努力吧！”

她的大脑已经在超负荷运转。各种图像，各种本能相持不下，混作一团。**不要相信他们，救出孩子们，不要相信他们，救出孩子们……**

她必须做出选择，她选择了相信他。她直起身，举起双手，把枪扔到了地上。

他们的动机，稍候再考虑。先救孩子。她对自己说。

“从血槽后面出来，双手抱头，跪下。”金洁说。

蕾切尔照她的话做了，金洁把凯莉朝她推去。凯莉扑到母亲的怀里，蕾切尔紧紧地搂住她。

“这次我再也不会让你离开我了！”蕾切尔轻声说。

奥利弗把斯图尔特推向“圣母悼子”一般的母女俩，转身对妹妹说：“金洁，事情就应该这样处理。只有这样才能成功。而不是用这个。”说着对她挥了挥手枪，“得用这个。”又指了指自己的脑袋，“不需要用枪，不需要暴力——这是一种自我纠正机制。只需要一部电话，一个声音，其他都不需要。当然，还得有一点点脑子。”

“那你是真打算放他们走吗？”金洁问。

“当然不会！怎么能放他们走呢？我是担心你呀。”

“那，杀了他们？”

“对！”奥利弗恶狠狠地回答。

“那不如现在就动手。”金洁说，“朋友们，还是把眼睛都闭上吧。对你们来说，游戏已经结束了。”

第72章

"胡迪尼终极魔术套装"本来就不是什么正常礼物，而凯莉这个年纪的孩子，正好最容易因此受到朋友们的揶揄。**魔术？认真的？这年头谁还变魔术啊？**

所以她没有告诉任何人。当然，除了斯图尔特，其他人一概不知。

她还真学会了几招。当时被拴在地下室的烤箱上，她就告诫自己一定要学，结果还真学会了怎么开手铐。她不但在网上观看了好多这方面的视频，而且亲自上手反复练习，已经练到了得心应手。作为一个只练习几周的新手来讲，效果已经很好了。她可以在三十秒内解开一副标准手铐。只要学会了其中的窍门，就可以用一把通用钥匙打开所有的金属手铐。她把手铐逃生钥匙当作好运图腾拴在钥匙扣上，时刻不离身。

她已经避开所有人的视线，解开了手铐。

现在怎么办？雪花正从屋顶的漏洞里纷纷扬扬地洒下，她的母亲正抱着她，斯图尔特在痛哭，母亲刚才扔掉的那把手枪，现在就躺在她正前方的地板上。

她伸出手去拿起枪。好重，重得不可思议。双胞胎正在专心致志地交谈，凯莉当机立断，举起枪，瞄准，射击！

第73章

奥利弗的脸猛然凹陷，凯莉从来没见过如此恐怖的场景，但她根本没时间害怕，金洁已经挥舞着手枪瞄准了她。

“你这小婊子！”金洁歇斯底里地怒骂，端起枪砰砰砰向着凯莉的方向一通乱射。

凯莉瞅准机会立即回了一枪，但这次打得太高了，子弹“当啷”一声打到天花板上。

一块生锈的屋顶砸到了地上，正好落在金洁和哥哥的尸体中间，金洁吓得跳起来，避开到一旁，凯莉趁机跟妈妈和斯图尔特一起躲到血槽后面。

定了定神，金洁朝着对面连开四枪，四枪全都重重地崩到猪血槽上。

金洁挪了几步，眯起一只眼，从猪血槽的裂缝中刚好可以看到凯莉。她瞄准凯莉的肩膀，轻轻扣动了扳机，“啪”，空膛。

“该死！”金洁恨恨地骂道。

她没子弹了。蕾切尔心中暗道，她一把从凯莉手里抓过枪，站起身，瞄准，扣下扳机。扳机竟然纹丝未动。这把也打空了？还是卡住了？可是她根本就不会解决手枪卡壳的故障。

两个女人就这样瞪着对方。

再一次认清了对方的真面目。

蕾切尔与金洁，互为镜像，你也可能是我，我也可能是你。

蕾切尔终于摇摇头。“你和我并没有什么不同”这一类的废话，她可不会相信。

蕾切尔咆哮一声，猛冲过去。金洁冷笑一声，毫无畏惧地迎了上去，两人撞在一起，狠狠地摔到地上。

二人同时站起来，蕾切尔用力挥出一拳，但速度太慢，被金洁一个跨步轻松避了过去，旋即扑向蕾切尔。蕾切尔感到大脑一片空白，迷糊之中只看到金洁那双蓝眼睛里满是嘲弄和幸灾乐祸。她感到一股从未有过的疼痛，估计是鼻梁被打断了，疼痛和震惊让她一瞬间眼冒金星，视线模糊。紧接着肋骨，胃部和胸部左侧又分别挨了金洁几拳。她佝偻着身子，瘫倒在地，可是她自己都不知哪来的力量，竟然再次站了起来。

“喜欢我的拳头吧？给你来个更棒的！”金洁猛挥拳头一下打在蕾切尔的喉头，紧接着又是一拳打向她的前胸，紧接着又是一拳打在她流血的鼻子上。这一拳力道极大，又稳又狠，杀伤力极大。蕾切尔踉跄了几下，还是倒下了，金洁跳到她身上，把她仰面掀翻在地，动作利落精准，蕾切尔根本毫无还手之力。

金洁用力卡住蕾切尔的喉咙，使劲一勒。“我知道你会是个麻烦。从一开始我就知道。”金洁一脸狰狞地睨视着蕾切尔，像一头陷入癫狂的野兽，唾沫横飞，狞笑着享受眼前的一切：“我就知道！”金洁边说边把蕾切尔的脖子勒得更紧。在 FBI 的自卫课上，她曾学过怎样让一个人在几秒钟内窒息。

蕾切尔的视线开始模糊。

眼前的一切开始泛白。

她听见金洁吼道“臭婊子！去死吧！”

模糊。

泛白。

虚空。

蕾切尔知道自己就要彻底消失了。

她感觉自己的生命正一点一点地从肮脏的水泥地板上盘旋着远去。

要怎样才能告诉凯莉，妈妈爱她，但妈妈已经坚持不下去了？

没法告诉她。没法说话。没法呼吸。

换成任何人都无计可施。

蕾切尔现在才终于明白了一切。

“链条”是一架残酷的机器，它利用人类最宝贵的情感——爱的能力——来敛财。在不懂孝敬长辈，不懂手足之情，不懂浪漫之爱的世界里，“链条”是无法运转的，只有那些缺爱的，根本不懂爱为何物的变态，才会利用这种机器来牟取暴利。

是爱，毁了阿里阿德涅和忒修斯。

在博尔赫斯的故事[①]里，米诺陶也是一样的下场。

爱，或是对爱的笨拙的摸索，也差点毁了金洁。

蕾切尔全都看得一清二楚。

现在她彻底明白了。

① 此处指博尔赫斯《想象中的动物》一作。——译者注

“链条”是一个隐喻，是将我们跟家人和朋友绑在一起的纽带。是母亲跟孩子之间的脐带；是一个英雄在探索途中的必经之路；是阿里阿德涅解决迷宫问题所用的那根纤细的，深红色的丝线。

蕾切尔全都明白了。

知识就是一种悲伤。

她闭上眼，感受着笼罩全身的黑暗。

整个世界在缩小，消退，坠落……

突然，她的手触到了一样东西。

一样很锋利的东西，可以用来切割，也可以用来伤人——一条细长的碎玻璃片。

她用食指把玻璃片划拉过来，紧紧握在手里。蕾切尔·克莱恩，对各种镜子唯恐避之不及的蕾切尔·克莱恩，这一刻终于穿透了镜子，把一片碎玻璃握在手中。她要把这片玻璃当作礼物送给金洁。

对！

拼着最后一口气，蕾切尔抡起胳膊，把玻璃片狠狠地扎进金洁的喉咙。

金洁惨叫一声，松开勒住蕾切尔的双手，捂住自己的脖子，乱摸着那片玻璃想把它拔出来，然而颈动脉已经被割断，一股股深红色的动脉血从伤口中喷涌而出。蕾切尔从她身旁滚了开去，大口大口地喘着气。金洁的眼睛瞪得溜圆：“我就知道你是个……”话未说完，便栽倒在地板上。

蕾切尔呼哧呼哧喘着气，闭上眼，忽又睁开。

现在只剩下凯莉抱着她。

就这样抱了她二十秒，凯莉站起来，拿起一块破布压在皮特腹部的伤口上。

幸好子弹没打中器官，不过还是需要立马送到医院。

凯莉用妈妈的手机拨打了911，让斯图尔特把从1A号公路到这座房子的路线仔仔细细跟接线员说了一遍。斯图尔特又看到身后的房子依然在燃烧，于是告诉接线员还需要消防员。“好孩子，别挂电话，我们已经上路了。”接线员对他说。

冷风和冰雪呼啸着往屠宰场里灌，凯莉不知从哪里找到几块防水布，一块盖在皮特叔叔和爸爸的身上，另一块盖在妈妈和斯图尔特的身上。

“快过来。”蕾切尔把两个孩子拉到身旁，告诉孩子们，一切都会好起来的。千百年来，母亲们一直都在用这种声音安慰自己的孩子。

“大哥，坚持住啊，你肯定经历过比这个惨得多的场面。”马蒂说，把破布紧紧地按在皮特的肚子上。皮特的伤口恐怖极了，但漆黑的眼睛里依然有熊熊烈火在燃烧。死神将要面对的，是一个强壮冷酷、天不怕地不怕的硬汉。

几团小火苗落到屠宰场残破的屋顶上。“大家必须立刻离开这儿。”马蒂说。

蕾切尔转头一看，整栋房子的西侧全都淹没在一片凶猛的火海中。“皮特能动吗？”她问。

“我看必须得动了。”马蒂回道。

火焰已经蹿上了二楼，楼上的木质露台坠落下来，雪花混杂着余烬，从漆黑的夜空向屠宰场撒下。

“我好像听见他们过来了。”蕾切尔说。警笛声划破夜幕，从远处渐渐近了。

凯莉和斯图尔特也都听到了，不约而同地点头，微笑，蕾切尔把防水布又拉紧了一些。她再也不会让女儿离开自己了。**永远不会！**蕾切尔在凯莉的头顶亲了亲。

皮特感到欣慰不已，他缓缓地眨了眨眼睛，试图说些什么，但此刻一个字也说不出。他知道自己快要休克了。这种情形他曾经历过无数次。

要想活下来，他必须立刻接受医治。

马蒂正在跟他说话，但他需要——那东西在哪儿呢？

他的手在地上摸索着，终于摸到祖传的柯尔特手枪，它像护身符一样……护佑祖父安全度过太平洋战争，也保佑皮特度过五次海外远征。

希望这把枪还为皮特留下最后一丝好运。

第74章

打小大家就叫他“阿红”。他的教名叫丹尼尔，沿用他父亲的名字，但那家伙老是控制不住自己的拳头，所以阿红小时候并不喜欢他。

服役时，大家都叫他阿红或军士。部队生活塑造了他，是部队教会了他读书识字，阅读辅导课上经常能见到阿红的身影。他如饥似渴地浏览各种有趣的论文，一度翻烂了所有的漫画。他就像一轮膨胀的氪星红日，一位走在红色道路上的超人。

部队把他派驻国外。

阿红的足迹遍布丛林、三角洲。

阿红的足迹遍布芽庄、西贡的妓院。

他知道那些妓女都怕自己。她们都讨厌他的那双眼睛，讨厌他脖子上那块鱼鳞一样的胎记。妓女们不叫他阿红、丹尼尔或军士，她们都在背后叫他 ông ma quy，“海妖”的意思。

阿红开着直升机去战斗。

德浪河谷战役，敌人的迫击炮直到眼前，他依然岿然不动，凭着这股超常的镇静与临危不惧，最终被授予银星勋章，回到美国时，他来自南波士顿的女朋友抱着一个男婴出现在他面前。

阿红加入了波士顿警局。那是1960年代中期，那时候的年轻人在这个领域有很多出头的机会。有时候只需要下狠手就够了，当然，有时候甚至更糟。阿红曾在多切斯特的一家地下酒吧里血染地板，也曾在一个线人的地下室住所里血溅四壁。双手是红的，双眼是红的，整个房间都是殷红一片。

阿红的老婆跟人跑了，去了密歇根。于是安娜堡[①]一座房子外面的雪地上，留下了阿红的一串串脚印。

阿红的儿子长大后，也紧随老爸的步伐，加入了执法机构。那真是无上荣光的日子。

日消月长，转眼又是一个秋天。那个秋天，一个淫荡的嬉皮士走入了儿子的生命……

他现在已经是个老头子了。头发花白。但这个老头子的体内，仍然是旧日的阿红。

他们真以为能杀死我？我可没那么容易死。

阿红这会儿已经恢复了不少，他强撑着从衣橱的地板上站起身来，跛着脚走到图书室隔壁。到处都是浓烟，整座房子都在燃烧。他找到急救箱，检查左边的枪伤，这点伤根本不值一提。七七年那次跟一帮悍匪枪战，可比现在惨多了；八五年在里维尔[②]讨债的时候出了差错，那一次也真惨。

不过，那时候他还很年轻。比现在年轻多了。

---

① 密歇根州城市名。——译者注

② 马萨诸塞州沙福克县的一个城市。——译者注

身上的血一直流个不停，绷带浸红了，纱布也浸红了。他斜倚在枪托上，耳朵里不断传来屠宰场那边的怒骂和枪击声。

他选了一把带下挂式 M203 榴弹发射器的 M16 自动步枪。要说最让人心安的武器，非这种步枪莫属。

扛起枪，他踉跄了几步，走进了厨房，浓烟熏得他一阵剧烈地咳嗽。

他知道这次受伤不轻。至少有四根肋骨断裂，肺好像也刺穿了。但他会挺过去的。阿红一定能挺过这一关，虽然他的头发已经白了，但他依旧还是阿红。

他踉踉跄跄地走进暴风雪，蹒跚地走向屠宰场的屋后。

钻心的疼痛让他只能一步一步往前挪动。

他眨了眨眼，拂掉落在脸上的雪花。

虽然只有 15 米，走起来像有 50 米那么远。

他终于倒了下去，顺势就在雪地上爬了起来，每次呼气都有鲜血冒出。

一定是肺被刺穿了。

他把手伸向屠宰场的后门。那是死亡的入口。泥土被染红了，扶手被染红了，连雪地都是殷红一片。

呼吸越来越困难。他现在只剩下一只肺，这只肺里还充满了鲜血。

他爬上最后一级水泥台阶，沿着门缝向屋里仔细勘探。弧光灯依旧亮着，屋里的一切尽收眼底。最心爱的孙子和孙女，双双死在地板上。这可是自己多年前亲手营救出来的孩子啊。只有这两个孩子真正爱他、理解他。奥利弗和金洁是活在红色世界里的人。

旁边那个女人跟两个孩子正躲在防水布里。马蒂跟另一个男人也躺在地板上——两个显然都还活着，但也活不长了。

阿红举起步枪，将手指放在下挂式榴弹发射器的扳机上。发射器里装满了穿甲高爆榴弹，可以杀死房间里的每一个人，甚至可能包括他自己。

“**这样就得了！**”他扣动了扳机。

第75章

远远地，有人在交谈。不知什么东西，又湿又冷，落到他的脸上。

他现在在哪儿呢？哦，对了。

皮特就这样愣了一秒钟。马蒂在跟他说话，正准备把他抱起来。蕾切尔正搂着凯莉和斯图尔特。

他手握着自己的宝贝柯尔特，刚沿着地板上的线缝抬起头，一眼看到正从屠宰场后门进来的丹尼尔，手里端着一把带榴弹发射器的M16步枪。就在这一秒，丹尼尔也看见了他。

蕾切尔错了。它就是深奥的东西，是一种神话。是年长与年轻，是陆军与海军，是宣泄与混乱之间的争执。掌管战争的神为了取乐，显然希望他们两人来场你死我活的斗争。

两人都扣动了扳机。老头动作快了一步，但在非常短暂的困惑之后，他瞬间就明白了：M203榴弹发射器上的手动保险忘记打开了。M203非常危险，并不是随手就能发射的。

妈的！

他刚摸到那个笨重的保险栓，皮特的枪管中就已经发射出一束亮白的光线，正中丹尼尔，胸膛立刻在痛苦和烈火中爆炸开来，灵魂也即刻被“二战”传承下来的枪火劈为两半。

第 76 章

人影晃动。警笛大作。雪花遍地。

一张毯子。

“皮特，这个地方马上就要烧起来了，我们得把你弄到外面。”

蕾切尔、凯莉和斯图尔特把马蒂和皮特二人从屠宰场一直搀到门口。他们相互扶携着从燃烧的屋子里逃了出来，瘫倒在雪地里。身后厨房里的瓶装煤气罐“轰隆”一声爆炸开来。

“快点！”蕾切尔说着连拖带拽，把他们从屋子近旁挪到更远的地方。

蓝色的火焰。洁白的雪花。闪烁的灯光。

消防车的声音渐渐清晰起来。一个巨大的黄色箭头上方闪烁着镜像的“消防”二字。

蕾切尔点了点头。死狐狸和黄矢终于聚齐了。救赎已势在必行。

皮特招招手让蕾切尔靠近些。

“怎么啦？”蕾切尔问。

“如果我不行了，将来等他们把这件事拍成电影，别让他们找个浑蛋来扮演我。”他嘶哑着声音认真地说。

蕾切尔哈哈一笑，吻了他一下。

“还有一件事……”但他刚一开口，声音就消失在了喉咙里。

“我也是。”蕾切尔说完又向他吻去。

第 77 章

皮特的角色没人演得了。对于一部电影来说，皮特这个人物太具有争议性。皮特和蕾切尔认了罪，他们被指控犯有绑架重罪、非法拘禁罪以及危害儿童罪——其中任何一项都可以让他们坐五十年牢。而之前那次去印斯茅斯的小探险，该算作私自营救未遂还是强闯入室……将整件事理出头绪，花了很久的时间。

联邦特工花了好几个星期才对在金洁硬盘上找到的文件完成彻底的分析。

邓利维一家迈出了非常英勇的一步，他们对警察说蕾切尔是在获得他们的同意之后才带走阿梅莉亚的，他们之所以会同意，是因为蕾切尔说她可以毁掉“链条”。这样也解释了那些赎金的问题。警察对这些话连半个字都不相信，但是邓利维一家显然会在所有的起诉中担当恶意证人[①]。

---

① 恶意证人（hostile witness）指对要求其出庭方怀有敌意，而不愿提供真相的证人。——编者注

走到这一步，同情心的浪潮全都涌向蕾切尔、皮特，以及所有的“链条”受害者。绝大多数公众都站在了他们的身后；蕾切尔和皮特都是备受同情的被告，陪审团的意见很有可能宣布无效。马萨诸塞州总检察长办公室这时候也看得清风向。蕾切尔和皮特已经获得保释，等候进一步调查。由于邓利维一家并没有指控他们，公众又都站在他们这一边，再加上金洁的罪恶历史逐渐浮出水面，蕾切尔的律师团告诉她，审判基本不会发生。“链条”已经彻底停止了运转，上面的每一环如今都已获得自由。

数十名记者正在调查“链条”本身的历史。《波士顿环球报》的一名记者经过深挖，发现了一起始于墨西哥的同类绑架案。“链条”有几百个受害者，但他们多年来一直受到报复的恐吓，加上残酷的流血事件时有发生，这足以让绝大多数受害者保持沉默。无论如何，至少正经媒体上是这么说的。各种小报和互联网上的报道更耸人听闻。不过，出于自我保护的心理，蕾切尔没有去关注那些小报，自从被保释之后，她再也没有上过网。

蕾切尔不接受采访，尽量避开各种风头；她深居简出，只负责接送女儿，为社区大学撰写哲学讲稿，她用主动淡化的方法，让她这则新闻渐渐变成了一则旧闻。

慢慢地，她不再是社交媒体上的热门话题。那些不幸的恶魔取代了她的位置，一个接着一个，层出不穷。总会有下一个出现。尽管所有的恶魔都大同小异……

在纽伯里波特，她依然会被人认出——怎么可能没人认识她呢？——但是，如果开车去新罕布什尔州的购物中心或者波士顿郊区就不会有这种顾虑了，她喜欢这种淹没在人群中的感觉。

三月末一个阳光明媚的清晨。

蕾切尔躺在床上玩电脑，又有二十封邀请采访的新邮件，她直接删掉了这些邮件。皮特正在隔壁洗澡，一边洗一边哼着歌，难听极了。

她忍不住笑了起来。皮特的药物戒毒计划现在进展得很顺利，他还当上了剑桥市一家高科技公司的安全顾问，干得也算得心应手。她光着脚走进厨房，把水壶里灌上水，放在炉灶上烧起来。

楼上，凯莉的平板电脑偶尔会“叮”的一声响。凯莉已经醒了，正赖在被窝里跟朋友聊天。

凯莉的状态也恢复得很好，简直好得令人吃惊。人们都说孩子们更有韧性，从创伤中反弹得更快，然而看她现在反弹的高度，实在让人难以置信。

八点一到，斯图尔特来串门，他坐下来逗猫，耐心等着凯莉梳洗打扮。

马蒂似乎也很享受外界的关注。他上了好几次电视，大谈自己的经历——每谈一次，他在营救中的角色就变得重要一分，只是他新交的那位年轻的女友朱莉，似乎总觉得他们仨在演一场浪漫的爱情喜剧。不知为何，这位新女友老觉得蕾切尔这位阴郁的前妻，总有一天会用她那骚动不安的魅力，把马蒂给抢回去。

蕾切尔坐在餐桌前，又一次打开电脑。她这会儿感觉思绪一片混乱，刚一翻开莎拉·贝克韦尔的《存在主义咖啡馆》，就看到西蒙·德·波伏娃戴着的那个迷宫形状的胸针，瞬间大惊失色。

“斯图尔特，我打算用一则笑话作为这次讲座的开场。‘我的朋友打算开一家书店，出售德国哲学著作。我跟他说可能没戏——因为尼采的市场已经泛滥了。’你觉得这个梗怎么样？”蕾切尔得意洋洋地说道。

斯图尔特的表情难以描述。

“不好吗？”蕾切尔问。

“我觉得自己好像没资格来评论，呃，那个……”

“母上大人，他的意思是，您这种喜剧风格比较适合中老年人群。”凯莉倚在阳台栏杆上说。

皮特走出浴室，不以为然地摇了摇头：“但愿你的下一个目标不是去讲脱口秀。”

“都给我滚吧你们！”蕾切尔佯装愤怒，合上了电脑。

等大家都收拾好之后，他们终于乘车出发了。时间还早，他们在 1 号公路旁的邓肯甜甜圈停下来。

女儿咬了一口熊掌甜甜圈，蕾切尔目不转睛地盯着她。

凯莉和斯图尔特正在为《怪奇物语》第三季的剧透争论不休。女儿差不多已经变回以前那个无忧无虑、口无遮拦的凯莉。当然，那根刺会永远嵌在那里。还有黑暗。

那根刺也许永远都拔不出吧。现在它已经变成了凯莉的一部分，也是他们所有人的一部分。但她已经不再尿床了，也不再频繁做噩梦。这些都是进步。

她把孩子们送到学校，又把皮特送到纽伯里波特的通勤火车站。他的新工作要求穿西装，这可让他烦透了，一整天都在拨弄着领带。

“别动它！你穿成这样非常帅！”她说得很真诚。

送走了皮特，蕾切尔来到镇上的一家药店。她四下看了看，确认收银台的熟人玛丽·安妮今天不上班，这才猫着腰来到验孕棒的货架前，却发现各种选择让人眼花缭乱，她随手拿起一盒就去结账了。

收银员看上去一副高中生模样，员工卡写着“里普利”，看来她正在读《白鲸》。她貌似还没有看到“蕾切尔曲折离奇的一生”那一部分。

两人四目相对，蕾切尔问：

“你读到哪一章了？”

“七十六。”

“曾经有个人跟我说，所有的书都应该在第七十七章迎来结局。”

“上帝啊，真希望这本书也能在七十七章结束。我还有好多没读呢。”姑娘说。

结完了账，她又去星巴克买了杯咖啡，这才驾车回岛上。

到家后她立刻冲进浴室，拿出验孕棒，仔细阅读了使用说明，试过后又小心翼翼地放回盒子里。

三月了，天气竟然出奇地暖和，她把盒子拿到外面，坐在露台边上，两只脚随意地耷拉在沙子上晃荡。

涨潮了。大海的气息异常浓烈。一缕缕热气从大西洋岸边的豪宅上腾起。一只老鹰朝西面的陆地飞去，一只呆头呆脑的白苍鹭在芦苇丛中涉水而过。

渔船。捕蟹船。便利店旁边有条狗，懒洋洋地趴在那里，有一搭没一搭地叫着。

她感受到了那股隐喻的力量——舒适、安稳、静好。

大作家梭罗曾把普拉姆岛称为“新英格兰的荒凉撒哈拉”，但是今天的普拉姆岛可大不一样了。

她看着手里的那个盒子。那里头包含着两种未来的可能性，这两种未来都在向她汹涌而来。

她笑了。

不管是哪一种未来，都很美好。

所有的未来都很美好。

她已经把女儿从黑暗中救出。

她已经手刃了恶魔。

前方必定还有很多挑战。

数不清的挑战。

但她还有凯莉。

她还有皮特。

她活了下来。

生命是脆弱的，是短暂的，也是宝贵的。

而活着本身，就已经是一个奇迹。

后记及致谢

两面相映的镜子，即可制造一座迷宫。

——豪尔赫·路易斯·博尔赫斯《七夜》

2012年，我在墨西哥城时偶然间听到一种叫作“墨西哥式交换绑架”的概念，这种绑架允许家庭成员主动充当替代人质，换回更加弱势的绑架受害人，于是我就在当地完成了这本《链条》的初稿。之后我又把故事梗概跟流行于七十年代末贻害无穷的连环信事件结合在一起。我成长于爱尔兰，那里的人非常迷信，笃信文字魔咒的力量。大概是五年级的时候，某天卡莱尔老师让全班同学把所有让自己感到沮丧或不安的信件都带到学校来。我把一封让我一直提心吊胆的连环信交给了她。她把我们的所有信件一起销毁了，这样公开反抗写信者宣称的毒咒、灾难和厄运，把我们从恐惧的深渊中拉了出来。

这个事件给年幼的我留下了非常深刻的印象，一直不能忘怀。

在以后的三十年里，每隔一段时间我都会向母亲打听卡莱尔老师过得如何，得知她的生活平安顺遂时，我倍感欣慰。

早在 2012 年，我就把《链条》的梗概写成了一则小故事，不过我一直都觉得它具有小说的潜质，只是缺乏一个合适的契机。就这样，它在我的抽屉里默默待了五年。直到 2017 年，我终于有了一位全职的文学经纪人，即“故事工坊”的创始人沙恩·萨勒诺。我一直都在创作肖恩·达菲系列侦探小说，故事背景大都设定在我年轻时生活的贝尔法斯特，尽管这些书获得过不少好评，也拿了一些奖，然而它们并没有实现预期的突破。沙恩打电话问我有没有写过美国的故事，我想起了那个躺在抽屉角落里的小故事，他听后非常兴奋，敦促我放下手里所有的工作，立刻开始将其扩写成一部小说。就这样，我开始了创作。

每一本书都是一个协作的过程，在此，我要感谢唐·温斯洛，史蒂夫·哈米尔顿，史蒂夫·卡瓦纳，约翰·麦克费特里奇以及沙恩·萨勒诺，感谢他们阅读了《链条》的初稿，并向我提出各种建议。

穆赫兰出版社的杰出编辑乔什·肯德尔用一种法医般犀利敏锐的眼光仔细研究了我的手稿。他不断地提醒我去思考某一个想法或概念是否足够缜密，足够吸引人。除此，我还要向穆赫兰及利特尔 & 布朗出版社的特蕾西·罗侬，帕梅拉·马歇尔，凯瑟琳·迈尔斯，帕梅拉·布朗，克雷格·杨，里根·亚瑟，迈克尔·皮奇，以及整个销售团队表示感谢，谢谢你们不懈的努力和出色的表现。

感谢猎户星出版公司的艾迈德·艾克塔，利安娜·奥利弗，汤姆·诺布尔，珍·威尔林，莎拉·本顿以及凯蒂·艾斯皮纳为本书的付出。特别感谢澳大利亚哈希特出版社的瓦尼莎·拉德尼奇，贾斯汀·拉特克利夫以及丹尼尔·皮尔金顿。

我还要特别感谢纽伯里波特公共图书馆的工作人员，《链条》的大部分研究工作都是在那里完成的，以及哈林纽约公共图书馆乔治·布鲁斯分馆的工作人员，感谢他们为我提供了一个安静的写作空间。或许是无巧不成书，或许是某种交感魔法，我被一家杂志社派去布拉格写一篇关于作家文思枯竭的文章，于是在纳·波利西街七号，弗朗茨·卡夫卡昔日的办公室（如今是一家酒店）里写完了《链条》的最后几章。

最后，我要对希莫斯·希尼，露丝·伦德尔，唐·温斯洛，伊恩·兰金，布莱恩·埃温森，瓦尔·麦克德米德和黛安娜·加瓦尔东表示感谢，谢谢你们这些年来给予我的鼓励和建议。我经常怀疑自己是否应该继续写作之路，是你们一再鼓励我坚持下去。

最后，感谢我的太太利娅·加勒特，她一直是我的第一个读者，也是最具洞察力的读者。感谢我的女儿阿尔文和索菲，她们不但为我提供了时下青少年的道德观及日常用语方面的建议，而且也让我明白，当孩子的健康或幸福受到威胁，作为父母我们究竟有多大的潜力去保护他们。

敬祝健康。